섬의 주인

섬의 주인

ⓒ 천경준, 2024

초판 1쇄 발행 2024년 8월 15일

지은이   천경준
펴낸이   이기봉
편집   좋은땅 편집팀
펴낸곳   도서출판 좋은땅
주소   서울특별시 마포구 양화로12길 26 지월드빌딩 (서교동 395-7)
전화   02)374-8616~7
팩스   02)374-8614
이메일   gworldbook@naver.com
홈페이지   www.g-world.co.kr

ISBN   979-11-388-3434-6 (03810)

섬의 주인

Rachel in Christ

천경준 지음

좋은땅

목차

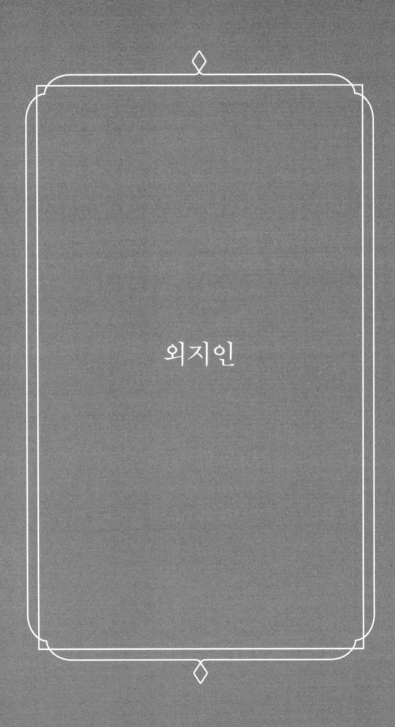

외지인

1

화창한 햇살 아래 모든 게 평온해 보였다. 푸르른 산길을 따라 새들이 지저귀었고, 청설모와 고라니는 수줍게 방문객을 맞이하였다. 아직 앳된 기운이 있는 20대 후반의 여자가 조심스럽게 산길을 올랐다. 동양인과 서양인의 혼혈인으로 보이는 그녀는 햇볕에 그을린 얼굴에 주근깨가 있었고, 곱게 자란 검붉은 머리카락은 허리까지 내려왔다. 그녀는 약간 마른 체구에 하늘색 원피스를 입고 있었다. 그리고 그녀의 손에는 하얀 보자기로 덮여 있는 오동나무에 옻을 칠한 바구니가 들려 있었는데, 안에서 갓 우려낸 듯 진한 홍차의 향이 올라왔다.

그런데 그녀는 어째서인지 아무리 산길을 걸어도 주변 풍경이 낯설기만 했다. 그리고 이곳에 오기 전에 누군가와 함께 했던 것 같은데, 도저히 그 누군가의 얼굴이나 이름이 떠오르지 않았다.

'어째서 자신만 홀로 이 낯선 숲을 헤매고 있는 것일까?'

그녀는 아리송한 기분이 계속 들었지만, 아무것도 떠오르지 않았다. 그러다가 그녀는 햇볕이 드리우는 넓은 공터에 이르게 되었다. 여전히 주변은 온통 나무로 둘러싸여 있었고, 적당히 부드러운 푸른 풀이 그녀의 발등 높이까지 자라나 있었다. 그녀는 그 공터에서 잠시 머뭇거리다가 이내 바구니를 덮고 있던 하얀 보자기를 바닥에 펼쳤다. 그러자 바구니의 내용물이 드러났는데, 은은한 홍차의 향을 풍기는 하얀 도자기 주전자와 작은 찻잔이 담겨 있었다. 그녀는 홍차의 향긋한 향에 흐뭇한 표정을 짓더니 보자기에 걸터앉았다.

'아무래도 이곳은 꿈속의 세계인 것 같은데……'

그녀는 여전히 아무것도 떠오르지 않았다.

그녀는 홍차를 찻잔에 따랐다. 그러자 향긋한 향을 올라왔다. 그녀는 그 향을 맡고 이내 가볍게 한 모금 목으로 넘겼다. 기분 좋은 홍차의 은은한 향에 콧노래가 절로 나왔다.

'이대로 계속 혼자 있는 것도 괜찮을지도……'

그런데 그때였다. 그녀의 곁으로 하얀 토끼 한 마리가 다가왔다. 토끼는 주변의 풀을 물어뜯고 있었는데, 그녀는 귀엽게 생긴 토끼를 보고 자신도 모르게 손을 내밀었다. 그런데 토끼는 그녀가 손을 내밀자 그녀의 손을 피해 한쪽으로 도망쳤다. 그녀는 도망치는 토끼를 보고 묘한 호기심에 뒤따랐다. 토끼는 그런 그녀의 손을 피해 계속해서 숲으로 들어갔다. 하지만 어째서인지 그녀로부터 멀리 도망치려고 하지는 않았다. 마치 그녀를 약 올려서 숲의 깊은 곳으로 데려가려는 것 같았다. 그리고 그녀 역시 그런 토끼의 반응에 꼭 잡고 싶은 오기가 생겼다. 어차피 꿈속일지도 모르는 곳에 혼자만 덩그러니 있었기에 끝까지 토끼를 따라가는 것도 나쁘지 않을 것 같았다. 그렇게 그녀는 한동안 토끼의 뒤를 따랐다. 그런데 어느 순간부터 토끼의 모습이 보이지 않았다. 그녀는 어디로 향해야 할지 알 수 없는 상황에서, 자신이 쫓고 있던 대상조차 사라지자 조금씩 겁이

나기 시작했다. 그리고 어째서인지 이곳이 꿈속이 아닐지도 모른다는 생각이 들었다. 만약 이곳이 꿈속이었다면, 무언가 악몽 같은 분위기에 눌려 진작 꿈에서 깨어났을 것이다.

그렇게 그녀는 또다시 숲을 헤매게 되었다. 숲은 변한 것이 없었지만, 아무것도 알 수 없는 상황에 놓이게 되자 그녀는 서서히 불안해졌다.

'만약 이대로 길을 헤매면 영원히 이곳에 갇히는 걸까? 아니면 들짐승을 만나서 목숨을 잃는다면 그대로 끝나는 걸까? 혹은 이미 현실에서 목숨이 끊어져 이런 이상한 곳에 오게 된 건 아닐까?'

그녀는 불길한 마음에 몇 가지 최악의 상황을 생각했다. 그리고 아니나 다를까, 이런 불길한 생각은 그대로 이루어졌다. 그녀가 숲을 헤매며 의식하지 못한 사이에 어느새 그녀의 주변으로 무언가 꺼림칙한 시선들이 모여들었다. 그리고 그녀가 그 꺼림칙한 시선을 느꼈을 때는 두려움에 몸이 경직되어 비명조차 지를 수 없었다. 그녀 주변을 늑대들이 둘러쌓고 있었는데, 다급한 대로 당장 나무에 오르지 못하면 그대로 늑대들의 먹이가 될 상황이었다. 그녀는 간신히 마음을 진정시키고 조심스럽게 뒷걸음질 쳤다. 그리고 필사적으로 달리기 시작했다. 이 상황이 단지 꿈이길 바라며…….

그러나 아무리 숲속을 달려도 그녀는 숲에서 빠져나올 수 없었다. 이윽고 한 줄기의 빛도 드리우지 않는 음습한 장소에 이르렀다. 늑대들은 서서히 그녀에게 다가왔다. 그녀는 두려운 마음에 그만 "오지 마!" 하고 소리쳤다.

늑대들은 겁을 먹은 듯한 그녀의 반응에 날카롭게 울음소리를 냈다. 그녀는 늑대들의 울음소리에 당황해서 뒤로 넘어졌다. 이윽고 한 마리의 늑대가 맹렬한 기세로 그녀에게 달려들었고, 그녀는 지레 겁먹고 눈을 감았다. 그런데 늑대가 입을 크게 벌려 그녀를 공격하려는 순간, 돌연 한 사내가 늑대를 향해 뛰어들었다.

그는 짧은 검은 머리를 한 30대 초반의 동양인이었다. 덩치는 그리 크지 않았지만 민첩하게 움직여서 몽둥이로 늑대의 머리를 가격했다. 늑대는 머리를 맞고 깨갱거리다가 쓰러졌다. 그러자 다른 늑대들이 잠시 머뭇거렸는데, 이내 날카로운 울음소리를 내더니 사내에게 달려들었다. 사내는 조금씩 뒤로 물러서며 몽둥이를 휘두르다가 두려움에 떠는 여자에게 일어나라고 소리쳤다. 여자는 갑작스러운 사내의 소리에 정신을 차리고 고개를 들었다. 그러자 사내는 여자에게 달려들어 손을 잡고 일으켰다. 그리고 그대로 그녀의 손을 잡고 반대편으로 달리기 시작했다. 그녀는 갑작스러운 상황에 당황스러웠지만, 당장은 자신을 구해 준 사내가 이끄는 대로 따를 수밖에 없었다.

그렇게 두 사람은 한참 숲을 헤맸다. 하지만 더는 도망치기 힘들었다. 결국 사내는 여자를 뒤로하고 몽둥이를 고쳐 잡았다. 늑대들은 으르렁거리며 조금씩 두 사람을 조여 왔다. 사내는 저항할 방법이 없었지만, 어떻게든 몸부림이라도 쳐 보기로 했다.

늑대 한 마리가 달려들었고 그는 순간적으로 몽둥이로 내리쳤다. 늑대는 그대로 머리를 맞고 쓰러졌다. 하지만 곧이어 다른 늑대들도 달려들었다. 사내는 여러 마리의 늑대들이 달려들자 몽둥이를 빠르게 휘두르며 뒤로 물러섰다. 하지만 전투에 미숙했던 그는 늑대들의 집단적인 공격에 한쪽 다리를 물리고 말았다. 그는 "윽!" 하고 고통스러운 신음소리를 냈지만, 자신의 다리를 문 늑대를 있는 힘껏 몽둥이로 내리쳐서 떨어트렸다. 사내는 괴로운 듯 인상을 찌푸렸다. 그런데 그때였다. 갑자기 토끼 한 마리가 두 사람 곁에 나타났다. 얼핏 봐서는 아까 여자가 보았던 토끼인 것 같았다. 늑대들은 토끼가 나타나자 두 사람을 공격하는 걸 멈추고 토끼를 향해 달려들었다. 그러자 토끼도 빠르게 늑대들을 피해 달아났다.

두 사람은 갑작스럽게 일어난 일에 어떻게 된 영문인지는 알 수 없었지만, 일단 급하게 자리를 피했다. 사내는 늑대들의 시선에서 어느 정도 벗어나자 여자에게 몸은 괜찮으냐고 물었다. 그러자 여자는 고개를 끄덕였다. 그리고 그녀도 사내에게 방금 늑대에게 물린 상처는 괜찮은지 물었다. 사내는 괜찮다고 했지만, 여자는 괜히 야생동물에게 물린 상처라 덧날 수 있다며 상태를 보여 달라고 했다. 사내는 다시금 괜찮다고 했지만, 왠지 그녀의 호의를 무시할 수 없었다. 그는 방금 늑대에게 물린 다리를 보여 주었다. 그녀는 그의 상처 부위를 조심스럽게 살폈다. 다행히 상처는 깊지 않았지만, 무언가로 상처 부위를 감싸는 게 좋을 것 같았다. 그러자 그녀는 망설임 없이 자신의 원피스의 아랫단을 살짝 찢어 천을 만들었다. 사내는 갑작스러운 그녀의 행동에 좀 민망해서 볼을 붉히고 고개를 돌렸다. 그러나 그녀는 태연하게 그 천으로 그의 상처 부위를 감쌌다.

"비록 상처를 천으로 감쌌지만, 세균에 감염될 수도 있어요. 근처에 물이 있다면 일단 상처 부위를 씻어야 해요."

그녀가 사내를 바라보고 말했다.

"고, 고마워요." 사내는 그녀의 호의에 어색하게 말했다.

"아, 내 이름은 김민철이라고 해요."

"아, 내 이름은……."

그녀는 사내가 이름을 알려 주자, 자신도 이름을 말하려고 했지만 여전히 생각나지 않았다. 하지만 계속해서 이름을 떠올리려고 하자 불현듯 '레이첼'이라는 이름이 떠올랐다. 그리고 연이어 몇 가지 기억들이 생각났다.

"내 이름은 레이첼, 라니아 제국의 의료 선교사예요."

"라니아 제국의 의료 선교사?"

김민철은 생전 처음 들어보는 라니아란 제국에 무언가 이상한 생각이 들었다.

"네."

레이첼은 이곳에 오기 전까지의 기억을 온전히 떠올릴 수는 없었다. 그저 자신에게는 아버지와 어머니, 그리고 앳된 여동생이 있었던 것과 어느 아프리카에서 사람들을 돌봤던 기억만이 떠올랐다.

"그럼 당신은 여기에 어떻게 오신 거죠?"

이번엔 레이첼이 물었다.

"음, 어떻게 이곳에 왔더라? 아, 생각났다. 난 한국에서 로마로 비행기를 타고 왔었어요. 아마도 친구들과 우정 여행을 왔던 것 같은데, 로마에 있는 콜로세움 원형 경기장을 구경하고 있었어요. 그런데 갑자기 어디선가 사람들의 비명소리가 들렸어요. 그리고 현기증을 느끼고 그대로 쓰러진 것 같은데, 눈을 떠 보니 이곳에 있었어요."

"음, 무언가 그쪽도 평범한 상황은 아닌 것 같네요."

"아마도 그런 것 같아요."

그렇게 두 사람은 이야기를 나누었다. 그런데 어느 순간부터 김민철은 늑대에게 물린 부위에서 더는 고통이 느껴지지 않았다. 그는 이상한 기분에 천을 풀어 봤는데, 신기하게도 늑대에게 물린 상처가 자연스럽게 아물어 있었다. 레이첼도 그의 상처가 생각보다 빠르게 회복되자 신기하다는 표정을 지었다.

"도대체 어떻게 된 거지?"

김민철이 의아해서 말했다. 하지만 레이첼도 의아하긴 마찬가지였기에 무어라 말할 수 없었다.

그렇게 두 사람이 서로 의아해서 마주 본 사이에 두 사람 곁으로 아까 늑대들에게서 도망쳤던 토끼가 다가왔다. 레이첼은 문뜩 다가오는 토끼를 알아채고 바라봤다. 토끼는 두 사람 곁에서 가만히 풀을 뜯고 있었다. 레이첼은 그런 토끼를 보고 또다시 무언가에 홀린 듯 가까이 다가갔다. 김민철은 그런 그녀를 보고 굳이 위험하게 야생동물을 따라가지 말라고 했다. 하지만 그녀는 그의 말을 전혀 듣지 않았다. 그리고 아니나 다를까, 그녀가 토끼에게 다가가자 순식간에 늑대들이 다시 두 사람을 둘러쌌다. 김민철은 갑작스럽게 나타난 늑대들을 보고 몽둥이를 고쳐 잡았다. 그리고 레이첼에게 자신의 뒤로 피하라고 소리쳤다. 하지만 그녀는 전혀 반응이 없었다. 그런데 그때 늑대들 사이로 검은 로브를 두른 덩치 큰 사내가 다가왔다. 그리고 토끼에게 다가가 손을 내밀었다. 그러자 토끼는 순식간에 수중기가 되어 사라져 버렸다. 그리고 두 사람은 그 모습을 보고 소스라치게 놀랐다.

"당신은 누구죠? 그리고 방금 토끼를 어떻게 하신 거죠?"

레이첼이 그를 보고 소리쳤다. 그러나 그는 아무 말도 하지 않았다. 대신 늑대들에게 손짓해서 두 사람을 몰아붙이게 했다. 두 사람은 늑대들이 위협적으로 다가오자 뒤로 조금씩 물러섰다. 그러다 문득 김민철의 귀에 물이 흐르는 소리가 들렸다. 김민철은 그 소리를 듣고 잽싸게 레이첼의 손을 잡더니 물이 흐르는 소리가 들려오는 곳으로 달리기 시작했다. 늑대들도 매섭게 두 사람의 뒤를 쫓았다. 그렇게 두 사람은 늑대들을 피해 달렸는데, 그렇게 얼마쯤 달려가자 이내 거칠게 계곡물이 흐르는 곳에 이르게 되었다. 김민철은 계곡물을 보고 레이첼에게 고개를 돌렸다. 레이첼은 그런 김민철의 시선에 의도를 알아채고 고개를 끄덕였다. 그리고 두 사람은 망설이지 않고 그대로 계곡물 속으로 뛰어들었다. 그리고 그렇게 두 사람은 거친 계곡물에 휩쓸렸다.

2

아침에 겨우 정신이 든 김민철은 머리를 부여잡고 침상에 걸터앉았다. 새벽 늦은 시간까지 술을 마셨는데, 어떻게 집에 돌아왔는지 알 수 없었지만 분명히 방은 그의 것이었다. 그는 보통 친구들과 술을 마실 때는 현실을 비아냥거렸다. 경제는 좋지 않고 집값은 급등하는 게 무능한 정부의 책임 같았다. 그러면서 주식이니, 코인이니 돈을 벌 수 있는 수단들을 이야기했지만, 현실에선 그것마저 투자할 형편은 아니었다.

그는 군대를 전역하고 대학에 복학해서 어떻게든 졸업은 했지만, 줄곧 학자금대출을 갚아 나가며 직장 생활에 붙들려 살았다. 그나마 대학을 졸업한 덕분에 혼자 생활하기에는 아쉽지 않은 급여를 받았지만, 그렇다고 30대 초반이 되면서도 집까지 마련할 형편은 아니었다.

그는 침상에서 겨우 정신을 차리고 습관적으로 스마트폰을 확인했다. 그리고 자신의 메신저에 올라와 있는 내용을 확인했다. 이런저런 이야기가 잔뜩 올라와 있었고, 새벽까지 술을 마시고 찍은 사진도 올라와 있었다. 그는 사진 속에 흘러내린 자신의 표정을 보고, 인상을 찌푸리더니, 신경질적으로 사진을 지워버렸다. 그리고 서둘러 직장에 출근할 준비를 했다.

오후가 되었을 때 어제 함께 술을 마셨던 한 친구로부터 연락이 왔다. 그리고 그는 그에게 이탈리아로 여행 갈 준비는 어떻게 되어 가느냐고 물었다. 그는 뜬금없이 무슨 여행이냐고 소리쳤지만, 어제 술 마시면서 친구들끼리 이탈리아로 우정 여행 가기로 한 거 생각나지 않느냐고 되물었다. 그러며 그는 술기운에 그 자리에서 바로 비행기표를 예매해 버렸다고 말했다.

"바로 취소해!"
김민철은 주저하지 않고 소리쳤다. 그러나 그의 친구는 이렇게 된 거 한 번 가 보자고 말했다. 김민철은 좀 내키지 않았지만, 생각해 보니 자신도 예전부터 유럽을 가 보고 싶긴 했다. 사실 그는 대학 시절에 교양 과목으로 유럽 역사를 공부한 적이 있었다. 하지만 당시 학생 신분으로는 유럽 여행은 부담스러웠기에, 현재 유럽은 그저 그의 기억 저편에 자리할 뿐이었다. 그런데 이렇게 뜬금없이 이탈리아로 우정 여행이라니 무언가 내키지 않았다. 하지만 그의 친구는 어제 그가 한 말에 인상을 받았다며 꼭 가 보고 싶다고 말했다. 그래서 그는 자신이 술기운에 무슨 말을 했느냐고 물었는데, 그의 친구는 어제 그가 한 말들을 주저 없이 말했다. 가톨릭 성지인 바티칸부터 그리스어나 라틴어 숫자를 읽는 방법이라든가, 가톨릭의 일곱 가지 죄악과 일곱 악마, 중세 유럽의 암흑기와 면죄부, 성모 마리아에 관한 지식 등을 열거했다.

결국 김민철은 자신이 무슨 짓을 했는지 깨닫고 더는 거절할 수 없었다. 하지만 이탈리아 여행을 가기로 결정하고 나니 마음 한편은 기대되었다. 여태껏 살아오면서 한 번도 자신을 위해 시간을 가져 보지 못했었다. 하지만 지금은 회사 사람들 눈치는 보지 않고 휴가 정도는 다녀올 수 있는 직급은 되었다. 그래서 그는 그에게 날짜가 언제인지 물었다. 그는 10월 초라고 대답했다. 앞으로 한 달 정도 남았는데, 연말이라면 어려웠겠지만, 그 기간에는 휴가를 내는 것은 그렇게 어렵지 않았다. 그는 떨떠름한 표정을 짓다가 이내 못 이기는 척 생각해 보겠다고 말하고 전화를 끊었다.

그리고 그렇게 해서 그는 이탈리아로 향하는 비행기를 올라타게 되었다. 그런데 비행기에 탑승하고 알게 된 것은 그것은 이탈리아 밀라노 항공권이 아니라 로마 항공권이었다. 어차피 로마로도 많은 사람이 여행을 다녔기에 그는 크게 신경 쓰지 않았다.

로마에 도착했을 때는 제법 늦은 시간이었다. 기온은 영상 12도 정도였는데, 어딘지 쌀쌀한 기후였다. 숙소는 근처에 있는 호텔로 잡았는데, 모두 로마는 초행이었기에 택시를 불러 잡았다. 어차피 다들 직장을 다녀 경제적으로는 여유가 있어 택시비 정도는 아끼지 않기로 했다. 김민철은 호텔에 도착하기까지 로마의 거리를 들뜬 마음으로 감상했다. 아무래도 생전 처음 구경하는 유럽의 거리이니 사뭇 신기하게 느껴졌다. 현대 문명에 과거의 건축 기술이 융화되어 세련되면서도 중세의 유럽풍 건축 디자인을 물씬 감상할 수 있었다.

그는 로마의 풍경을 감상하다가 예전에 영화에서 보았던 콜로세움 원형 경기장을 떠올렸다. 상당히 인상적인 배경이었기에 첫 여행 경로지로 그곳을 방문하기로 했다.

그들은 생각보다 일찍 호텔에 도착했다. 호텔은 그리 크지 않았지만, 상당히 깔끔해 보였다. 그들은 서둘러 체크인을 하고 배정된 방으로 들어갔다. 방에는 개인 침대가 3개 놓여 있었고, 화장실이 따로 있었다. 나름 만족스러운 시설이었다. 일단 유럽에 도착한 첫날이니 어떻게 보낼까 고민하다가 밖에서 간단하게 술을 마시기로 하였다. 하지만 로마에서는 법적으로 새벽 2시에서 아침 7시까지 주류 판매가 금지되어 있어, 그들은 아쉬운 마음을 과자로 달래야 했다. 그리고 호텔로 돌아와 잠을 청했다.

김민철이 다시 눈을 떴을 때는 날이 밝은 지 오래였다. 그가 습관적으로 스마트폰을 보니 오후 2시가 좀 지나 있었다. 여행 온 첫날이라 무언가 감이 없었다. 그러나 벌써 해가 중천이니 이대로 계속 누워 있기에는 시간이 아까웠다. 그래서 그는 아직도 자고 있는 친구들에게 베개를 던지고 소리를 질러 잠을 깨웠다. 친구들은 겨우 정신을 차렸는데, 그들도 시간을 확인하고 좀 당황스러운 표정을 지었다. 한국에서는 아무리 새벽까지 술을 마셔도, 주말이 아니면, 회사 출근 때문에 이렇게까지 잠을 자지 않았다. 그러나 장시간 비행기를 타고 온 덕분인지 이렇게 일어난 것도 기적이었다. 이제 어떻게 해야 할지 그들은 고민했다. 그러다가 김민철의 뇌리 속에 한 가지 단어가 스쳐 갔다.

"콜로세움!" 김민철이 뜬금없이 소리쳤다.
"뭐?"
그런데 세 사람의 배에서 동시에 꼬르륵 하고 소리가 났다. 세 사람은 더 무어라 말할 것도 없이 우선 옷을 입고 식당으로 향했다.

세 사람은 근처에 있는 식당에서 적당히 배를 채우고, 지하철을 타고 콜로세움 역으로 향했다. 콜로세움은 역 바로 앞에 있었다. 김민철은 콜로세움 원형 경기장을 실제로 보니, 좀 실망스러웠다. 영화에서는 여러 명의 검투사가 치열하게 싸웠고, 패배한 자는 맹수의 끼니가 되었다. 그래서 상당히 거대하고 웅장한 원형 경기장을 생각했다. 그런데 막상 와서 보니 다 무너진 오래된 벽들이 미로처럼 있었고, 가운데는 나무로 된 십자가 조형물이 있었다. 그 모습은 그저 오래된 공동묘지를 연상시켰다. 그는 쓸쓸한 생각에 좀 더 주변을 둘러보다가 건물에서 나오려고 하였다. 그런데 그 순간 어디선가 사람들의 소리가 들렸다. 그것은 비명인지 함성인지 알 수 없었다. 그는 무슨 일인가 하고 주변을 살폈다. 그러나 주변에는 관광객만 있을 뿐이었다. 그는 도대체 무슨 일인지 알 수 없었다. 하지만 그의 귀로는 수많은 사람의 함성과 비명이 섞여서 콜로세움 원형 경기장을 흔드는 것처럼 느껴졌다. 그것은 축구를 본 사람들이 흥분해서 내는 소리 같은 게 아니었다. 광기에 사로잡힌 사람들의 함성과 야유와 극도로 공포에 질린 사람들의 비참한 비명이 뒤섞인 것이었다.

"도대체 이건 무슨 소리야?"

김민철은 참을 수 없는 현기증을 느꼈다. 그리고 정신을 가다듬을 틈도 없이 의식을 잃어 가더니 그대로 계단 아래로 구르고 말았다.

3

두 사람은 간신히 헤엄쳐서 계곡물에서 빠져나왔다. 상당히 거친 계곡의 물살이었기에 늑대들은 따라오지 못하는 것 같았다. 두 사람은 겨우 호흡을 가다듬고 바닥에 털썩 주저앉았다.

"도대체 그는 누구였을까요?"

호흡을 가다듬은 레이첼이 방금 늑대들을 이끈 사내를 생각하고 말했다.

"그가 누군지는 모르지만, 분명한 것은 그는 우리의 아군은 아니라는 사실이에요. 그리고 다시 그와 마주치면 그는 우리를 늑대들의 먹이로 삼을 거예요."

김민철이 호흡을 가다듬고 말했다.

레이첼은 그의 말에 어렸을 때 읽은 빨간 망토가 생각났다. 늑대에게 잡아먹히기 전에 이 이상한 세계에서 빠져나오고 싶었다.

두 사람은 그렇게 다시 숲을 헤매게 되었다. 그런데 어느 정도 숲을 헤매다가 수많은 흰 나비가 한 방향으로 흘러가는 것을 보게 되었다. 그 수는 이루 셀 수 없을 정도로 어마어마한 숫자였다. 두 사람은 평소에 볼 수 없는 그 진기한 풍경에서 한동안 눈을 뗄 수 없었다.

"도대체 저 수많은 나비가 저렇게 줄지어서 어디로 가는 걸까요?"

레이첼이 나비가 날아가는 방향을 바라보고 물었다.

"나도 저렇게 끝을 알 수 없는 수많은 무리의 나비는 처음 봐요. 무언가 신기하지만 기괴하기도 하네요. 그런데 어쩌면 나비들이 날아가는 방향으로 따라가 보는 것도 좋을 것 같아요. 어차피 어디로 가야 할지 알 수 없는 상황이니, 이 나비 떼를 따라가다 보면 무언가 발견할지도 몰라요."

"음, 그게 좋을 것 같네요."

레이첼은 그의 말에 고개를 끄덕였다.

그렇게 두 사람은 한참을 날아가는 나비 떼를 따라갔다. 나비 떼는 도저히 가늠할 수 없을 정도로 긴 대열을 이루었다. 두 사람은 그 긴 대열의 나비 떼를 따라 얼마쯤 가서 결국 숲에서 빠져나왔다. 그리고 약간 마른 초원에 이르게 되었다. 두 사람은 거기서 얼마쯤 더 가니 언덕 위로 거대한 돌기둥들이 세워진 고대 그리스 신전 같은 곳이 나타났다. 나비 떼는 그 신전으로 향하고 있었는데, 일단 두 사람도 나비 떼를 따라 그 신전 쪽으로 향했다.

'도대체 이 세계는 어떻게 구성되어 있는 거지?'

김민철은 갑작스럽게 나타난 신전 같은 건물을 보고 의아해서 쳐다봤다.

"주변을 좀 보세요."

레이첼이 신전을 향해 걷다가 주변을 보고 말했다.

"네? 와우, 이곳에 처음부터 마을이 있었나요?"

김민철은 레이첼의 말에 주변을 바라봤는데, 신전 주변으로 허물어진 건물들이 둘러싸여 있었다. 마치 전쟁으로 폐허가 된 고대 마을 같았다.

"아니요, 분명히 신전으로 가까이 다가가기 전에는 마을 같은 건 없었어요. 하지만 신전이 가까워지자 폐허 같은 마을이 나타났어요."

"음……."

분명히 마을 같은 건 없었다. 그런데 갑자기 마을이 나타났다. 두 사람은 불길한 기분이 들었지만 우선 신전 주변의 폐허가 된 마을을 둘러보기로 했다. 부서지고 허물어진 벽과 쪼개지고 기울어진 나무로 된 문짝과 창문, 너덜너덜 거리는 커튼, 사람의 그림자 하나 보이지 않은 사늘한 거리, 마치 유령이 나올 것 같은 스산한 분위기였다. 두 사람은 조심스럽게 마을을 살폈는데, 그런데 그때 한쪽에서 무언가 작은 그림자가 움직이는 게 보였다. 김민철은 움직이는 그 작은 그림자를 보고 불안한 기분이 들었다. 어쩌면 아까 보았던 늑대를 이끈 사내일 수도 있었다. 레이첼도 그 그림자를 보고 두려운 기분이 들었다. 그러나 그녀는 그보다 침착했다. 그녀는 조심스럽게 폐허가 된 건물들을 둘러보며 그림자 쪽으로 다가갔다. 김민철은 그녀에게 가까이 가지 않는 게 낫겠다고 했지만, 그녀는 괜찮을 것 같다며 천천히 다가갔다. 결국 김민철도 그녀만 보낼 수는 없었기에 그녀보다 먼저 앞으로 나아갔다.

김민철은 검은 그림자가 있는 곳으로 조심스럽게 다가갔는데, 그런데 갑자기 검은 그림자가 사라졌다. 그는 검은 그림자가 사라지자 불길한 기분에 레이첼을 돌아보았다. 레이첼도 불안한 기분이 들었지만, 그래도 정체를 확인하는 것이 나을 거라고 했다. 그래서 검은 그림자가 있던 곳으로 더 가까이 다가갔는데, 그곳엔 아무것도 없었다. 김민철은 순간 그것이 유령은 아니었을까 싶은 생각에 덜컥 겁이 났다. 레이첼은 멍하니 서 있는 그에게 다가가 등에 손을 얹었는데, 순간 김민철은 놀라서 헉하고 소리쳤다. 그러자 레이첼도 당황해서 왜 그러느냐고 소리쳤다. 김민철은 검은 그림자가 갑자기 사라져서 유령이 나를 만진 게 아닌가 했다고 말했다. 그러자 그녀는 유령 같은 건 없다면서 방금 검은 그림자가 있던 곳으로 그를 앞질러 가 버렸다. 그런데 정말이지 신기하게도 방금 전에 움직였던 검은 그림자는 어디에도 없었다. 김민철은 좀 더 주변을 살피다가 한쪽 벽에 손을 기댔는데, 순간 기댄 벽이 흙이 되어 무너졌다. 그리고 그 안에는 몇 마리의 염소가 있었다. 염소들은 두 사람을 보고 음매하고 울었다. 김민철은 갑자기 나타난 염소 떼에 당황해서 소스라치게 놀라며 뒤로 자빠졌다. 레이첼도 갑자기 벽 무너지자 당황스러웠지만, 벽 안에 있는 염소 떼를 보고 안심했다.

"염소가 있는 걸 보니 사람이 있긴 한 것 같은데요?"

레이첼이 넘어진 김민철에게 손을 내밀고 말했다. 김민철은 순간 민망해서 그녀의 손을 외면하고 재빨리 자리에서 일어났다. 그리고 엉덩이를 털며 주변을 좀 더 둘러보겠다며 혼자서 다른 곳으로 가 버렸다.

"도대체 사람은 어디 있는 거지?"

그는 방금 일로 짜증이 나서 투덜거렸다. 그러나 아무리 주변을 둘러봐도 사람의 인기척은 느껴지지 않았다. 그는 혹시나 해서 비교적 멀쩡해 보이는 집 문을 두들겨 보았다. 그런데 그 문도 그의 손이 닿자마자 흙으로 분해되어 그대로 쏟아졌다. 그는 멀쩡했던 물체가 또다시 흙이 되어 쏟아지자 당황스러웠다. 그래서 혹시나 하는 생각에 옆에 있는 벽도 만졌는데, 역시 흙이 되어 쏟아져 버렸다. 그는 이곳이 상당히 오래되어서 형태만 겨우 유지하고 있는 게 아닌가 하는 생각이 들었다.

한편 레이첼은 새끼 염소를 보고 귀엽다는 생각에 염소의 머리에 손을 댔다. 그냥 가볍게 쓰다듬어 줄 생각이었는데, 그녀의 손이 닿자마자 염소도 그대로 흙이 되어 흩어져 버렸다. 그녀는 흙이 되어 흩어져 버린 염소를 보고 소스라치게 놀랐다. 로브를 쓰고 있던 사내가 토끼에 손을 대자 수증기가 되어 증발한 것과 비슷했다.

잠시 뒤 김민철이 그녀에게 돌아왔는데, 무언가 이상하다며 이곳에서 빨리 벗어나자고 말했다. 레이첼은 그런 김민철의 말에 정신을 차리고 고개를 끄덕였다. 그리고 급하게 자리에서 벗어나려고 했는데, 갑자기 어디선가 휘파람 소리가 나더니 염소들이 건물 밖으로 뛰쳐나갔다. 두 사람은 갑작스럽게 염소들이 움직이자 당황해서 서로 쳐다봤다.

염소들은 경사로가 상당히 가파른 언덕 위의 신전 쪽으로 올라갔다. 두 사람은 염소들을 따라 신전 쪽으로 향했는데, 염소들처럼 가파른 언덕을 타고 오를 수는 없었다. 그래서 나비가 향했던 방향을 따라서 신전 쪽으로 올라가기로 했다. 수를 셀 수 없는 나비들은 여전히 날아가고 있었고, 염소들도 신전으로 올라가는 것으로 봐서 어쩌면 두 사람은 누군가가 자신들을 신전으로 부르고 있다는 생각이 들었다.

"도대체 이 상황을 어떻게 받아들여야 하는 걸까요?"

레이첼이 신전으로 올라가면서 김민철에게 물었다.

"확실히 영화에서나 일어날 법한 일들이 벌어지니 나도 이 상황이 혼란스러워요."

김민철도 계속해서 상식적으로 이해할 수 없는 일들만 벌어지니 도저히 무어라 설명할 수 없었다.

두 사람은 그렇게 현재의 상황을 헤아리지 못한 채 신전 쪽으로 올라갔다. 그런데 멀리서 신전을 바라봤을 때와 달리 가까이에서 신전을 바라보니, 이곳도 아래의 폐허가 된 마을처럼 허름하고 이곳저곳 부서져 있었다.

신전 중앙에는 아까 보았던 염소들이 모여 있었다. 그리고 그 위로 수를 셀 수 없는 나비들이 하늘을 뒤덮고 있었다. 하지만 나비들은 이 신전이 종착지는 아닌 것 같았다. 나비들은 신전 위를 어느 정도 맴돌다가 다섯 방향으로 나뉘어서 날아갔다. 두 사람은 그 광경을 넋이 나가서 바라보고 있었는데, 그런데 그때 두 사람 곁으로 한 노인이 다가왔다. 두 사람은 한 노인이 다가오자 기척을 느끼고 긴장해서 그를 쳐다봤다. 노인은 자신을 경계하는 두 사람을 별로 신경 쓰지 않고 한 새끼 염소 곁으로 다가갔다. 그리고 그는 새끼 염소에게 손을 내밀었는데, 순간 그 모습을 본 레이첼이 염소를 만지지 말라고 소리쳤다. 그러나 그는 그녀의 말을 신경 쓰지 않고 가볍게 새끼 염소를 들어 품에 안았다. 신기하게도 염소는 흙으로 변하지 않았다. 레이첼은 어리둥절한 표정으로 노인을 멍하니 바라봤다.

그녀는 새끼 염소를 안고 있는 노인에게 그 염소의 주인이냐고 물었다. 그러나 노인은 아무 말 없이 큰 돌에 앉아 품에 안은 염소를 쓰다듬을 뿐이었다.

김민철도 노인에게 말을 걸었는데 노인은 전혀 말이 없었다. 그렇게 두 사람은 한참을 가만히 서서 노인을 바라봤다. 그러다가 잠시 뒤 노인이 자리에서 일어나더니 두 사람에게 입을 열었다.

"무엇이 그렇게 궁금한 거지?"

"······ 당신은 누구시죠?"

레이첼이 그의 말에 주저하다가 입을 열었다.

"나는 이 폐허가 된 성전을 지키는 문지기이며, 섬의 한 지역을 관리하는 관리자라네. 그리고 섬 주인의 대리인 중 한명이지. 나는 자네들이 폐허가 된 마을에 손을 대는 걸 봤네. 특히 아가씨는 염소에게 손을 댔지."

"······."

"이 섬의 주인은 자네들의 행위를 결코 정당화하지 않을 거네. 섬의 주인은 섬의 이 지역에 특별히 몇 가지 규칙을 정했네. 그중 하나가 그가 허락하지 않은 것은 아무것도 만져서는 안 된다는 거네. 그런데 자네들은 이 지역의 물건에 손을 대었고, 그것들은 흙이 되고 말았지. 자네들은 이에 대한 대가를 지불해야 할 거야."

"대가라고요?"

"······." 두 사람은 그의 말에 당황스러웠다.

'도대체 어떤 존재가 사물을 만지면 흙이 되게 할 수 있는 거지? 그리고 그런 존재가 대가를 원한다면 도대체 어떤 형벌을 치러야 하는 거지? 아니 섬의 주인? 이곳이 섬이라는 건가? 도대체 이 섬의 주인은 어떤 작자일까?'

김민철은 머릿속으로 노인의 말을 정리하듯 빠르게 생각했다. 확실히 이곳에 와서 그가 느낀 것은 어느 것도 상식적이지 않다는 것이었다. 그러니 이러한 상황에 당황할 것은 아니었다. 하지만 아까 로브를 입고 늑대들을 시켜 자신들을 습격한 사내보다는 이쪽이 더 신사적이란 생각이 들었다. 그리고 이쪽은 무언가 인격적인 대화를 시도할 수 있을 것 같았다.

　"도대체 우리가 치러야 하는 대가는 무엇이죠?"

　김민철이 그를 보고 물었다.

　"자네들이 저지른 과오에 대한 대가는 그가 인정하는 행동을 하는 것이네."

　"인정하는 행동?"

　"그렇다네. 그것이 구체적으로 무어라 말할 수는 없지만, 그는 적어도 자네들의 마음의 태도를 지켜볼 것이네."

　"음……."

　두 사람은 그의 말에 서로를 바라봤다. 무슨 의도인지는 알 수 없지만, 적어도 자신들이 이 세계에서 범법자로 낙인찍히지 않으려면 그의 말을 따라야 했다.

　"그럼 어떤 행동을 해야 하는 거죠?"

　이번엔 레이첼이 물었다.

　"단순히 노동이라도 해 보는 게 좋을 거야."

　"노동이요?"

　김민철의 의외의 대답에 의아해서 되물었다.

　"자네들이 본 이 마을은 어떠한가?"

　"완전히 폐허가 되었습니다."

　"그렇다네. 그러니 이곳에 생명이 필요하네."

　"하지만 우리의 손에 닿는 것은 전부 흙이 될 뿐이에요."

　레이첼이 방금 자신의 손에 닿아 흙이 된 염소를 생각하고 말했다.

"아직 자네들에게 그의 어떤 가호도 허락되지 않았다는 뜻이네. 그것은 일종의 권한이라고도 할 수 있지."

"권한이요?"

"그렇다네. 이 섬은 이곳을 포함해 크게 일곱 개의 지역으로 나누어져 있네. 그리고 각 지역마다 한 명씩 대리인이 지키고 있네. 나는 그들 중 섬의 가장 중심인 이곳을 지키는 자라네. 그리고 각 대리인은 그 지역을 관리하는 능력을 가지고 있지. 만약 자네들이 대가를 지불하기 위한 노동을 한다면 나는 적어도 자네들에게 이곳의 사물을 만질 수 있는 권한 정도는 부여할 수 있네."

"음, 어차피 선택의 여지는 없는 거군요."

김민철이 떨떠름한 표정을 지으며 말했다.

"그럼 나는 나의 대가를 치르겠어요."

레이첼은 길게 고민하지 않고 대답했다.

그러자 김민철도 별수 없다는 듯 그의 말에 수긍했다.

노인은 두 사람의 말에 가볍게 고개를 끄덕였다. 그리고 노인은 염소를 바닥에 내려놓더니 자리에 서서 두 사람의 머리에 손을 얹었다. 그리고 그는 눈을 감고 알 수 없는 언어로 무언가 중얼거리기 시작했는데, 그러자 그의 손에서 하얀 빛이 빛나기 시작했다. 그 빛은 두 사람의 머리를 타고 온몸으로 흘러들었다. 처음에 두 사람은 그의 손에서 흘러나온 빛이 자신들의 몸을 감싸자 묘한 기분이 들었지만, 신체에는 아무런 고통도 느껴지지 않아 그저 가만히 있었다. 그리고 잠시 뒤 노인은 두 사람에게서 손을 떼고 입을 열었다.

"이것으로 두 사람은 이곳에 있는 사물을 만질 수 있게 되었네. 다만 문제를 일으킨다면 저주를 받게 될 거야."

"저주라고요?"

"그렇다네. 권한을 부여받았다는 건, 그에 따른 책임도 지는 것이니까. 만약 책임을 다하지 않는다면 마땅한 응징이 따를 것이네."

"좀 무서운데요." 김민철이 노인의 말에 부담을 느끼고 말했다.

"저주에 대한 두려움은 당연한 것이지. 비록 나의 손을 들어 그대들에게 권한을 부여하였지만, 실제로 권한을 허락하신 분도, 저주를 내리시는 분도 섬의 주인이라네. 나는 그저 외지인의 길 안내를 맡고 있을 뿐이지."

"만약 그 저주를 받으면 어떻게 되는 거죠?"

이번엔 레이첼이 물었다.

"그건 나도 모르네. 저주는 여러 가지 형태가 있는 것으로 알지만, 실제로 그 저주를 받은 사람을 만난 적은 없네."

"……."

김민철은 그의 이야기를 들으며 복잡한 심정이었다. 그간 학자금대출을 갚아 가며 직장 생활을 해 왔는데, 이 이상한 세계에서도 그와 별반 다르지 않는 상황에 놓인 게 아닌가 하는 기분이었다. 그런데 문득 저주라는 단어를 들으니 이곳에 오기 전에 자신들을 습격했던 사내가 생각났다.

"이곳에 오기 전에 로브를 입은 사내가 우릴 습격했었어요. 혹시 그에 대해서 아는 것이 있나요?"

"음, 그를 직접 보지 않고는 모르겠군. 섬의 주인이 특별히 게시하지 않는 한 섬의 대리인들은 자신에게 주어진 영토 안의 일 외에는 알 수 없네.

더욱이 섬의 대리인은 자기에게 맡겨진 영토에서 벗어날 수 없네. 또한 자기의 영토에 발을 들인 이를 해할 권한도 없지. 다만 악마를 따르는 자라면 예외지만."

"악마라고요?"

"그렇다네. 이 세계에는 눈으로 볼 수 없는 존재들이 있네. 이를테면 섬의 주인이라든가, 악마라든가, 천사들이네. 그중에서 일곱 악마는 섬의 주인을 대적하는 존재들이네. 그러나 그들이 직접 모습을 보일 일은 없을 거야. 다만 그들을 따르는 추종자들이 어리석은 행동을 하는 것이 문제지만."

"음, 혹시 그 일곱 악마의 이름이 루시퍼, 마몬, 레비아탄, 사탄, 아스모데우스, 바알제붑, 벨페고르가 아닌가요?"

김민철이 혹시나 하는 생각에 예전에 종교에 대해 조사했을 때 알게 되었던 악마의 이름을 나열해 보았다.

"나는 악마의 이름은 알지 못하네. 다만 나는 그가 정한 질서대로 행동할 뿐이지. 그 질서를 어지럽히는 이들을 대적할 뿐이야. 물론 그들이라도 영토의 경계선을 침범하지만 않는다면 문제될 것은 없지."

"그렇다면 당신의 영토의 경계는 어디까지인가요?"

이번엔 레이첼이 물었다.

"저 나비들은 섬을 나누는 경계선이라네. 이곳으로 온 나비들은 여기서 다시 다섯 방향으로 나누어지지. 그렇게 되면 여섯 개의 면적으로 나뉘는데, 그 각각의 면적이 각각의 대리인들의 영토가 되네. 그리고 나의 영토는 나비들이 모였다가 흩어지는 이 중앙이라네."

"무언가 신기하네요."

레이첼이 그의 설명을 듣고 신기하다는 듯 나비들을 바라보며 말했다.

"모든 건 섬의 주인의 의지에서 비롯된 일이니, 어째서 그가 섬을 이런 식으로 나누었는지는 설명할 수 없네. 단지 그의 의지대로 순리를 따라 이해하고 살아갈 뿐이네."

"그럼 이 지역에 있는 사람은 당신뿐인가요?"

"적어도 자네들이 들어오기 전까지는 그러했네. 방금 말했지만, 이곳은 나비들이 경계를 나누는 중심지라네. 그래서 이곳은 영토 중에서도 가장 규모가 작고, 자네 같은 외부인들이 진입하는 경우도 드무네. 어쩌면 자네들이 이곳에 이를 수 있는 것도 순전히 그의 의지에 의한 것일지도 모르지. 자네들을 기습했다던 그 로브를 입은 사내는 이 안으로는 들어오지는 못할 걸세. 만약 그가 경계를 넘어 이곳으로 들어온다면, 그 역시 섬의 주인의 의지를 따라 흘러들어 온 것일 거야."

"만약 그가 들어와 당신을 공격한다면 당신은 어떻게 하실 건가요?"

김민철은 노인이 로브를 입은 사내에 대해서 무덤덤하게 말하자, 불안한 기분에 물었다.

"그가 먼저 공격하지 않는다면 나는 아무런 행동도 하지 않을 거네. 그러나 그가 공격한다면 그에 대한 대가를 그는 치러야겠지."

노인은 여전히 담담한 어조로 말했다.

김민철은 그런 노인의 대답에 무어라 말해야 할지 알 수 없었다. 다만 현재로서는 자신들이 저지른 일에 대한 대가를 치러야 했기에 노인의 지시를 따라야 했다. 어쩌면 자신들을 공격한 로브를 입은 사내보다도 섬의 주인이 내리는 저주가 더 두려운 것일 수도 있었다.

노인은 두 사람에게 이곳에서 새로운 생명이 피어날 일을 알아서 해 보라고 했다. 두 사람은 그의 말에 당황스러웠지만, 레이첼은 무언가 깊이 생각하더니 폐허가 된 마을로 내려갔다. 김민철은 좀처럼 감이 오지 않아 그의 말에 짜증이 났다. 하지만 레이첼이 별말 없이 그의 말에 수긍하고 마을로 내려가자, 그도 불만을 내뱉지 못하고 그녀의 뒤를 따랐다.

그는 그녀의 뒤를 따르며 어떻게 할 것이냐고 물었다. 그러자 그녀는 그저 신앙의 양심이 가리키는 것을 할 거라고 대답했다. 김민철은 그녀의 의외의 대답에 고개를 갸웃했다. 그러고 보니 이 이상한 세계만큼이나 그녀가 말한 라니아 제국에 대해서도 들어본 적이 없었다. 만약 유럽의 역사 가운데 그런 제국이 있었다면, 역사책에서라도 한 번쯤은 보았을 것이다. 그는 그녀의 눈치를 살피다가 슬쩍 그녀에게 라니아 제국에 대해 물어보았다. 그러자 그녀는 라니아 제국을 정말 모르느냐고 물었다. 그는 그런 제국은 단 한 번도 들어본 적 없다고 말했다. 그러자 그녀는 조금씩 라니아 제국의 기억을 떠올려 보았다. 아직도 이전 세계의 기억이 온전히 떠오르는 건 아니었지만, 그럭저럭 윤곽은 생각할 수 있었다. 그녀는 그 윤곽들을 어떻게 설명해야 할지 고민하다가 최대한 헤아려지는 대로 제국의 문명을 설명해 주었다.

김민철은 그녀의 설명을 듣고 라니아 제국이 여느 중세 제국하고는 차원이 다르다는 생각이 들었다. 그것은 21세기의 현대 문명보다도 훨씬 더 발전한 과학 문명을 가진 제국이었다. 이를테면 사고로 한쪽 다리를 잃은 불구자라도 기계 의족을 사용해서 사고 이전보다 훨씬 뛰어난 운동 신경을 가질 수 있었다. 그 외에도 AI 자율 주행은 이미 상용화가 되어 있었다. 무언가 그녀의 말에 의구심이 들기도 했지만, 적어도 그녀의 태도를 보아서는 거짓말은 아닐 거란 생각이 들었다. 거기다 방금 전 내용을 한국어로도 유창하게 설명하는 걸 보아서 확실히 그녀는 평범한 사람은 아니었다.

"그나저나 확실히 당신은 선진국의 사람답게 한국어를 능숙하게 사용하는군요. 그 어려운 설명을 내가 충분히 이해할 수 있도록 한국어로 잘 풀어 설명해 주는 걸 보면 당신 제국의 교육 체제도 분명히 뛰어날 거예요."

"무슨 소리죠? 나는 지금 라니아 제국의 언어인 사헬어를 사용하고 있어요. 당신이야말로, 우리 제국 언어를 사용해서 좀 놀랐어요."

레이첼이 갑작스러운 그의 말에 당황해서 말했다.

"네? 난 라니아라는 제국에 대해서도 아는 게 없는데, 어떻게 그 나라의 언어를 알겠어요. 고작해야 영어를 좀 할 수 있는 정도인데요."

김민철이 의아해서 말했다.

"음, 그럴 리가요. 난 어머니가 중국 분이라 사헬어 외에 중국어랑 아프리카 언어를 조금 알고 있을 뿐, 그 외에는 아는 언어가 없어요."

"하지만 지금 당신이 사용하는 언어는 분명히 한국어예요."

김민철은 그녀의 말을 전혀 납득할 수 없었다.

"아니에요. 지금 당신은 사헬어를 사용하고 있어요."

두 사람은 서로 납득이 가지 않는다는 듯 말했다. 그러다 두 사람은 문득 이것이 섬의 주인이 허락한 능력은 아닐까 하는 생각이 들었다. 만약 한 번도 배워 본 적이 없는 언어를 상대방이 유창하다고 인식할 만큼 사용한다면 그 또한 초자연적인 능력일 것이다. 김민철은 혹시나 해서 두 사람의 세계의 지명들도 이야기해 보기로 했다. 그러자 중국과 한국 같은 아시아의 지명이라든가, 유럽의 위치 등은 대략적으로 같다는 걸 알 수 있었다. 그러나 대영제국이 있어야 할 자리에 라니아 제국이 자리하고 있다는 건 달랐다.

그렇게 두 사람은 어느 정도 이야기를 주고받으며 현재의 상황도 조금 이해하게 되었다. 무언가 다른 두 세계의 사람이 또 다른 세계에서 조우한 것이다. 그러니 이 자체만 보아도 섬의 주인의 존재에 대해서는 의심할 필요는 없을 것이다.

그는 자신보다 앞선 문명을 가진 그녀가 과연 이 상황을 어떻게 해결할지 궁금했다. 그러나 그녀의 생각은 상당히 원시적이었다. 단순히 이곳에 다른 지역에 있는 식물을 가져와서 심어보자고 하였다. 김민철은 그것이 내키지 않았지만, 딱히 생명을 돋아나게 할 방법이 떠오르지 않았기에 그녀의 말에 따르기로 했다. 그래서 두 사람은 마을에서 우선 빠져나가려고 하였다. 그러나 아무리 마을에서 빠져나가려고 하여도 마을을 벗어날 수 없었다. 두 사람은 영문을 알 수 없었지만, 곧 노인의 말대로 이 또한 섬의 주인의 섭리 중의 일이라고 생각했다. 그래서 두 사람은 방법을 바꿔서 폐허가 된 건물을 둘러보았다. 그리고 그 가운데에서 밭과 우물을 발견하게 되었다. 두 사람은 그것으로 터를 다시 일구어서 식물이 자랄 수 있는 환경을 만들어 보기로 했다. 하지만 식물의 씨앗 자체가 없었기에 김민철은 그러한 행동이 썩 내키지는 않았다. 그래도 무언가는 시도해야 한다는 생각에 두 사람은 마을 주변을 살폈다. 그리고 밭을 일굴 적당한 도구를 구해 왔다. 확실히 노인에게 권한을 부여받은 뒤로는 어떤 사물을 만져도 흙으로 변하지는 않았다.

김민철은 애초부터 씨앗이 없었기에 이런 무의미한 작업을 언제까지 해야 할지 고민되었다. 하지만 레이첼은 아무런 불만 없이 묵묵히 밭을 일구었다. 김민철은 여간해선 피곤한 표정은 짓지 않는 그녀를 보고 싫은 표정을 지을 수는 없었다. 그리고 그 역시 나름대로 군 생활을 하였기에 이러한 일 자체가 어려운 것도 아니었다.

그렇게 두 사람은 며칠간 밭을 일구었다. 김민철은 밭일 외에도 폐허를 둘러보며 쓸 만한 물건을 찾아서 수리하기도 했다. 그리고 레이첼도 염소를 돌보기도 하고 때론 김민철의 작업을 돕기도 하였다. 신기한 것은 두 사람은 이곳에서 아무것도 먹지 않는데 육체적으로는 힘들지 않았다. 더욱이 폐허가 된 집에서 생활했는데도 잠자리가 불편하다는 생각조차 들지 않았다. 단지 반복되는 일상에 마음이 조금씩 지쳐 갈 뿐이었다. 그러다 가끔은 노인이 염소를 데리고 두 사람 곁으로 다가왔다. 그리고 노인은 아무 말 없이 두 사람이 하고 있는 일을 지켜봤다. 그러면 김민철은 간혹 노인에게 다가가 말을 걸곤 했다.

"언제부터 이곳에서 혼자 계셨던 거죠?"

"글쎄, 섬의 주인이 이곳으로 나를 인도했을 때부터라네."

김민철은 이미 예상하고 있던 노인의 대답에 고개를 끄덕였다.

"흠, 얼마나 오래전 일인지는 모르지만, 줄곧 이곳에서 지냈던 건가요?"

"내게 다른 선택을 할 이유는 없으니까."

"어째서요? 당신에게도 자유를 누릴 수 있는 권한은 있지 않나요?"

"난 이미 자유롭네."

"자유롭다고요? 혹시 당신도 이곳을 벗어나면 저주받는 건가요?"

"물론 그렇다네. 하지만 그 저주가 두려워서 그를 따르는 건 아니라네."

"무슨 말이죠?"

"세상의 섭리를 이해하게 되면 굳이 이런 생활이 힘겹지도 않다는 걸 알게 되네."

"음, 마치 스님 같은 이야기를 하는군요."

"무슨 말인지 모르겠군. 난 그저 그의 뜻 안에 이것으로 족하다고 느낄 뿐이라네."

"그럼 당신의 이름은 무엇이죠?"

"모노. 우시아라고 하네."

"혹시 이 섬의 주인의 이름도 알고 있나요?"

"그의 이름은 모르네."

"이 섬의 이름은 무엇인가요?"

"모르네. 다만 이 지역은 모노라고 하네."

"모노?"

"……."

"그럼 당신에겐 가족이나 친구는 있나요?"

"모르겠네. 만약 내게 그러한 사람들이 있었다면, 그들 중 누군가의 이름은 기억하고 있겠지."

"……."

김민철은 점점 그와 이야기하는 것이 쉽지 않았다. 마치 감정이라곤 없는 사람처럼 대답하는 그가 살아 있는 존재인가 하는 의구심마저 들었다. 결국 그는 더는 그에게 말을 걸지 않았다.

두 사람은 이곳에서 거의 한 달 정도의 시간을 보냈다. 한 달의 시간이 흐르는 동안 아무것도 먹지 않았지만, 전혀 허기지거나 갈증 나지 않았다. 김민철은 일은 따분했지만 그럭저럭 할 만했다. 다만 씨앗을 뿌리지 않은 땅에서 무언가가 자랄 일은 없다고 생각했다. 그것은 너무나도 어리석은 생각이었다. 하지만 어째서인지 레이첼은 그러한 생각을 하지 않는 것 같았다. 김민철은 그런 레이첼에게 정말 싹이 피어날 것 같으냐고 물었다. 레이첼은 고개를 끄덕였다. 김민철은 그런 그녀의 대답이 내키지 않았다.

"상식으로는 받아들일 수 없는 일이죠. 하지만 이곳에선 가능할 것 같아요. 섬의 주인의 의지에 달려 있는 일이라면, 눈에 보이는 현실보다 보이지 않는 그를 믿는 것이 옳을 거예요. 애초부터 우린 이 일을 상식적으로 생각하고 하지 않았어요. 순전히 섬의 대리인인 모노. 우시아의 말을 따랐을 뿐이니까요."

레이첼은 차분하게 대답했다.

김민철은 그런 그녀의 대답이 내키지 않았지만, 확실히 이런 상황에서 상식적인 이야기를 한다는 게 더 어리석다는 생각이 들었다. 그래서 그는 더는 상식적인 생각에 연연하지 않고 그녀처럼 섬의 주인의 의지를 기대하기로 했다.

그런데 신기하게도 그 후로 좀 더 시간이 지나면서 밭에서 새순이 돋기 시작했다. 두 사람은 그것을 보고 너무나도 신기해서 무어라 말할 수 없었다.

"섬의 주인의 은총이로군."

모노. 우시아가 그 관경을 보고 감탄하며 말했다.

"섬의 주인이 우릴 용서한 것인가요?"

김민철이 믿을 수 없다는 표정을 지으며 말했다.

"그렇다네. 내가 이곳에서 지내면서 처음으로 생명이 피어나는 걸 보는 거네. 그의 은총이 아니고서는 이 폐허에서 생명이 피어날 수 없지."

모노. 우시아는 평소와 다르게 감동해서 눈물을 흘렸다. 그리고 그 모습을 본 두 사람도 묘한 감동을 느꼈다. 레이첼은 곁으로 다가온 염소 새끼의 머리를 쓰다듬어 줬는데, 염소 새끼도 그녀의 손을 핥아 주었다.

그렇게 그들 모두 기뻐하는 사이 누군가가 침입하였다. 모노. 우시아는 침입자의 인기척을 느끼고 자리에서 일어났다. 그리고 두 사람에게 단호하게 무기가 될 만한 것을 찾으라고 말했다. 두 사람은 돌연 태도가 변한 모노. 우시아를 보고 당황해서 서로 쳐다봤다. 그런데 갑자기 전에 두 사람을 습격했던 늑대들이 그들 곁으로 다가오고 있었다. 두 사람은 늑대들을 보고 두려움에 몸을 떨었다.

"그대는 어찌하여 섬의 주인의 은총을 받았으면서 악마를 따르게 되었는가."

모노. 우시아는 로브를 입은 사내를 응시하고 말했다. 그리고 그는 무어라 알 수 없는 언어로 나직이 중얼거리기 시작했는데, 그러자 염소들의 덩치가 커지기 시작했다.

로브를 입은 사내는 그 모습을 보고 묘한 미소를 짓더니 늑대들에게 손짓하였다. 그러자 늑대들이 득달같이 달려들었는데, 덩치가 커진 염소들도 그 늑대들을 향해 달려들더니 머리의 뿔로 들이박았다.

두 사람도 그 모습을 보고 다급하게 밭을 일구던 도구를 집어 들었다. 그리고 다가오는 늑대들을 향해 휘둘렀는데, 그런데 신기하게도 김민철은 자신조차 믿을 수 없는 괴력으로 늑대들을 날려버렸다. 그저 도구를 휘둘렀을 뿐인데, 늑대들은 그대로 맞고 몇 미터를 날아가 버렸다. 레이첼은 김민철과 같은 괴력은 없었지만, 날렵하게 늑대들을 쳐서 제압할 수 있었다.

검은 로브를 쓴 사내는 의외의 반격에 당황한 표정을 지었다. 하지만 그는 물러서지 않고 모노. 우시아처럼 무언가 알 수 없는 언어로 중얼거렸다. 그리고 주머니에서 이상한 가루를 꺼내 바닥에 뿌렸는데, 곧 그 이상한 가루에 닿은 지면이 괴이한 형태로 바뀌더니 거대한 곰의 형상으로 바뀌었다. 그리고 그 거대한 곰은 거침없이 염소들을 향해 달려들었다.

"아무래도 이대로는 안 될 것 같군. 두 사람 다 이곳에서 도망치게."

모노. 우시아가 거대한 곰을 보고 두 사람에게 소리쳤다.

"하지만 당신 혼자서 그와 싸울 수는 없어요."

김민철이 상황을 인식하고 말했다.

"나를 신경 쓰지 말게. 모든 건 섬의 주인의 뜻대로 흘러가고 있는 것이니까. 자네들이 굳이 그와 맞설 필요는 없네. 아직 자네들에겐 그와 대등하게 싸울 힘이 없네. 우선 물러나게. 자네들이 물러서는 동안 내가 어떻게든 그와 맞서 보겠네."

"하지만 당신도 위험한 거 아닌가요?"

"내 걱정은 하지 말게. 모든 건 섬의 주인의 뜻대로 흘러갈 테니까. 다만 아직 자네들은 해야 할 일이 남아 있네. 그러니 여기서 물러나게."

그는 그렇게 말하더니 무언가 알 수 없는 언어로 또다시 중얼거리기 시작했다. 그러자 공간이 뒤틀리더니 그대로 두 사람은 그곳에서 사라져 버렸다.

요새의 섬

1

　험악한 계곡을 따라 강은 거침없이 흐르고 있었다. 그 누구의 발걸음이라도 거부하듯 강은 도도하게 흘렀다. 그러나 그렇게 도도한 강 위로도 수를 셀 수 없는 나비 떼가 지나갔다. 경계를 나누는 나비 떼는 이곳이 또 다른 대리인의 영토임을 알리고 있었다. 강은 한 지점에서 거대한 원을 이루었는데, 그 위로 높은 바위섬이 솟아 있었다. 그리고 그 바위섬의 가장 위쪽에는 거대한 성이 그 웅장한 위용을 드러냈다. 바위섬 한쪽으로는 외부로 이어진 다리가 하나 놓여 있었다. 사람들은 그 다리를 통해 성으로 들어갔다. 그 다리만이 유일하게 그 성을 외부와 교류하게 하는 통로 역할을 했다.

　다리 건너편은 그저 고요했는데, 아무래도 성의 웅장함과 견고함이 이곳을 지키는 듯했다. 그런데 그 고요했던 공간은 한순간에 일그러지기 시작했다. 그리고 그 일그러진 공간에서 두 사람이 모습을 나타냈다. 그 공간에서 나온 두 사람은 영문을 알지 못한다는 표정으로 서로를 당황스럽게 쳐다봤다.

　"모노. 우시아 씨!"

　김민철이 방금 전 급박했던 상황을 떠올리고 모노. 우시아의 이름을 불렀다. 하지만 두 사람은 그에게로 돌아갈 수 없었다.

"이제 어떻게 해야 할까요?"

레이첼도 방금 전 상황을 떠올리고 불안해서 말했다.

"모르겠어요. 다만, 그의 능력이라면 쉽사리 당하지는 않을 거예요. 그리고 애초부터 우리가 곁에 있었더라도 별 도움은 되지 않았을 거예요. 그러니 우리를 이렇게 다른 공간으로 이동시킨 것 같고요."

"하지만 혹여 그가 잘못된다면……."

"걱정해 봤자, 우린 그를 위해서 아무것도 할 수 없어요. 다만 당신이 섬의 주인의 의지를 믿고 밭을 일군 것처럼, 그의 생사도 섬의 주인의 뜻에 맡겨야 할 거예요. 우리가 할 수 있는 건 그것뿐이에요."

"……."

레이첼은 상심한 마음이 남았지만, 딱히 부정할 이유도 없었기에 그의 말에 고개를 끄덕였다.

두 사람은 마음을 가라앉히고 우선 주변을 둘러보며 갈 만한 곳을 찾았다.

"오, 근데 저쪽에 거대한 성이 보이네요. 저건 마치 스페인에 있는 천의 요새 톨레도를 생각나게 하네요."

"정말 엄청난 성이에요."

레이첼도 거대한 성을 보고 감탄했다.

"아무래도 저곳을 빼고는 근처에 갈 곳은 없는 것 같군요. 그가 이곳으로 우릴 이동시킨 것도 저곳으로 보내려고 했던 것 같고요."

"아마도 그런 것 같네요. 그렇지만 안으로 쉽사리 들어갈 수 있을지 모르겠어요. 우리 같은 외부인을 간단히 안으로 들여보내 줄까요?"

"흠, 잘은 모르겠지만 그래도 한번 부닥쳐는 보죠. 만약 모노. 우시아 씨가 정말 저곳으로 우릴 보낼 생각이었다면, 그런 부분도 생각하고 보냈을 거예요.”

“무언가 걱정은 되지만, 현재로서는 그렇게 해야 할 것 같네요.”

레이첼은 더는 고민해 봤자 의미가 없다는 생각에 고개를 끄덕였다.

두 사람은 그렇게 성의 다리 쪽으로 걸어갔다. 다리가 있는 곳으로 가기 위해서는 절벽으로 나 있는 좁은 길을 따라가야 했다. 절벽은 생각보다도 높았는데, 아래쪽으로 거칠게 흐르는 강이 아찔하게 느껴졌다.

두 사람은 그 좁은 길을 따라가다가, 순간 레이첼이 발을 잘못 내딛으면서 절벽 아래로 미끄러졌다. 김민철은 미끄러진 그녀를 순간적으로 붙잡았다. 그런데 신기하게도 그는 생각보다 가볍게 성인 여성인 그녀를 한 손으로 들 수 있었다. 레이첼은 아찔한 생각에 아무 말도 할 수 없었지만, 김민철은 겁에 질린 그녀를 가볍게 끌어올리며 조심하라고 말했다.

“고마워요. 덕분에 살았어요.”

레이첼이 볼을 붉히고 말했다.

“조심하세요. 절벽으로 나 있는 길이 생각보다 미끄럽네요. 그나저나 언제부터 나에게 이런 힘이 생긴 거지? 그러고 보니 늑대를 쳤을 때도 꽤 멀리 날려버렸던 것 같은데, 아무래도 섬의 주인으로부터 받은 은총인 것 같아요.”

그는 자신의 손을 보고 주먹을 쥐었다 펴며 말했다.

“정말 그런 것 같네요. 그러고 보니 나 역시 당신처럼 어떤 능력은 받은 것 같은데, 앞으로 이 힘으로 그와 싸워야 할지도 모르겠네요.”

“아마도 그렇겠죠. 하지만 지금은 그와 대등하게 싸울 수는 없을 거에요. 그러니 그가 우릴 이곳으로 보낸 거겠죠. 아무튼 일단 성으로 향하죠."

"네."

두 사람은 그렇게 말하고 다시 조심스럽게 앞으로 나아갔다. 얼마쯤 절벽 길을 따라가니 바위섬 위에 웅장하게 세워진 성이 나타냈다. 멀리서 보았을 때도 멋졌는데, 가까이에서 보니 더더욱 웅장하게 느껴졌다. 절벽에서 조심스럽게 위로 올라가니 꽤 넓은 평지가 있었다. 아무래도 두 사람이 이동된 곳은 일반적인 길은 아닌 것 같았다. 그래도 무사히 평지로 올라왔으니 두 사람은 일단 안도하였다. 절벽에서 성으로 잇는 다리는 거대한 대리석 재질로 되어 있었다. 도대체 어떻게 절벽 사이에 저런 다리를 지을 생각을 했는지 두 사람은 신기했다. 다리 건너편에는 거대한 성벽이 둘러싸여 있었다. 그리고 건장한 덩치를 가진 경비병이 성문을 지키고 있었다. 성벽 위로도 상당수의 경비병이 경계를 서고 있었는데, 생각보다 삼엄하게 성 주변을 경계하는 모양이었다. 그럼에도 성문으로 상인들의 것으로 보이는 마차가 들락거렸다. 두 사람은 상인들이 자유롭게 성문으로 들어서는 걸 보고 조금은 마음이 놓였다. 아무래도 이야기만 잘하면 성으로 들어서는 건 어렵지 않을 것도 같았다. 그런데 막상 두 사람이 성문 쪽으로 다가가니 상인들이 경비병에게 어떤 문서를 보여 주고 있었다. 아무래도 저 문서가 있어야 성안으로 들어설 수 있는 것 같았다.

레이첼은 그 모습을 보고 김민철에게 어떻게 할지 물었는데, 그는 이렇다 할 대답을 할 수 없었다. 하지만 당장 다른 대안이 없었기에 일단 경비병에 사정이라도 말해 보기로 했다. 그런데 신기하게도 경비병들은 두 사람의 존재를 전혀 인식하지 못했다. 두 사람은 어째서 경비병들이 자신들을 인식하지 못하는지 의아해서 서로 쳐다봤다. 무언가 자신들이 투명 인간 취급을 당하는 것 같은 기분이었다.

그런데 김민철은 문득 모노 지역에서 있었던 일이 생각났다. 두 사람이 모노 지역에 처음 들어섰을 때는 아무것도 만질 수 없었다. 괜히 섬의 주인에게 허락받지 않은 상태에서 그곳 사물에 손을 대면 그대로 흙이 되어 버렸다. 그렇다는 건 이곳에서도 섬의 주인이 허락하지 않으면 비슷한 현상이 일어날 터였다. 그리고 그에 따른 대가도 치러야 했다.

김민철은 그렇게 생각이 정리되자 시험 삼아 경비병의 어깨에 손을 얹어보았다. 레이첼은 그의 갑작스러운 행동에 그러지 말라고 소리쳤지만, 그는 호기심을 저버리기 어려웠다. 그런데 그의 손은 경비병의 어깨를 통과해서 지나갔다. 두 사람은 그 모습에 살짝 놀랐다.

"설마 여기서는 권한이 주어지지 않으면 아무것도 만질 수 없다는 건가?"

"아무래도 그런 것 같네요. 여기 있는 사람들은 마치 유령처럼 우릴 전혀 인식하지 못하고 있어요."

레이첼이 그의 말에 동의하듯 말했다.

"확실히 그런 것 같네요. 그럼 이제 어떻게 할까요?"

"일단 성안으로 들어가 보죠. 딱히 이들에게 인식되지 않을뿐더러, 사물을 만질 수도 없다면 어떤 문제도 벌어지지는 않을 거예요."

"아무래도 현재로서는 다른 대안은 없을 것 같군요."

김민철이 그녀의 말에 동의했다.

"하지만 그래도 혹시 모르니 돌발적인 행동은 자제해 주세요. 혹시라도 섬의 주인의 심기를 건드리는 행동을 해서 저주를 받을지도 모르니까요."

"그건 걱정하지 마세요. 지난날의 과오를 반복하는 어리석은 사람은 아니니까요."

  높은 성벽으로 둘러싸인 성벽 안은 중세 유럽풍의 가옥들로 줄지어 있
었다. 거리는 사람으로 북새통을 이루었고, 자동차 같은 교통수단은 보이
지 않았다. 대신 말들이 끄는 마차들이 보였는데, 도로에는 말의 변이 떨
어져 있어 인상을 찌푸리게 했다. 하지만 두 사람은 중세의 유럽을 구경
할 수 있어 기분이 좋았다. 특히 안쪽으로 이동할수록 고지가 높아져 성
벽 너머로 선선한 바람이 불어왔다. 그런데 신기하게도 두 사람은 그 선
선한 바람을 느낄 수 있었다. 그 바람이 피부를 훑고 지나가자 황홀한 기
분이 들었다. 두 사람은 한동안 그 선선한 바람을 맞으며 성벽 너머의 풍
경을 바라봤다. 두 사람은 절벽 길을 따라 성으로 올라왔기에 성벽 밖을
자세히 보지 못했는데, 이렇게 높은 곳에서 성벽 너머를 내려다보니 굉장
히 넓은 초원지대가 펼쳐져 있었다. 두 사람은 바람의 황홀한 감촉과 그
광활한 초원을 바라보며 새삼 살아 있다는 것에 깊은 감동을 느꼈다.

  두 사람은 다시 거리를 돌아다니다가 기분 좋은 냄새에 이끌려 식당 안
으로도 들어가 보았다. 군침이 절로 도는 훈제 요리 앞에서 이로 참을 수
없는 식욕을 느꼈다. 하지만 바람의 감각이나 음식의 향은 느낄 수 있어
도 맛을 보는 것은 허락되지 않았다. 아무래도 특정 감각만 느낄 수 있는
건, 모노에서 사물을 만지는 걸 제한당한 것과 비슷한 이치인 것 같았다.

  두 사람은 아무것도 만질 수 없다는 사실에 이루 말할 수 없는 괴로움을
느꼈다. 그러나 두 사람은 다시 마음을 가다듬고 다른 곳으로 향했다. 보
석 상점과 옷 가게, 무기 상점 등 다채로운 중세 물품을 감상하며 이루 말
할 수 없는 즐거움을 느꼈다. 특히 고급스러운 드레스가 진열된 상점에

들어섰을 때는 레이첼의 눈동자가 커졌다. 값비싼 명주실로 짠 드레스를 평생 한 번 입어 보기도 어려운 것이었다. 그래서인지 그녀는 드레스에서 한동안 시선을 떼지 못했다. 그러다가 드레스를 걸치고 있는 마네킹에 맞추어 서 보았다. 하지만 그렇게 서 있어도 자신의 모습을 직접 볼 수는 없었기에 그녀는 곧 흥미를 잃었다. 실제로 두 사람은 다른 사람과 대화할 수 없고, 음식도 맛볼 수 없어서 점점 공허감을 느꼈다. 다만 중세의 사람들이 어떻게 살았는지 직접 눈으로 볼 수 있어서, 그나마 그것으로 위안을 삼았다. 그리고 해가 저물기 시작했다.

두 사람은 해가 저물기 시작하자 이후에 어떻게 할지 생각했다. 그렇지만 두 사람은 유령 같은 처지였기에 다른 사람의 시선을 신경 쓸 필요는 없었다. 그래서 각자 원하는 곳에서 휴식을 취하고 다음 날 아침에 일찍 만나기로 했다.

김민철은 주변에 묵을 곳을 찾다가 우연히 희미한 빛이 나는 나비를 보게 되었다. 그는 그 나비가 경계를 나누는 나비 같다는 생각이 들었다. 그래서 그는 그 나비를 따라갔는데, 그 나비는 상당히 큰 저택으로 들어갔다. 그는 그 저택을 보고 침을 삼켰다. 한국에선 평생을 일해도 구매할 수 없는 저택이었다. 그는 그 저택에 어떤 위인이 살고 있을지 호기심이 생겼다. 그래서 그는 이참에 저택을 구경할 겸, 벽을 통과해서 안으로 들어갔다.

저택 안은 큰 샹들리에의 조명이 주변을 밝히고 있었다. 전기가 없을 것 같은 시대에 이런 물건이 있다는 게 특이했지만, 원체 시대를 분별할 수 있는 세계가 아니었기에 그는 상황을 대충 수긍했다. 애초에 전구를 만든 에디슨도 그런 시대에서 그러한 물건을 만든 것이었다. 저택의 바닥에는 고급스러운 붉은 카펫이 깔려 있었고, 거대한 액자와 장신구들이 진열되어 있었다. 그리고 2층으로 이어지는 계단에는 큰 액자가 하나 걸려 있었다. 그 액자에는 이 저택의 주인으로 보이는 귀족의 그림이 있었다. 김민철은 1층을 대강 살피고 2층으로 올라갔다. 그는 계단을 오를 때 혹시나 해서 조심스럽게 계단을 밟아 보았다. 다행히도 그가 계단을 밟는 것은 아무런 문제가 없었다. 아마도 다리를 걸어서 지나갔을 때도 아무런 문제가 없었던 것으로 봐서, 이렇게 지면으로 된 사물은 밟는 것은 문제가 되지 않는 것 같았다. 확실히 지면을 밟을 수 없다면 이렇게 다니는 것도 불가능할 것이었다.

그는 계단을 따라 2층으로 올라갔다. 2층은 복도가 두 갈래로 나뉘었고 여러 개의 방들이 있었다. 그는 이 많은 방 중 한 곳에서 조용히 머물기로 했다. 아무래도 이런 저택의 주인이라면 유령에게 방 하나를 내어주어도 깊은 아량으로 이해하리라 생각했다. 그는 방 안으로 벽을 뚫고 들어가 살폈다. 각 방은 쓰이는 용도는 달라 보였지만 대강 구조는 비슷했다. 값비싼 장식구와 가구로 진열되어 있었고, 서재부터 의상실, 값비싼 그림들이 진열된 방까지 꽤나 화려했다. 그렇게 그는 여러 방을 구경하며 돌아다녔다. 그런데 한쪽 방에서 사람들이 대화하는 소리가 들렸다. 그는 그들이 무슨 이야기를 하는지 궁금해서 벽을 뚫고 그 방으로 들어갔다. 방에는 세 사람이 진지한 이야기를 나누고 있었다.

"카를로스 경, 바로 내일 밤이야."

허리까지 곱게 자란 금발머리를 가진 중년의 사내가 말했다. 그는 흰 바탕에 붉은 문양을 수놓은 고급스러운 옷을 입고 있었는데, 척 보아도 지체 높은 귀족인 것 같았다.

"헤이스트 경, 이 일은 곧 시작될 거네."

검은 머리를 짧게 자른 사내가 나직한 목소리로 말했다. 그 역시 흰 바탕에 붉은 문양의 옷을 입고 있는 것으로 봐서 방금 사내와 비슷한 신분인 것 같았다.

"반드시 내일 거사는 성공해야 하네. 이미 트로이군의 수많은 병력이 성벽 외각에 진을 치고 있어. 아무리 이 빈센트 성이 천의 요새라 불리더라도 이건 막을 방법이 없어."

디. 빌헬름이 한쪽 벽에 걸려 있는 액자를 바라보고 말했다. 그는 흰머리가 허리까지 자랐고, 피부는 창백했다.

'뭐지? 이 사람들 지금 역모를 꾸미고 있는 건가?'

김민철은 우연이 그들의 이야기를 엿듣고 난처한 표정을 지었다. 역모가 일어난다면 많은 사람이 죽고 말 것이다. 그가 기억하는 역사서에서 역모는 항상 많은 피를 흘렸다. 아무리 명분이 좋더라도 결국은 왕을 배신하는 행위는 결코 정당화할 수는 없다. 하지만 현재 그는 유령 같은 존재였다. 그리고 그런 정의감에 사로잡혀 현실을 분간하지 못할 정도로 무모한 사람도 아니었다. 그래서 그는 가만히 세 사람의 이야기를 듣기로 했다. 그리고 한편으로는 이런 역모의 현장을 실제로 볼 수 있다는 것도 흥미로웠다. 이런 건 영화나 드라마에서나 볼 법한 일이었다. 그러니 실제로 이런 일이 벌어지니 흥미롭지 않을 수 없었다.

"우린 단지 문만 열면 되는 거야. 이미 오백의 병력을 준비했네. 그들로 성문을 장악하고 문만 열면 밖에서 대기하고 있는 수많은 트로이군이 들어올 거야."

디. 빌헬름이 계속해서 말을 이었다.

"그럼 성주가 사라진 이 성은 큰 혼란에 빠질 거야."

카를로스 경이 그의 말에 맞장구쳤다.

"만약 성주를 생포한다면 우리는 좀 더 트로이군의 신임을 얻을 수 있을 텐데. 그러나 그가 어디로 갔는지 아는 사람은 아무도 없어."

디. 빌헬름이 쓴 표정을 지으며 말했다. 그리고 슬쩍 고개를 돌려 김민철 쪽을 바라봤다. 김민철은 갑자기 그가 자신을 알아보듯 바라보자 당황스러운 표정을 지었다. 하지만 그는 자신을 보고 있는 게 아니라 자신의 뒤편에 있는 창밖을 보고 있었다. 하지만 그는 왠지 불안한 마음에 슬쩍 자리를 피해야겠다는 생각이 들었다. 그래서 밖으로 나가려고 했는데, 문득 그들의 뒤편에 있는 책장으로 익숙한 글씨가 적혀 있는 책이 보였다. 그는 혹시나 하는 마음에 그 책이 있는 곳으로 다가갔다. 그 책에는 한국어로 '제국의 길'이라는 글귀가 적혀 있었다. 그는 어떻게 한국어로 된 책이 이곳에 있는 건지 신기했다. 그래서 자신도 모르게 손을 책에 가져갔다. 그런데 순간 손이 책에 닿자 만질 수 있었다. 그는 순간 아차 싶은 생각이 들었다. 손에 물건이 닿는다는 건 권한이 부여되었다는 듯이었다. 그렇다는 건 다른 사람이 자신을 볼 수도 있다는 것이었다. 그래서 조심스럽게 뒤를 돌아봤다. 그러나 세 사람은 여전히 그를 알아채지 못한 것 같았다. 그는 최대한 자세를 낮춰서 밖으로 나가려고 했다. 그런데 그는 밖으로 나갈 수도 없었다. 더는 벽을 뚫고 지나갈 수 없었다. 그는 순간 자신이 위기에 처했다는 걸 알게 되었다. 여기 있는 사람들은 단지 그를 발견하지 못했을 뿐, 발각되는 순간 그의 목숨은 위태로웠다.

김민철은 급하게 책상 뒤로 숨었다. 그리고 숨을 죽이고 그들이 밖으로 나가길 기다렸다. 그러나 꽤 시간이 지났지만, 그들은 전혀 방에서 나갈 기미가 보이지 않았다. 그런데 그 순간 누군가 그가 있는 곳으로 다가왔다. 아무래도 세 사람 중 책상의 주인이 자신의 물건을 가지러 온 것 같았다. 김민철은 이제 죽었구나 생각하고 몸을 바짝 움츠렸다. 곧 그들 중 한 사람이 김민철이 숨어 있는 책상으로 다가왔다. 그리고 그는 고개를 숙여 김민철의 눈을 마주봤다. 그런데 이상하게도 그는 김민철을 존재하지 않은 사람처럼 행동했다. 그냥 책상 서랍을 열고 열쇠를 꺼냈다. 김민철은 그의 반응을 보고 그가 자신을 알아보지 못했다는 생각에 안도의 숨을 내쉬었다. 그리고 자리에서 조심스럽게 일어나려고 했는데, 순간 그가 그의 어깨에 손을 얹고 가만히 있으라고 말했다. 김민철은 순간 당황스러웠다. 그리고 다시 긴장한 채 바짝 자리에 쭈그려 앉았다.

책상에서 열쇠를 꺼낸 사내는 같이 있던 사람들에게 무어라 말하더니 그만 밖으로 내보냈다. 그리고 잠시 정적이 흐르다가 사람들을 내보낸 사내가 김민철에게 이제 나와도 된다고 말했다. 그러자 김민철은 조심스럽게 자리에서 일어났다.

"어째서 나를 도와준 거죠?"

김민철은 의구심에 가득한 시선으로 그를 보고 말했다.

"아무것도 걱정할 필요가 없네. 나는 섬의 디 지역을 관리하는 디. 빌헬름라고 하네."

디. 빌헬름이 태연스럽게 대답했다.

"섬의 디 지역? 그렇다는 건 당신도 섬의 주인의 대리인인가 보군요."

"그렇다네. 섬의 주인의 의지대로 이 지역을 관리하고 있지. 그리고 자네뿐만 아니라 자네와 함께 온 여자도 이미 알고 있네."

"그렇다는 건 이곳에 오기 전에 있었던 일도 알고 있는 건가요? 모노. 우시아라는 노인이……."

"다른 지역의 이야기는 할 필요가 없네. 그건 섬 주인의 의지에 따라 결정될 일이네. 나는 그대들에게 용무가 있을 뿐이야."

디. 빌헬름은 그의 말을 단호하게 잘랐다.

"음, 냉정하군요. 뭐, 그가 쉽게 당하지는 않겠지만요. 아무튼 우리에게 무슨 용무가 있는 거죠?"

"이미 나와 여기 있는 사람들의 이야기를 들어서 상황이 어떻게 흘러가고 있는지 알고 있을 거야."

"무슨 말을 하고 싶은 거죠? 설마 나보고 역모를 막으라는 건가요?"

"굳이 말하자면 그렇다네."

"……."

김민철이 황당해서 어이없다는 표정을 지었다.

"두려워할 건 없네. 섬의 주인의 의지대로 그대들이 선택되었으니, 그의 의지에 반응하기만 하면 되네."

"만약 거절한다면 어떻게 할 건가요?"

"거절하면 저주를 받게 될 거야. 그 로브를 쓴 사내처럼 말이지."

"로브를 쓴 사내? 당신이 그를 어떻게 아는 거죠?"

그가 로브를 쓴 사내 이야기를 하자, 김민철은 그를 신경질적으로 노려봤다.

"그에 대해서 알 수밖에 없지. 내가 그에게 직접 권한을 부여하였으니까."

"뭐라고요?"

김민철이 당황한 표정을 지었다.

"그는 이 섬에 최초로 들어온 이방인이네. 그리고 섬의 주인의 뜻도 최초로 거역했지. 그래서 그는 저주를 받고 섬 여기저기를 떠돌아다니고 있네."

"그럼 어째서 그가 우릴 공격한 거죠?"

"어째서 그가 자네들을 공격했는지는 정확히 알지 못하지만, 짐작하자면 그가 섬의 주인의 뜻을 거역한 것과 연관이 있을 거네. 하지만 그가 저주를 받으면서까지 그의 뜻을 거역한 이유 역시 알지 못하네. 단지 나는 섬의 주인의 계시를 따라 상황을 헤아릴 뿐이네."

"음……."

"그렇지만 그는 이 섬으로는 들어오지 못할 거네."

"어떻게 장담하죠? 그는 모노. 우시아 씨가 지키고 있던 모노 지역을 침입했어요. 하물며 이곳이라고 침입하지 못할 리 없어요."

"흠, 다른 지역에 대해 이야기하는 건 별로 내키지 않지만, 이 또한 그의 뜻인 것 같군. 과연 그가 침입한 것이 그의 의지로 이루어진 일 같은가?"

"무슨 뜻이죠?"

"타이밍이 절묘하지 않은가? 자네들이 보상을 받게 되자마자 그가 침입했네."

"어떻게 당신이 그걸 아는 거죠?"

"알 수밖에 없지. 섬의 주인의 의지로 우리는 연결되어 있으니까. 그러나 다른 지역에 관여하는 건 용납될 일은 아니야. 그러기에 우린 서로에 대해 모르기로 했네. 그의 의지에 의해서만 관여되고 움직일 뿐이지. 그렇기에 로브를 쓴 사내가 침입한 것도 그의 의지에 일부분인 거야.”

“그렇다는 건 섬의 주인이 의도적으로 그를 모노 지역으로 침입시켰다는 건가요? 아니, 그전에 우리와 그를 조우시킨 것도 섬의 주인의 의지에 의한 것이라는 건가요?”

“굳이 부정하지는 않겠네. 그리 기분 좋은 일은 아니겠지만…….”

“어째서 그렇게 무책임하게 일을 진행할 수 있는 거죠?”

김민철이 흥분해서 소리쳤다.

“무책임이라. 그렇게 느끼는 것도 당연하겠지만, 우선 감정을 시키는 게 좋겠군. 그 상태로는 아무 일도 맡길 수 없으니까.”

그러나 디. 빌헬름의 목소리는 여전히 차분했다.

“싫어요. 결코 맡지 않을 거예요.”

“그렇다면 자네가 이곳에 존재할 이유도 사라지네.”

“무슨 뜻이죠?”

“무슨 뜻이겠나. 말 그대로네. 죽음이지.”

“…….”

김민철은 그의 말에 무의식적으로 두려움을 느꼈다.

“그렇게 복잡하게 생각하지 않는 게 좋네. 이방인은 자네 외에도 여럿이 있으니까. 굳이 자네가 아니더라도 이 역할을 수행할 이들은 얼마든지 있네. 하지만 지금은 자네에게 기회가 주어졌으니 결정할 기회는 주겠네.”

“…….”

김민철은 그의 말을 도저히 거부할 수 없었다. 죽음이라는 단어보다도 섬의 주인이 가지고 있는 능력을 부정할 수는 없었다. 결국 김민철은 고개를 끄덕였다.

"좋아. 그럼 설명하지. 자네는 내일 밤에 있을 반역과 그 이후에 있을 트로이군과의 전쟁을 막아야 하네."

"반역과 전쟁을 막아야 한다고요? 말이 안 되는 소리 하지 마세요! 나에겐 그런 일을 감당할 힘이 없어요!"

김민철이 여전히 어이없는 그의 말을 쉽사리 받아들일 수 없었다.

"자네에게 무슨 능력이 주어질지 알고 벌써부터 겁을 먹는가."

"무슨 뜻이죠?"

"자, 받게."

디. 빌헬름은 그렇게 말하고 방금 서랍에서 꺼낸 열쇠를 그에게 던졌다.

"이 열쇠는 뭐죠?"

"그 열쇠를 하늘을 향해 돌리면 자네는 특별한 권한을 부여받게 될 거네."

"특별한 권한?"

그는 그렇게 말하고 조심스럽게 열쇠를 바라봤다. 열쇠는 황금으로 되어 있었는데, 손잡이 부분에 작은 루비가 박혀 있었다.

"그 열쇠를 함부로 사용하지는 말게. 열쇠를 사용하는 건 자네의 자유지만, 한번 권한이 부여되면 반드시 거기에 따른 책임도 져야 하네."

"결국 선택을 강요하는군요. 책임이라는 건 저주를 받을 수도 있다는 소리겠죠."

김민철은 열쇠를 보며 골치 아프다는 표정을 지었다.

"그건 자네 하기 나름이네. 애초부터 자네가 두려워할 이유도 없었고. 온전히 그를 신뢰할 수 있다면 자네에겐 어떤 어려움도 없을 테니까. 아무튼 오늘은 늦었으니 이곳에서 편히 쉬게. 아무도 이 방으로 들어오지 못하게 할 테니까. 그리고 이것도 받게."

디. 빌헬름이 벽에 걸려 있는 검을 그에게 던져 주었다.

"저택에서 나올 때 하인들이 누구냐고 물어보면 이 검을 보여 주게. 그러면 자네에게 누구도 무어라 하지 않을 거네. 그 검은 이 성의 성주가 귀족에게만 하사한 검이니까."

"하지만 자칫 당신 것을 훔친 범인으로 몰릴 수도 있잖아요."

"물론 그렇겠지. 하지만 바로 잡히지는 않을 거야. 하인들은 그 검을 보여 준 자를 무턱대고 도둑놈으로 몰지는 못할 테니까."

"……."

"그리고 이것도 가지고 가게."

디. 빌헬름이 그에게 허리에 차고 있던 묵직한 자루를 던져 주었다.

"이건 또 뭐죠?"

"돈이네. 더는 유령의 몸은 아니니 당장 쓸 경비가 필요할 거야. 그리고 자네의 파트너도 난처한 처지에 놓여 있을 테고."

"무슨 뜻이죠? 아, 그러고 보니 그녀도 더는 유령의 몸은 아니겠군요."

"뭐, 자세한 건 내일 아침에 그녀를 보게 되면 알게 될 거야. 아무튼 지금은 시간이 많이 늦었으니 그냥 편하게 쉬게. 그녀에게 큰일은 벌어지지 않을 테니까. 오히려 앞으로 있을 일을 신경 쓰는 게 더 좋을 거야. 나는 사정이 있어 역모에 가담해야 하네. 자네는 그런 나를 막아야 하고. 단지 자네가 역모를 막을지, 방관할지는 난 그저 지켜볼 뿐이네. 오직 자네의 선택에 달려 있는 일이니까."

"어차피 선택의 여지는 없잖아요!"

"하하, 그렇지. 아무튼 난 이만 나가 볼 테니 이 방에서 편히 쉬게."

디. 빌헬름은 그렇게 말하고 방에서 나갔다. 김민철은 좀 복잡한 기분이 들었지만, 방에 있던 사람들이 모두 나가니 곧 긴장이 풀렸다. 그리고 더는 몸을 지탱할 힘이 없어 그대로 쓰러졌다.

2

다음 날, 김민철이 눈을 떴을 때는 해가 중천에 있었다. 그는 어제 일을 떠올리고 자리에서 벌떡 일어났다. 주변을 살피니 방에는 자기 외에는 아무도 없었고, 그의 옆에는 어제 그가 건넨 검과 열쇠, 그리고 돈 자루가 있었다. 그는 눈을 비비고 검과 열쇠를 챙겨 밖으로 나갔다. 그리고 주변을 살폈는데, 저택의 하인이 몇 명 눈에 들어왔다. 그는 하인과 마주치자 어제 건네받은 검을 보여 주었다. 그러자 하인은 정중히 인사했다. 그는 어제 그가 한 말이 거짓은 아닌 것 같아 안도되었다. 그러다가 레이첼이 생각이 났다. 분명히 그가 그녀에게도 비슷한 상황이 벌어졌을 거라고 했는데, 우선 서둘러 그녀와 만나기로 한 장소로 가 보았다.

급하게 저택에서 뛰쳐나와 그녀와 만나기로 한 장소에 도착했는데, 그녀는 보이지 않았다. 아무래도 너무 늦게 나와서 그녀는 다른 곳에 갔거나, 아니면 무언가 일이 생긴 것 같았다. 그래서 주변을 살피며 그녀를 찾아보았다. 그런데 그녀는 한 식당에서 음식을 정신없이 나르고 있었다. 그는 그녀를 발견하고 그녀에게 다가가 도대체 어떻게 된 거냐며 물었다. 그러자 그녀는 그를 보고 눈물을 글썽이더니 도와달라고 말했다.

그녀는 둘이 헤어진 뒤로 어디서 지낼지 고민하다가 작은 건물로 들어갔다. 처음 건물에 들어갔을 때는 그곳이 식당인지도 몰랐었다. 그녀는 한쪽 창고에서 조용히 잠을 청하려 했는데 도저히 잠이 오지 않았다. 그리고 얼마쯤 지나서 참기 어려울 정도로 속이 쓰쓰해지기 시작했다. 결국 그녀는 배고픔을 견디지 못하고 주방의 음식에 손을 대고 말았다. 평소의 그녀라면 결코 그런 행동은 하지 않았겠지만, 갑자기 권한이 부여되면서 참을 수 없는 식욕을 느끼게 되었다. 그녀는 신앙의 양심상 음식에 손댄 것을 그냥 넘어가지 못하고, 아침에 식당 주인을 찾아가 사실대로 말했다. 그래서 그녀는 지금 이렇게 식당일을 하고 있었다.

김민철은 그녀의 이야기를 듣고 보니 자신도 비슷한 상태라는 걸 알게 되었다. 아무래도 여기서는 권한이 부여되면 육체의 피로나 허기를 그대로 느끼게 되는 것 같았다. 그러니 덩달아서 음식의 섭취나 잠을 자는 것도 필요해진 모양이었다.

그는 식당 주인에게 다가갔다. 그리고 사정을 대충 둘러대고 돈 자루를 꺼내 값을 지불했다. 주인은 그가 은전 한 닢을 내밀자 당황스러운 표정을 지었다. 그러더니 돌연 상냥한 표정을 짓고 식당 한쪽에 자리를 마련해 주었다. 그리고 두 사람이 먹을 수 있는 음식을 양껏 가져다주었다. 그는 갑작스러운 식당 주인의 배려가 좀 당황스러웠지만, 허기가 졌기에 음식을 마다하지는 않았다. 그리고 나중에 안 사실이지만, 식당 주인의 태도가 바뀐 건 은전 하나의 가치가 엄청났기 때문이었다. 보통 식당에서 은전 하나를 만지려면 한 달 이상의 시간이 필요했다. 그런데 그가 받은 돈 자루에는 은전이 무려 스무 닢이나 더 있었다.

김민철은 일단 레이첼을 데리고 사람이 없는 한적한 곳으로 이동했다. 그리고 어제 있었던 일들을 그녀에게 알려 주었다.

"일단 듣기로는 역모는 오늘밤에 일어날 거예요. 이미 적군을 맞이할 오백의 반란군이 집결해 있어요. 그들은 밤이 되면 성문을 열고 수많은 적군을 성안으로 진입시킬 거예요. 그러면 성은 큰 혼란에 빠지고 많은 사람이 희생되겠죠."

김민철이 암울한 표정으로 자초지종을 설명했다. 그러자 그녀는 그의 말을 듣고 잠깐 무언가 생각하더니 반드시 역모를 막아야 한다고 말했다. 그는 그녀가 그녀의 신앙의 양심상 그렇게 나올 거라고 생각했다. 하지만 당장 그들을 저지할 힘은 없었다.

반역을 막는 건 어떤 권한을 부여받아도 쉽사리 감당할 수 있는 일이 아니었다. 그는 섬의 주인의 의지를 믿으라고 했지만, 단순히 그런 식으로 역모를 막을 수는 없을 것 같았다. 그는 고민하다가 만약 성문이 열리기 전에 대기 중인 병력을 제압할 수 있다면 어떻게든 승산이 있으리란 생각이 들었다. 다만 대기 중인 병력도 오백이나 되니, 무턱대고 덤빌 수도 없었다. 그는 디. 빌헬름이 무슨 생각으로 자신에게 이 임무를 맡긴 건지 의구심이 들었다. 하지만 그가 무턱대고 임무만 맡긴 건 아니었다. 은전 스무 닢과 귀족의 검, 그리고 특별한 열쇠가 이 일을 해결할 수 있는 수단일지도 몰랐다.

"일단 누군가에게 이 사실을 알리는 게 어떨까요?"
레이첼이 말했다.
"음, 누구에게 말하죠. 물론 디. 빌헬름이 이 검으로 신분은 보장할 거라고 했지만, 자칫하면 절도자로 몰릴 수도 있어요."

"하지만 무엇이든 해야 해요."

"확실히 그렇긴 해요. 어쩌면 그가 나에게 이렇게 터무니없는 거금을 건 넨 걸 보면 무언가 의도가 있는지도 모르겠어요. 만약 오늘 역모를 막지 못하면, 겨우 이틀을 머물 사람에게 이런 거금은 필요하지 않으니까요."

"그렇다면 그 돈으로 용병을 고용하면 어떨까요? 이곳에 용병을 고용할 수 있는 곳이 있는지 모르겠지만, 적어도 그 돈으로 당장 할 수 있는 건 그 정도가 아닌가 싶어요."

"확실히 그렇긴 해요. 그럼 한번 알아보죠."

두 사람은 주변 사람들에게 용병을 고용할 수 있는 곳이 있는지 물었다. 그러자 근처에 용병 고용소가 있다는 걸 알게 되었다. 평소 상인들은 마차에 짐을 실고 장시간 이동했기에 도적 떼의 습격을 받는 일이 잦았다. 그래서 각 성의 성주는 용병을 고용할 수 있는 기반을 마련했다. 일단 두 사람은 용병 고용소의 이야기를 듣고 그곳으로 이동했다.

현재 가지고 있는 은전으로는 사백 명 정도의 용병을 고용할 수 있었다. 그는 용병을 고용하기 전에 잠깐 생각에 잠겼다. 적은 단순히 상인의 물건을 빼앗으려는 도적 무리가 아니었다. 비록 역모에 가담한 병사라도 잘 조련된 병력이었다. 그런 적을 상대로 무턱대고 용병을 고용한다고 해서 승리할 수 있을지 장담할 수 없었다. 거기다 고용된 용병들이 그의 말을 순순히 믿고 따라줄지도 의문이었다. 더욱이 이렇게 큰 규모로 용병을 고용하는 것도 이상하게 여길 수 있었다. 그는 생각이 많아지자 불안감만 커져 어떻게 해야 할지 알 수 없었다. 결국 그는 레이첼에게 현재의 심정을 솔직하게 털어놓았다. 그녀도 그의 이야기를 듣고 잠시 생각에 잠겼다.

그녀는 심각한 상황 속에서 문뜩 예전에 어머니가 들려주었던 이야기를 떠올렸다. 그것은 그녀의 조국인 라니아 제국의 오래전 예제에 관한 이야기였다. 여제의 이름은 제인 그레이였고, 그녀는 유럽의 종교개혁 당시 활동했던 위인이었다. 그녀가 남긴 업적 중에는 해적으로부터 백성을 구한 이야기가 있었다. 그때 그녀도 백성과 함께 해적의 소굴로 붙잡혀 갔었다. 그녀는 백성을 구하기 위해 자신의 생명을 담보로 해적과 흥정했다. 하지만 그녀는 그러한 상황에도 신앙심을 굴복하지 않고 해적 앞에 당당히 섰다. 그리고 해적들도 포로의 신분임에도 오히려 당당한 그녀를 함부로 대하지 못했다. 더욱이 그녀의 신앙심에 해적들은 신에 대한 두려움마저 느꼈다. 그녀는 여제의 이야기를 떠올리며 어떤 교훈을 얻을 수 있었다.

"분명히 현재 상황은 어렵지만 겁먹을 필요는 없어요."

"무슨 말이죠?"

김민철은 그녀의 담담한 어조에 고개를 들었다.

"섬의 주인은 이 상황을 알고 있을 거예요. 그러니 고민하는 건 의미가 없어요. 애초에 다른 선택지도 없었고요. 그렇다면 우리가 할 수 있는 건 섬의 주인을 신뢰하는 것뿐이에요."

"신뢰라고요?"

"정말로 섬의 주인이 이 상황을 주관하고 있다면, 우린 그의 계획대로 이를 돌파할 수 있을 거예요. 애초부터 섬의 주인을 신뢰하지 못한다면 해결할 방법도 없고요."

"흠……."

김민철은 그녀의 말에 더욱 생각이 복잡해졌다. 아무리 섬의 주인의 계획안에 있다고 해도 맹목적으로 일을 진행할 수는 없었다. 더욱이 그는 그녀처럼 신앙심을 가지고 있지도 않았다. 하지만 계속해서 고민만 한다고 해서 문제가 해결될 상황도 아니었다. 결국 그녀의 말대로 부닥쳐야만 하는 상황이었다. 그래서 그는 일단 용병 고용소로 향했다. 그리고 있는 은전을 전부 사용해서 사백 명의 용병을 고용했다. 그러자 수수료를 챙기는 중계업자가 도대체 어떤 물건을 운송하기에 이리 많은 용병이 필요하냐고 물었다. 김민철은 그의 말에 어떻게 입을 열어야 할지 고민하다가 옆에 있는 레이첼을 바라봤다. 그녀는 그에게 용기를 내라는 듯 고개를 끄덕여 주었다. 그는 그녀의 모습에 더는 망설이지 않고 자신의 검을 꺼내 들었다.

"오늘밤 역모가 일어날 것입니다!"
김민철은 단호하게 말했다.
그러자 중계업자는 당황한 시선으로 그를 가만히 바라봤다. 김민철을 내친김에 현재의 상황을 여기 있는 사람들이 모두 들을 수 있도록 큰 소리로 말했다.
"전쟁이 일어날 것입니다! 그것도 아주 큰 전쟁이 오늘밤에 일어날 것입니다!"
사람들은 갑작스러운 그의 말에 가만히 경청했다.
"이미 이 전쟁에 가담한 반역자들은 움직이고 있습니다. 우리는 오늘밤 음밀하게 움직여서 그들을 막아야 합니다. 그래서 나는 여기 있는 용병들의 힘을 빌리고자 합니다. 부탁입니다. 부디 이 검의 명예를 걸고 여러분에게 도움을 청합니다."

김민철은 디. 빌헬름에게 건네받은 검을 들고 말했다. 그러자 주변에 있던 용병들이 웅성거리기 시작했다.

"그 무슨 말 같지도 않은 소리인가? 도대체 누가 이 성을 침공한단 말인가?"

그때 한 용병이 어이없다는 표정을 지으며 끼어들었다. 그는 전투 중에 한쪽 눈을 잃고 외눈박이가 된 헤밀튼이라는 노병이었다. 덩치는 크지 않았지만, 누구보다도 오랜 세월을 용병으로 살아왔기에 그의 말은 힘이 있었다.

"그리고 만약 반역자가 있다면 그것을 눈치채지 못할 만큼 이 성의 근위대들은 어리숙하지 않네."

"하지만 반역을 일으키는 자가 고위직에 있는 관료들이라면 어떻게 하시겠습니까?"

김민철이 그의 말에 반박하듯 대답했다.

"고위직의 관료들이라고? 말도 안 되는 소리야! 이 성의 귀족들의 충성심을 그 누구도 의심하지 않아!"

"아니요, 제가 직접 들었습니다. 이 검을 두고 맹세할 수 있어요."

"흠, 도저히 상상할 수 없군. 도대체 관료 중 누가 반역을 꾀한다는 건지 도저히 납득이 되지 않는군."

"제발 나의 말을 믿어주세요!" 김민철은 청중을 향해 호소했다.

"흠, 헤밀튼 씨, 일단 그의 말을 들어보죠. 어차피 그는 용병을 고용했어요. 그리고 그가 내민 검도 이 성의 성주가 하사한 검이 맞고요. 아시다시피 성주께서 검을 하사할 때는 아무에게나 공개적으로 하사하지 않으십니다. 그리고 저 검을 하사받은 사람도 정말 특별한 경우가 아니라면 함부로 드러내지 않고요."

"후, 그 말은 맞지. 하지만 이 성은 정말 호락호락 정복할 수 있는 성이 아니네. 일반적으로 성을 함락하려면 성안의 병력의 무려 3배 이상이 필요하네. 그런데 이 천의 요새는 입구가 오직 저 다리뿐이야. 즉 다시 말해 수많은 병력이 침입해 오려면 저 좁은 다리를 건너야 하는데, 그건 정말 쉽지 않은 일이야. 하지만 정말 성안에 반역자가 있고 그들이 버티고 선다면 이야기는 달라지겠지. 하지만 그렇다고 해도 이 성의 병력은 용병을 포함해 족히 삼천은 넘네. 최소한 만 명 이상의 군대가 필요해. 그만한 군대를 동원하려면 게르만이나 트로이군대는 되어야 할 거야. 즉 다시 말해 이 성의 반역자는 지금 그러한 강대국에게 협력하고 있다는 거네. 하지만 무엇 때문에 그런 강대국이 이 성을 침공하려고 하는지 이해할 수가 없군. 이 성은 고작해야 바위 위에 위치한 요새일 뿐이네. 강대국이 치밀하게 넘볼 만큼 구미가 당기는 지형은 아니란 거지."

헤밀튼은 오랜 세월을 전쟁터에서 살아온 용병답게 공성전에 대해 훤히 알고 있었다. 사람들은 헤밀튼의 말에 김민철을 의심스러운 눈초리로 쳐다봤다. 그러자 김민철은 불안감에 두 눈을 감았다. 레이첼도 주변의 분위기에 눌려 무어라 말해야 할지 알 수 없었다. 하지만 김민철은 심호흡을 가다듬고 다시 입을 열었다.

"물론 그렇습니다. 하지만 지형의 이점이 단순히 전리품에만 있는 것은 아닙니다. 이곳을 거점으로 삼으면 더 없이 훌륭한 임시 진지로 사용할 수 있습니다."

김민철은 병역 활동 때 경험한 전투 훈련을 떠올리며 말을 이었다.

"이곳의 지형을 잘 아는 자가 협력한다면, 전쟁에 필요한 지리적 이점을 충분히 얻을 수 있습니다. 그리고 현재 디. 빌헬름이라는 자가 트로이군에 협력하고 있고요."

"뭐라고? 어째서 그가 역모를……?"

헤밀튼은 당혹감을 감추질 못했고, 주변에서도 웅성거리기 시작했다.

"정말로 디. 빌헬름 공이 트로이군에게 가세한 겁니까?"

용병 고용소를 관리하고 있는 라피스가 침착하게 그에게 물었다.

"믿기지 않겠지만 그렇습니다. 나로서는 이를 충분히 증명할 수는 없지만, 적어도 내가 알고 있는 정보는 분명합니다. 어차피 난 내가 가진 돈으로 여러분을 고용했습니다. 만약 내 말이 거짓이라면 오늘밤 드러날 것입니다."

"……."

사람들은 그의 진지한 태도에 더는 무어라 말할 수 없었다. 하지만 김민철도 속으로는 자신의 말을 확신할 수 없었다.

"만약 이 일이 사실이라면 우린 당신을 전적으로 따를 것입니다. 그러나 거짓이라면 우린 당신을 처단할 것입니다."

라피스는 냉정하게 대답했다.

"결코 거짓이 아닙니다."

김민철은 물러서지 않았다.

"흠, 그렇다면 난 자네를 따르겠네."

방금까지 그의 말을 반박했던 헤밀튼이 마지막까지 자신의 의견을 피력한 그의 태도에 고개를 끄덕였다. 그러자 다른 이들도 그를 따르겠다고 말했다. 김민철은 사람들의 대답에 고맙다고 말했다. 그리고 레이첼을 바라봤다. 레이첼은 그런 그를 보고 고개를 끄덕였다.

&　&　&

그날 밤, 디. 빌헬름이 성벽 위에서 다리 건너편을 바라보고 있었다. 얼마간 시간이 지나고 다리 건너편에서 작은 불이 몇 번 번쩍였다. 미리 약속한 대로 트로이군이 부싯돌로 그에게 신호를 보내고 있었다. 그는 그 신호를 알아보고 대기하고 있던 반란군에게 신호를 보냈다. 그러자 숨어 있던 반란군이 성문으로 달려들어 성문을 지키고 있던 문지기를 제압했다. 그리고 성벽에 있던 병사들과 반란군 사이에 걷잡을 수 없는 전투가 벌어졌다. 그런데 그때를 기다리고 있던 김민철이 숨어 있던 용병들에게 손짓했다. 그러자 숨어 있던 용병들은 반란군을 향해 활을 쏘기 시작했다. 반란군은 전혀 예상하지 못한 상황에 당황스러워 우왕좌왕하기 시작했다.

“이게 어떻게 된 거야? 누가 우리의 계략을 눈치챈 거야?”
카를로스가 예상하지 못한 적의 기습에 당황해서 소리쳤다.
“이런 젠장! 어떻게 눈치챘든 간에 영특하게 우리의 기습을 기다리고 있었군.”
그의 곁에 있던 헤이스트가 겨우 화살을 피하며 말했다.
“아무래도 배신자가 있던 모양이로군.”
카를로스가 분노한 표정으로 디. 빌헬름 쪽을 쳐다봤다. 빌헬름도 적의 기습에 제대로 대응하지 못하고 점점 몰리고 있었다.

"우리에겐 뒤는 없네! 만약 이대로 사로잡힌다면 반역죄로 처형될 거야! 무조건 성문을 열어야 하네! 그것만이 우리가 살 길이야!"

"어쩔 수 없군."

헤이스트는 현재의 상황을 어떻게든 타개하기 위해 방패를 들고 성문으로 달려들었다. 그러자 헤밀튼도 성문을 향해 달려들었다. 중간에 적들이 그를 막았지만, 그는 도끼를 들어 적의 방패를 있는 힘껏 내리찍었다. 그러자 방패가 부서졌고 적은 뒤로 튕겨져 나갔다. 헤이스트는 자신의 뒤를 쫓아온 헤밀튼을 발견하고 검을 양손으로 고쳐 잡았다. 그러자 헤밀튼도 다시 한번 도끼를 들어 그에게 달려들었다. 헤이스트는 거대한 도끼를 든 헤밀튼을 보고 순간 겁에 질려서 얼떨결에 검을 휘둘렀다. 헤밀튼은 엉성한 그의 검을 날렵하게 피했다. 그리고 그대로 어깨로 들이박았다. 헤이스트는 헤밀튼의 공격에 그대로 검을 떨어트리고 뒤로 넘어졌다. 헤밀튼은 그 순간을 놓치지 않고 도끼를 그의 목에 가져갔고, 그는 그대로 두 손을 들었다.

김민철도 카를로스와 마주했다. 그러나 김민철은 제대로 검술을 배운 적이 없었다. 그가 할 줄 아는 검술이라고는 훈련소에서 제식훈련 때 배운 총검술이 전부였다. 카를로스는 어딘지 서투른 그의 검술 자세에 그를 얕잡아 보며 사늘한 미소를 지었다. 그리고 주저하지 않고 그의 가슴팍으로 검을 힘껏 찔렀다. 김민철은 갑작스러운 그의 기습을 거의 동물적인 반사 신경으로 피했다. 하지만 그와 검으로는 이길 승산이 없다는 걸 깨달았다. 그래서 조금씩 뒷걸음질 치며 주변을 빠르게 살피기 시작했다. 그러다 한쪽에 있는 큰 나무통을 발견하고 그쪽으로 몸을 날렸다. 그리고 믿을 수 없는 괴력을 발휘해서 재빨리 그

나무통을 집어 들었다. 그러자 이번엔 그 모습을 본 카를로스가 당황
해서 뒷걸음질 쳤다. 김민철은 주저하지 않고 그에게 나무통을 던졌
고, 그는 겨우 몸을 날려 피했다. 하지만 김민철은 그 순간을 놓치지
않고 잽싸게 그에게 달려들어 그의 목에 검을 들이댔다. 그는 더는 저
항하지 못하고 두 손을 들어 항복했다.

3

레이첼은 그녀의 부모와 함께 중국의 어느 시골에서 가난한 사람들을 보살피며 바쁜 나날을 보냈다. 그러한 삶은 늘 부족한 게 많았지만, 그녀의 가족은 서로를 챙겨 주며 행복한 표정을 잃지 않기 위해 노력했다. 때때로 그녀는 부모를 도와 병든 자들을 돌봐야 했는데, 혼자서도 환자의 환부에 약을 바르고 붕대 정도는 감을 수 있었다. 그리고 그녀의 부모는 큰 상처를 입은 환자를 치료할 때마다 그녀를 곁에서 돕게 했다. 그러다 보니 어린 나이에도 환자의 피를 보는 것을 두려워하지 않았고, 어려운 수술이나 의약 용품에 대해서도 배워야 했다. 그녀의 부모는 묵묵히 자신들을 도우는 그녀가 대견스러웠다. 그녀의 어머니는 그런 딸에게 늘 선교사의 마음가짐을 가르쳤다. 예수님께서 가난한 자들과 함께하셨던 것처럼, 사람을 편견 없이 가엽게 대하고 돌봐주길 바랐다.

하루는 그녀의 이웃이 자전거를 타다가 뺑소니를 당하고 크게 다친 적이 있었다. 그녀는 그녀의 부모와 급하게 환자가 있는 수술실로 향했다. 그리고 그때 그녀의 아버지는 그녀에게 환자에게 직접 마취 주사를 놓게 했다. 그녀는 아직까지 직접 환자에게 주사를 놓은 적이 없어 못 하겠다며 고개를 저었다. 그러나 그녀의 아버지는 여느 때보다도 더 단호했다.

"아직 어린 네가 이 일을 하는 게 부담스럽다는 건 아빠도 잘 알아. 하지만 레이첼, 앞으로는 너도 엄마처럼 아빠가 수술하는 걸 도와야 해."

그녀의 아버지는 레이첼에게 직접 의료 장비를 만지게 할 생각이었다. 그날은 그녀의 어머니도 그저 지켜보기만 했다. 두 사람은 딸아이가 어느 정도 크면 직접 환자를 치료할 수 있도록 가르치려고 했다. 그러려면 조금은 모질게 느껴지더라도 사람의 피를 만지는 것에도 익숙해져야 했다. 그래서 두 사람은 일부로 딸아이를 수술 현장으로 데리고 갔다.

그녀의 어머니는 수술할 준비를 했고, 그녀의 아버지는 환자의 상태를 확인했다. 환자를 처음 발견했을 때는 온몸이 피로 젖어 있었다. 그래서 수술을 받을 수 있도록 몸을 닦고 부족한 혈액을 수혈했다. 특히 이번 환자는 의식이 남아 있었기에 부분 마치를 해야 했다. 레이첼은 그간 많은 환자를 봐왔기에 담담하게 환자를 바라봤다.

"부분적으로 하는 마취이니, 이 이상은 주사하지 마렴. 자칫하면 환자의 신경이 마비되어서 평생 사용하지 못할 수도 있으니까."

아버지가 환자의 상태를 살피고 소독 솜으로 수술할 부위를 닦는 동안, 그녀의 어머니는 주사기에 마취약을 담고 그녀에게 건네주었다. 그녀는 직접 마취 주사를 해야 하니 여느 때보다 긴장이 되었다. 하지만 그녀 역시 환자를 대할 때는 조금도 주저해서는 안 된다고 생각했다. 그것은 환자를 대하는 의료 선교사로서 당연히 갖춰야 할 소양이었다. 레이첼은 두려웠지만 난생처음 환자에게 마취 주사를 놓았다. 마취 주사는 한 곳에만 놓지 않고 어머니의 지시에 따라 여러 부위에 놓아야 했다. 아버지는 마취 주사를 맞은 환자의 상태를 좀 살피다가 이내 환자를 수술하기 시작했다.

"레이첼, 우선 메스를 건네주겠니."

그녀는 아버지의 지시대로 메스를 건네주었다. 메스를 건네받은 그녀의 아버지는 그녀가 보는 앞에서 환자의 어깨를 과감하게 메스로 그었다. 레이첼은 그 모습을 인상을 찌푸리고 지켜보았다.

"레이첼, 환자를 수술하는 모습을 지켜보는 게 쉽지 않다는 거 엄마도 잘 알아. 하지만 아버지가 수술하는 모습을 잘 지켜봐야 해. 앞으로는 네 손으로도 이렇게 수많은 사람을 살려야 하니까."

레이첼은 어머니의 말을 듣고 고개를 끄덕였다. 그녀도 이미 그녀의 부모를 따라 다니면서 가난한 환자들을 치료할 생각을 하고 있었다. 가난한 지역에 있다 보니 직접 환자에게 가야 할 상황도 있었다. 만약 그녀의 부모처럼 환자에게 다가가지 않는다면 그들은 제대로 치료받지 못하고 세상을 떠날 것이다. 레이첼은 용기를 내서 눈을 뜨고 아버지가 수술하는 모습을 지켜봤다.

레이첼은 간밤의 전투로 부상당한 용병들을 치료하면서 잠시 과거의 기억을 떠올렸다. 그녀는 능숙하게 검에 베인 상처를 소독하고 실과 바늘로 꿰매 주었다. 그리고 붕대로 상처 부위를 감싸 주었다.

"그나마 우리 쪽에서 기습을 하였으니 사태가 이 정도로 마무리된 거야."

레이첼이 환자를 치료하는 모습을 지켜보던 헤밀튼이 한숨을 내쉬며 말했다.

"정말 충격이군요. 정말로 그가 역모에 가담하다니, 어떻게 그럴 수가 있죠?"

레이첼에게 상처를 치료 받고 있던 용병이 침울한 표정으로 말했다.

"정말 무어라 말하기 어렵군. 하지만 더 큰 문제는 아직 적군이 성벽 외각에 진을 치고 있다는 거야. 우린 다시 저들과 전투를 치러야 해."

헤밀튼이 불안한 표정으로 말했다.

"하지만 성문은 아직 굳게 닫혀 있습니다. 저들도 계획이 틀어졌으니 쉽사리 진군하지 못할 겁니다. 그리고 이제는 성의 근위대도 사실을 알았으니 더욱 성문은 견고해질 거고요."

라피스가 침착하게 말했다.

"그렇다고 하더라도 적의 수는 상당합니다. 우리가 감히 대적할 수준이 아닙니다. 만약 저들이 정면으로 쳐들어온다면, 아무리 이곳이 천의 요새인 빈센트 성이라도 아무것도 장담할 수 없습니다."

한 젊은 용병이 여전히 불안한 표정을 지으며 말했다. 아무래도 적이 트로이군이다 보니 불안감을 떨쳐낼 수 없었다.

"……."

김민철도 트로이군에 대해 알게 되면서 복잡한 심정이었다. 차라리 사람들의 관심이라도 받지 않는다면 적의 규모를 알았을 때 숨을 수라도 있었을 것이다. 하지만 의도하진 않았지만, 반역을 진압하고 반역자들을 성의 근위대에게 넘기면서 그는 영웅 같은 대우를 받았다. 하지만 그는 오히려 그런 영웅 같은 대우가 부담스러웠다. 비록 태연하게 행동했지만, 그 역시 전쟁이 두려운 건 마찬가지였다. 그는 불안한 마음에 잠시 바깥 바람 쐬고 나갔다. 그런데 그의 눈앞에 이전에 그를 안내했던 나비가 나타났다. 그는 그 나비를 보자 무언가에 홀린 듯 뒤를 따라갔다. 그리고 그가 나비를 따라간 곳은 디. 빌헬름이 수감된 곳이었다. 원래는 수감 중인 반역자는 면회할 수 없었지만, 그는 아무런 제지 없이 그를 만날 수 있었다. 그리고 그는 그를 보자마자 상황을 물었다.

"도대체 왜 이런 일이 일어난 거죠?"

"아직 자네에게 구체적은 상황은 이야기해 줄 수 없네. 다만 분명한 건 이 모든 일이 섬의 주인의 뜻대로 이루어진 일이라네."

디. 빌헬름은 침착하게 말했다.

"도대체 그의 뜻이 무엇이죠? 여전히 트로이군이 성 앞에 진을 치고 있어요! 만약 그렇게 엄청난 대군이 침공한다면 우린 다 죽을 거예요!"

김민철은 전쟁에 대한 두려움에 흥분해서 소리쳤다.

"흥분하지 말게. 자네는 계획대로 반역을 막아냈어. 그리고 자네는 계획대로 앞으로의 전쟁도 승리로 이끌 거네."

"모르겠어요. 모든 게 불안해요."

"불안할 것 없네. 그런데 자네, 열쇠는 잘 가지고 있지?"

"갑자기 열쇠는 왜 묻는 거죠?"

김민철이 가슴 주머니에서 열쇠를 꺼내며 말했다.

"현재 성주는 저주에 걸려 있네. 섬의 주인이 그를 재우셨지."

"성주에게 저주를 걸어 재우셨다고요? 왜죠?"

김민철이 의아해서 물었다.

"섬의 주인은 자네를 사용하고 싶어 하네."

"나를 사용한다고요? 무엇 때문에 나 같은 자를 사용하려고 성주에게 저주를 걸어 재운 건가요?"

"그 열쇠는 자네에게 이 성의 성주와 동일한 권한을 줄 걸세."

"무슨 말이죠?"

"말 그대로라네. 열쇠를 하늘을 향해 돌리는 순간 자네는 성의 주민들에게 성주로 인식되게 될 거야."

"네? 내가 이 성의 성주가 된다고요?"

"그렇다네."

"하지만 그건 또 다른 형태의 역모가 될 거예요."

김민철은 그의 말에 신중했다.

"자네는 끝까지 사람의 말을 듣지 않고 판단하는 안 좋은 습관이 있군."

"……?"

"이 성의 성주는 섬의 주인의 저주로 잠이 들었네. 자네는 그가 잠든 시간을 대신해서 그의 역할을 대신하는 거네. 즉, 성주의 대리인이 되는 거지. 그리고 그 열쇠를 사용한 순간 이곳 주민에게 자네의 기억은 모두 사라지게 되네. 그리고 그 열쇠를 잠이 든 성주에게 건네주면 자네가 성주가 되어서 이곳에서 행한 모든 일도 사람들의 기억 속에서 완전히 지워지게 될 거야. 그리고 또 자네는 처음 이곳에 왔을 때처럼 유령의 형태로 돌아갈 거고. 처음부터 없었던 존재가 되는 거지."

"무언가 불쾌한 기분이 드는군요."

"확실히 사람들의 기억 속에서 지어지는 거니 그렇겠지."

"하지만 굳이 그렇게 할 필요가 있나요? 전투에 무능한 제가 아니라 성주가 직접 병력을 이끄는 것이 나을 텐데요."

"단순히 전쟁을 치르는 것이 목적이라면 그 말이 맞을 거네. 그러나 섬의 주인은 단순히 이번 전투 때문에 자네를 사용하려는 게 아니네."

"그럼 무엇 때문이죠?"

"자네에게 가혹하게 느껴질지 모르겠지만, 자넨 그 로브를 쓴 사내와 필연적으로 대립하게 될 거야."

"로브를 쓴 사내? 어째서 내가 그와 대립해야 하는 거죠?"

"그는 섬의 주인과 대립하고 있네. 하지만 섬의 관리인인 나는 그와 직접적으로 싸울 수는 없네. 나는 그의 뜻대로 그가 지정한 이 디라는 영토에서만 활동할 수 있네. 반면 그는 섬의 주인이 허용한 범위 내에서 자유롭게 섬을 오갈 수 있지. 그러니 그가 직접적으로 우리와 싸우려고 하지 않는다면 우린 그와 싸울 수 없네. 하지만 자네는 그처럼 다른 섬으로 건널 수 있어. 즉 필시 그와 조우하게 될 거야."

"도저히 받아들이고 싶지 않아요. 섬의 주인이 집적 그를 쓰러트려도 되는 거잖아요?"

"그건 나도 설명할 수 없어. 어째서 그가 직접 그를 처단하지 않는 건지 말이네."

"음, 그건 그렇다 해도 의문이 드는 건 더 있어요. 어차피 이번 전투를 이끌어 승리하더라도 열쇠를 건네주면 나에 대한 모든 기억이 사라지는데, 어떻게 그와 대립할 수 있죠?"

"물론 자네는 이곳 사람들의 기억에서 완전히 지워질 걸세. 하지만 자네에게 부여된 권한과 전투의 기술은 사라지지 않네."

"그 말은 지금 저주를 받은 자도 그가 받은 권한과 전투에 대한 경험은 그대로 지니고 있다는 거군요."

"그가 사용하는 짐승을 소환하는 능력도 그렇게 해서 얻은 거지. 그리고 그는 자네보다 훨씬 오래전에 이곳에 들어왔네. 대략 천 년의 시간이 흘렀지. 아마도 그와 싸우기에는 현재 자네의 능력으로는 역부족일 거야. 자네는 전투에 대한 감각을 키워야 하네. 그리고 권한을 능숙하게 다루는 훈련도 필요하네."

"음, 하지만 전 그하고 싸우고 싶지 않아요."

"자네의 심정을 이해하지 못하는 건 아니네. 하지만 이건 어떻게 보면 기회라고도 볼 수 있네. 자네가 그의 뜻을 수행한다면 또 다른 권한을 부여받게 될 거야."

"도대체 어떤 권한이죠?"

"그건 가르쳐 줄 수 없네."

"어째서요?"

"자네에게 어떠한 능력을 부여할지를 결정하는 건 그라네. 섬의 종인 우리가 부여할 수 있는 능력은 지극히 제한적이야. 하지만 그에게는 제한이 없지."

"그 말은 결국 모른다는 말이잖아요! 하긴, 애초부터 나에겐 선택의 여지조차 없었죠. 선택하지 않으면 저주를 받는다고 협박했으니까요."

김민철은 못마땅한 표정을 짓고 말했다.

"그 말도 틀리지는 않지. 하지만 현명하게 선택하게. 결국 상황을 선택하는 건 자네 몫이니까."

"……."

김민철은 디. 빌헬름과 대화하면서 무력감과 불쾌감을 느꼈다. 하지만 무어라 따져 묻기도 어려웠다.

"아무튼 자네가 그 열쇠를 사용한다면 나 또한 자네를 따르겠네."

"무슨 뜻이죠?" 김민철이 그의 말에 의아해서 물었다.

"아무래도 현재 상황에서는 성을 지키는 병력이 한 명이라도 더 필요할 거네. 그런데 반역에 가담한 자들은 모두 나를 따르고 있네. 만약 내가 자네 편에 서게 되면 저들도 기꺼이 성을 지키려고 할 거야."

"하지만 내게 무슨 힘이 있다고요?"

"방금 말했듯이 그 열쇠를 사용하면 자네는 성주가 될 것이고, 사람들은 성주의 말에 절대적으로 따를 수밖에 없네. 그럼 그때 자네가 나를 용서하고 성을 지키도록 세우면 되네."

"흠, 과연 사람들이 받아들일까요? 한번 반역을 일으킨 자를 성주의 말 한마디로 간단히 용납하지는 않을 텐데요."

"만약 트로이군과 대치하는 상황이 아니었다면 그랬을 거야. 그러나 지금은 단 한 사람이도 더 필요할 거야. 여차하면 반역자들을 가장 전면에 세우게 하면 될 거야. 어차피 명분이 중요하니까."

"아무리 명분이라도 영 내키지는 않아요. 그나저나 이곳이 섬이라면 대체 이 섬이 얼마나 크기에 전쟁을 일으킬 규모의 병력이 있는 거죠? 특히 저 트로이군은 말도 안 될 정도로 거대한 병력을 가지고 있어요."

"섬의 크기를 말한다면 차라리 이곳은 대륙이라 부르는 게 맞을 거야. 섬의 크기를 짐작하는 건 불가능하네. 그 크기를 짐작할 수 있는 사람은 아무도 없어. 이방인을 제외한 어느 누구도 정해진 지역에서 벗어날 수 없으니까. 그나마 나 같은 대리인들이 이곳이 하늘 위에 떠 있는 섬이란 걸 알고 있는 정도지."

"하늘 위에 떠 있는 섬? 설마 이 섬은 하늘 높은 고도 위에 자리하고 있는 건가요?"

"굳이 말하자면 그럴 거야. 다만 그렇고 해도 애초부터 우주 속 모든 별들은 공중에 떠 있어. 그러니 섬이 공중에 떠 있는 것으로 놀랄 것도 아니지. 다만 이곳을 섬이라고 부르는 건 저 수많은 나비 떼를 기준으로 각 지역이 고립되어 있기 때문이네. 저 나비 떼의 경계선을 기준으로 각 지역은 독립적으로 존재하는 거야. 결코 다른 지역의 침범이 허락되지 않는 완전히 독립된 지역인 거야. 아무튼 궁금한 건 아직도 많을 테지만, 대답은 이 정도로 하겠네. 어쨌든 자네가 그 열쇠를 사용하게 되면 반드시 나를 자네의 군에 합류시키게. 그래야만 자네가 저들과 싸우는 게 가능하네."

"정말이지, 막무가내로 일을 떠넘기는군요."

김민철은 여전히 그의 말이 미심쩍었지만, 현재로서는 그만큼 의지할 사람도 없었다. 김민철은 그와 좀 더 이야기를 나눈 뒤 용병 고용소로 돌아갔다.

다음 날 트로이군의 소식을 들은 성의 귀족과 근위대원들은 눈앞의 전시 상황에 어떻게 대응할지 작전 회의를 열었다. 그리고 역모를 막은 용병들도 공을 인정받아 회의에 참석했다. 하지만 귀족들은 작전 회의에 참여한 용병들을 그리 신용하지 않았다. 비록 그들이 역모를 막아냈지만 정규군하고 함께 하기에는 여러모로 부족해 보였다. 그리고 무엇보다도 지금까지 본 적 없는 인물이 갑자기 나타나 용병들을 이끌었다는 사실도 석연치 않았다. 하지만 그가 가진 검은 성주가 하사한 검인 건 분명했다. 더욱이 성주가 자리를 비운 사이 눈앞에 트로이군이 진을 치고 있는 상황에서, 당장 그들의 도움이 필요한 건 분명했다. 현재 용병을 포함한 병력을 전부 동원하더라도 트로이군을 대응하기에는 역부족이었다. 적은 족히 만이천이 넘었고, 성을 지키는 병력은 역모에 가담한 오백을 제외하면 이천오백 정도였다.

"정말 답이 보이지 않는군. 아무리 이곳이 천의 요새 빈센트라도 저렇게 많은 군대와 무턱대고 싸울 수는 없습니다. 더욱이 지원을 요청하더라도 성주가 보이지 않은 상황에서 쉽사리 응전할 다른 성의 성주는 없을 거고요."

한 젊은 귀족이 현재의 상황에 난처한 표정을 지으며 말했다.

"거기다 적은 트로이군입니다. 적으로 맞이하기에는 가장 두려운 군대이죠."

젊은 귀족과 비슷한 나이로 보이는 또 다른 귀족이 그의 말에 맞장구쳤다.

"하지만 대응하지 않으면 이대로 끝장입니다. 우린 죽을 각오로 싸워야 합니다."

나이 많은 귀족이 목에 힘을 주고 말했다.

"흠, 근위대장, 당신에겐 어떤 방책이 없습니까?"

곁에서 상황을 지켜보던 또 다른 귀족이 근위대장 발록을 쳐다보고 말했다.

"확실히 쉽지 않군요."

발록도 딱히 뾰족한 수를 찾지 못했다.

"그럼 어제 역모를 알아채고 막은 당신은 어떻게 대응했으면 좋겠습니까?"

방금 발록에게 의견을 물은 귀족이 이번엔 김민철에게 고개를 돌리고 물었다.

"모르겠어요."

"허허, 이렇게 다들 생각이 없어서야 참으로 답답합니다."

나이 든 귀족이 허탈한 표정을 지으며 말했다. 그리고 그는 쭉 사람들을 한심한 시선으로 둘러보더니 입을 열었다.

"현재 우리에게는 적을 대응할 방법이 없습니다. 다만 적도 쉽사리 이 성을 침공하지는 못할 것입니다. 그러기에는 다리를 건너야 하니 변수가 많습니다. 다만 농성전을 버린다면 성문을 장시간 봉쇄해야 합니다. 그렇게 되면 물자가 보급되지 않으니 영락없이 굶어죽고 말겠죠. 그리고 그렇게 되면 우리 스스로 성문을 열어야 될 겁니다."

"정말 최악의 상황이군요."

나이 든 귀족이 하는 이야기를 듣던 발록이 답답한 표정을 지으며 말했다.

"내 생각엔 적을 어떻게든 도발해서 성으로 끌어들여야 합니다. 현재로서는 저들이 침공해 오는 게 우리에겐 더 유리하죠."

"그렇다면 어떻게 저들을 도발할 것입니까?"

나이 든 귀족의 이야기를 들은 발록이 물었다.

"아무래도 적은 오랜 시간 저러고 있지는 못할 겁니다. 일단 저들은 우리보다 군사가 많으니 더 많은 군량미가 필요할 겁니다. 그리고 또 저들이 굳이 이 성을 침공하려 한다면 단순히 이 성을 빼앗는 것만이 목적은 아닐 겁니다. 만약 이 성을 거점으로 삼는다면 다른 지역을 연이어 침공하기 수월할 것입니다. 그러나 너무 많은 시간을 낭비하게 되면, 아무리 약소국이라도 뭉치게 될 것입니다. 이 천의 요새 빈센트 성이 함락된다면 다른 성주들은 연합하지 않고 대응할 방법이 없을 테니까요."

곁에서 듣고 있던 젊은 귀족이 말했다.

"그렇다면 저들은 필시 수일 안에 이 성을 침공하려 들겠군요. 어쩌면 약간의 틈을 보이기만 해도 저들은 움직일지 모릅니다."

나이 든 귀족이 말했다.

"그렇다면 일부 병력을 보내서 그들을 도발하면 어떨까요?"

김민철이 그의 말을 듣고 말했다.

"도대체 누가 그런 희생을 한단 말입니까?"

그의 말에 어이없다는 듯 젊은 귀족이 쳐다보고 물었다.

"내가 직접 용병을 이끌고 가보겠습니다."

김민철이 의연하게 답했다.

"뭐라고요? 제정신입니까? 저들은 만 명이 넘는 대군입니다. 다리를 건너고 그들에게 다가가면 그들은 그대로 밀고 들어올 것입니다. 결국 당신은 다리에서 그들과 싸우다가 목숨을 잃을 것이고요."

"하지만 그건 확실한 도발이 되겠군요."

헤밀튼이 대화에 끼어들었다.

"어차피 전쟁이 터지면 누군가는 죽습니다. 그걸 두려워하면 전쟁을 할수 없죠. 분명히 목숨을 건 사투를 벌이는 건 두렵지만, 현 상황에서 누군가의 희생은 불가피합니다. 그리고 그렇게 누군가가 희생당해야 한다면, 이렇게 나서는 것도 나쁠 건 없을 것 같군요."

헤밀튼은 차분하게 자신의 의견을 말했다.

"그렇게 말하니 이것이 하나의 방법이 될지 모르겠군요. 일단 저들을 도발하려면 소란을 피울 필요가 있습니다. 적진 근처에서 화약과 불화살을 사용하면 꽤나 요란스러울 것입니다. 비록 적들에게 심각한 타격은 주지 못하더라도 충분히 적을 도발할 수는 있는 것이죠. 물론 그것만으로 저들이 전부 넘어오지는 않을 겁니다. 그래서 소수 병력으로 나뉘어서 여러 곳에서 동시에 소란을 피우면 어떨까 합니다."

헤밀튼의 이야기를 듣던 라피스가 그의 의견을 덧붙였다.

"하지만 저들은 우리의 동태를 예의주시하고 있을 겁니다."

"당장 내일 새벽에 움직이면 괜찮을 겁니다. 결코 저들은 이쪽에서 먼저 기습할 거라고는 생각하지 못할 겁니다. 그러니 새벽이 되었을 때 바로 움직여야 합니다."

"흠, 아무래도 그게 최선인 것 같군요."

그의 말을 듣고 있던 발록이 고개를 끄덕였다. 그러자 다른 이들도 그의 말에 찬성했다. 그렇게 모두의 의견이 조율되고 시간이 지나 새벽이 되었다.

김민철은 겉으로 내색하지 않았지만, 전투를 앞둔 현재의 상황이 불안했다. 그는 그를 따르고 있는 백오십의 병력을 한번 둘러봤다. 그중에는 나이 든 헤밀튼도 있었다.

"죽는 건 나도 두렵네. 하지만 아무것도 하지 않고 죽는 건 더욱 싫네. 우린 결코 이 싸움을 피하지 않을 거네."

헤밀튼이 불안해하는 그의 시선을 읽고 말했다. 그는 오랜 용병생활을 통해 사람의 눈빛만 보더라도 그의 심리를 읽을 수 있었다. 그러나 이전에 그가 앞장서서 역모를 막은 것을 그는 내심 인정하고 있었다. 그래서 그의 불안해 보이는 표정을 보면서도 불필요하게 그를 타이르지 않았다. 대신 자신도 그와 같은 사람에 불과하다며, 스스로 불안감을 떨쳐내도록 도우려 하였다. 하지만 그는 좀처럼 용기가 나지 않았다. 어쩌다가 이 세상에 들어온 건지 알 수 없지만, 결코 자신은 비범한 사람은 아니었다. 그러나 더는 뒤로 물러설 수도 없었다.

성안에는 그들의 기습으로 이어질 전투로 인해 긴장감이 감돌았다. 레이첼은 적군으로 향하는 김민철을 바라보며 두 손을 모으고 기도했다. 이이상한 세계라도 현재로서는 그녀가 그를 위해 할 수 있는 건 기도하는 것뿐이었다.

용병들은 다리를 건너고 삼십여 명씩 다섯 무리로 나뉘어졌다. 최대한 음밀하게 적진으로 흩어진 용병들은 화약통을 단 화살을 꺼내들었다. 그리고 숨죽이고 서로를 응시하다가 성을 향해 부싯돌로 신호를 보냈다. 다섯 곳에서 부싯돌로 신호를 보내자 곧 성에서 하늘을 향해 불화살을 쏘았다. 성에서 한 가닥의 불줄기가 밤하늘을 가르고 치솟았다. 적진에 숨어들은 용병들은 그 불줄기를 보고 일제히 화살에 불을 붙였다. 그리고 전직을 향해 화살을 쏘았다. 화살은 적진의 천막으로 날아갔고 곧 요란한 폭발음을 내며 불길을 일으켰다. 용병들은 적진에 불이 붙은 걸 확인하고 다시 성으로 빠르게 이동하기 시작했다. 그런데 무언가 이상했다. 적진에선 아무런 반응이 없었다. 비명소리는커녕 쥐새끼 한 마리도 없는 듯 조용했다. 헤밀튼은 무언가 이상함을 느끼고 잠시 멈춰 섰다. 용병들은 그의 갑작스러운 행동에 당황스러웠지만, 그는 의연하게 적진으로 다가갔다. 그리고 불길이 일어난 적진을 유심히 살폈다. 그런데 그곳에는 사람의 형태를 한 허수아비들만이 세워져 있었다. 그는 떨떠름한 표정을 지으며 적진을 말없이 바라봤다.

다른 용병들도 적의 모습이 보이지 않자, 이상해서 그의 곁으로 다가갔다. 김민철은 적의 함정에 빠진 게 아닌가하고 두려웠지만, 헤밀튼은 미심쩍은 시선으로 주변을 살필 뿐 침착했다. 그리고 단 한 명의 적도 보이지 않자, 당장 빈센트 성에 어떤 위협도 되지 않으리라 판단한 그는 성으로 되돌아갔다.

한편 저 멀리서 망원경으로 이 상황을 주시하고 있던 무리가 있었다. 바로 트로이군이었다. 그들은 디. 빌헬름과 내통한 계략이 실패했을 때를 대비해서 한 가지 계략을 더 준비했다. 만약 약속한 시간에 성문이 열리지 않으면, 빈센트 성 주변에 친 진을 그대로 두고 병력만 몇백 미터 뒤로 물러 세우기로 했다. 그 상태로 적이 빈 진을 확인하면 처음엔 무언가 수상하게 느끼겠지만, 그대로 며칠이 더 지나가면 그들은 적이 계략에 실패하고 그대로 물러났다고 생각하게 될 것이다. 그런 상태에서 미리 상인으로 위장하여 빈센트 성에 진입시킨 트로이군 병사로 성문을 기습할 것이다. 그리고 나머지 병력은 허수아비를 세운 진으로 다시 이동해서 대기하고 있다가, 상인으로 위장한 병사가 성문을 열면 곧장 침입할 것이다. 적어도 적군은 허수아비뿐인 빈 진을 확인했기에 재차 그곳으로 병력이 모이리라고는 생각하지 못할 것이다. 그렇다고 적이 떠난 자리라고해서 당장 그곳에서 전리품을 회수하려고 병력을 보내지도 못할 것이다. 진을 남겨두었기에 자칫 트로이군이 언제든 다시 침공할 수 있다는 불안감이 그들을 압박할 것이다. 결국 적은 침공당하기 전까지 적진은 그저 비어 있다고 생각할 것이고, 바로 코앞으로 적이 다가와도 눈치채지 못할 것이다.

그리고 3일 뒤 성은 아수라장이 되었다. 성문이 열리고 이천의 적군이 침입하면서 성안 여기저기서 비명소리가 들렸다. 뒤늦게 상황을 알게 된 근위대는 병력을 총 동원해 적들과 맞섰다. 그러나 전투 대형을 갖추지 못한 탓에 제대로 대응할 수 없었다.

한편 김민철이 있는 용병 고용소도 상황은 마찬가지였다. 김민철은 급한 대로 자신의 괘력을 이용해 가구들을 마구 던졌다. 하지만 제대로 무장한 적들을 상대하기에는 역부족이었다.

"어떻게 적군이 안으로 침입한 거지?"

헤밀튼이 적들에게 도끼를 휘두르며 말했다.

"그러게 말입니다. 상황이 급박하게 돌아가고 있어요."

라피스가 검으로 적을 쓰러트리며 말했다.

"이대로는 성이 함락될 거예요."

김민철이 혼란스러운 상황에 인상을 찌푸리고 말했다. 이미 여러 용병이 적의 기습으로 큰 상처를 입고 쓰러졌다. 다행히 레이첼은 무사했는데, 그녀는 상처를 입고 쓰러진 용병들을 치료하느라 정신이 없었다.

"아무튼 남은 용병들을 정비해서 성안의 적들을 진압해야 하네."

헤밀튼이 라피스를 보고 말했다.

"아무래도 그래야겠죠. 성안의 근위대도 갑작스러운 적의 침입에 고전하고 있을 테니까요."

"그럼 나도 할 수 있는 대로 돕겠습니다."

김민철이 디. 빌헬름에게 건네받았던 검을 꺼내들었다.

라피스는 당장 눈앞의 적을 쓰러트린 뒤 전투가 가능한 용병들을 확인했다. 부상당한 백여 명의 용병을 제외하고 사백여 명의 용병이 무기를 들 수 있었다. 헤밀튼은 전투가 가능한 용병들을 이끌고 최대한 긴밀하게 움직였다. 아무래도 마을 내부를 훤히 꿰뚫고 있다 보니 적을 기습하기에는 수월했다.

그렇게 용병들은 건물에서 건물을 통해 이동하며 적의 눈을 피했다. 그리고 근위대와 전투 중인 적의 뒤를 쳤다. 그러자 적들은 조금씩 밀리기 시작했다. 하지만 성 밖에는 아직도 수많은 적의 병력이 남아 있었다.

"큰일입니다! 적의 본대가 성문으로 진입하려고 합니다!"

"뭐라고! 모두 성문을 막아라! 이대로 적군의 본대가 들어오면 그땐 정말 끝장이야!"

병사의 소리를 들은 발록이 다급하게 소리쳤다. 근위대는 그의 말에 성문을 닫기 위해 달려들었다. 하지만 남은 적들도 필사적으로 그들을 저지했다.

용병들도 상황이 다급하게 돌아가자 성문을 닫기 위해 달려들었다. 그러나 시간이 없었다. 김민철은 이대로는 안 되겠다는 생각에 주변에 있는 거대한 조각상을 집어 들었다. 그리고 성문 앞의 사람들에게 비키라고 소리치고 있는 힘껏 성문을 향해 집어던졌다. 그러자 사람들은 거대한 조각상이 날아오는 걸 보고 잽싸게 몸을 피했다. 조각상은 성문 입구에 떨어졌다. 김민철은 다급한대로 주변의 던질 만한 것들을 더 찾아서 성문 입구로 마구 던졌다. 곧 성문 입구는 성안에 있는 잡동사니로 막히게 되었다. 사람들은 그의 괴력을 놀라워했다. 하지만 아직 성안에는 적이 남아 있었다. 그래서 성 내부의 병력은 전열을 가다듬고 그들과 맞서 싸웠다. 성 내부에 있던 적들은 성의 입구가 막히자 의지를 잃었는지 쉽게 제압당했다. 그리고 내부의 적이 제압되자 근위대와 용병들은 성벽 위로 올라가

진군하는 적에게 활을 쏘았다. 그러자 몰려오던 트로이군은 갑작스러운 적의 대응에 당황해서 일단 병력을 뒤로 물렸다.

성안으로 침입한 적은 물리쳤지만 간밤의 전투로 피해가 컸다. 성안의 시민과 병력의 피해가 상당했다. 비록 적은 물러섰지만 재차 침공한다면 그들을 막을 여력은 턱없이 부족했다.

"이대로는 정말 모든 게 끝입니다. 간밤의 전투로 제대로 전투할 수 있는 병력이 용병을 포함에 천 사백여 명 정도입니다. 내부로 침입한 적을 가까스로 막았지만 아직 만 명이 넘는 적이 성 앞에 건재합니다."

한 귀족이 두려운 표정을 지으며 말했다.

"도대체 어떻게 적이 침입한 거란 말인가? 차라리 이대로 항복합시다. 우리에겐 어떤 승산도 없습니다."

다른 용병이 두려움에 떨며 말했다.

"그건 아니 됩니다! 결코 투항해선 안 됩니다!"

헤밀튼이 책상을 주먹으로 치며 소리쳤다.

"나도 이대로 투항할 생각은 없습니다."

근위대장 발록도 헤밀튼의 말에 동의했다.

"문제는 우리에게 저들과 대응할 병력이 없다는 겁니다."

"정말 어떻게 해야 할까요, 근위대장님?"

"흠……."

사람들은 현재의 상황에 무어라 말할 수 없었다. 더욱이 성주도 없는 상황이라 근위대장의 신분으로서는 불안에 떠는 귀족들을 통제할 수 없었다. 김민철은 이러한 상황에서 가슴에 넣어둔 열쇠를 꺼냈다. 그는 열쇠를 움켜쥐고 어떻게 할지 생각했다. 현재 상황에서는 자신이 가진 괴력보다도 사람들을 이끌 통솔력이 필요했다. 그래서 그는 밖으로 나가 디. 빌헬름이 가르쳐 준 대로 열쇠를 사용하기로 했다. 그가 하늘을 향해 열쇠를 돌리자 그의 몸을 신기한 빛이 감쌌다. 그의 외형은 바뀌었고, 동시에 사람들의 기억 속에서 김민철이라는 인물은 지워졌다. 오직 레이첼과 디. 빌헬름을 제외하고는 그를 기억하는 사람은 없었다.

김민철도 자신의 모습이 바뀌었다는 걸 알 수 있었다. 그는 조금은 위엄 있는 태도로 다시 상황실로 들어갔다. 그러자 귀족들과 근위대장은 그를 알아보고 몸을 숙였다.

"도대체 어디에 계셨습니까? 상황이 매우 심각합니다."

한 귀족이 성주로 바뀐 김민철을 보고 말했다.

"침착하시오. 나에게 생각이 있소."

김민철은 차분한 어조로 말했다.

"하지만 현재의 병력으로는 눈앞의 트로이군을 막을 수 없습니다. 고작 천 명이 좀 넘는 병력으로 만 명의 대군가 어떻게 싸웁니까?"

"우선 역모로 수감 중인 디. 빌헬름 경을 만나겠소. 그리고 그를 설득해서 역모에 가담한 병력도 전선에 세울 겁니다."

"무슨 말씀입니까?"

근위대장 발록이 성주의 말에 당황해서 쳐다봤다.

"어차피 우리에겐 다른 방법은 없네. 그리고 그건 디. 빌헬름도 마찬가지지. 그는 역모에 실패했어. 그러니 성이 함락되면 저들이 무능한 그를 살려둘 이유도 없네. 나는 그런 그를 한 번 설득해서 저들과 싸우게 할 생각이네."

"……."

김민철은 최대한 침착하게 말했다. 발록은 그의 말이 영 내키지는 않지만, 상황이 상황이니 성주의 말을 반박할 수도 없었다. 더욱이 현재로서는 역모에 가담한 병력이라도 필요했다.

확실히 성주로 변한 김민철에겐 힘이 있었다. 그 누구도 그의 말을 거역할 수는 없었다. 김민철은 사람들의 반응을 확인하고 곧 디. 빌헬름을 찾았다. 디. 빌헬름은 성주로 변한 김민철을 보고 몸을 낮췄다. 그리고 반역한 자신을 처형해 달라고 울부짖었다. 김민철은 그런 그의 능청스러운 연기가 간사하게 느껴졌지만, 현재로서는 그의 계획대로 하지 않으면 살길이 없었기 그의 계획대로 행동했다.

김민철은 디. 빌헬름을 풀어준 뒤 그와 함께 반역을 일으킨 무리도 풀어주었다. 그리고 성벽 위에서 적들과 싸우도록 지시했다. 그리고 김민철은 디. 빌헬름에게 현재의 상황에서 어떻게 저들과 싸울 수 있는지 물었다. 그러자 그는 성의 다리를 무너트리는 방법밖에 없다고 했다.

"성의 다리를 무너트린다고요?"

"저들은 곧 재침공할 거네. 상황만 두고 보자면 승기는 저들에게 기울어졌네. 단지 성문을 막고 있다고 해서 해결된 일이 아니네. 만 명의 군대가 한 번에 다리를 건너는 건 쉽지 않겠지. 저들은 사다리를 가지고 다리를 넘어오는 동안 뒤에서 수천 명의 병력이 활로 시간을 벌 거야. 현재 남아 있는 병력으로는 저들이 넘어오는 것을 결코 막을 수 없네. 그러니 저다리를 무너트리는 수밖에 없네."

"하지만 그렇게 되면 우린 성안에 고립되는 거잖아요. 아무리 농성하더라도 식량을 조달 받지 못하면 우린 이대로 무너질 거예요."

"성에 있는 식량으로 당장은 버틸 수 있을 거야. 무너진 다리는 재건할수 있고. 그러나 그런 것보다도 내가 다리를 무너트리자고 하는 이유는저들에게 예상하지 못한 정신적 데미지를 주려는 것이네."

"데미지?"

"그렇다네. 저들이 침공하기 전에 다리를 부수는 건 의미가 없네. 저들의 병력이 어느 정도 성으로 진입했을 때 다리를 무너트려야 하네. 그러면다리를 건너던 자들이 그대로 다리 밑으로 떨어지고 말 거야. 그리고 진입해 온 이들도 갑작스러운 상황에 혼란에 빠지겠지. 우린 그때를 노려야 하네. 적어도 몇백 명의 병력이 순식간에 목숨을 잃는다면 저들도 더는 성급하게 침공하지 못할 거네. 더욱이 주변의 성주들에게도 이곳 소식이 전해질 테니, 이곳을 거점으로 삼지 못한다면 물러설 수밖에 없을 거야."

"하지만 저들의 침입을 막는 것도 쉽지 않고, 다리를 무너트리는 건 더더욱 불가능해요."

"그건 걱정하지 말게. 전에 말했듯이 내게는 적에게 저주를 내릴 권한이 있네."

"우리가 섬의 주인의 뜻을 거역하면 받게 되는 저주를 말하는 건가요?"

"근본적으로는 차이가 있지만 비슷할 거네. 나는 일시적으로 적의 시야를 어둡게 하는 저주를 사용할 수 있네."

"시야를 어둡게 한다고요?"

"자네가 처음 나를 만났을 때, 나 외에는 다른 사람은 자네를 알아보지못했었지. 하지만 그때 자네는 이미 유령 같은 상태가 아니었어."

"그럼 그때 당신이 나의 모습을 가렸다는 건가요?"

"뭐, 그렇다네. 아무래도 직접 체험해 보는 게 좋을지도 모르겠군."

디. 빌헬름은 그렇게 말하고 모노. 우시아처럼 알 수 없는 언어로 중얼 거렸다. 그러자 기분 나쁜 검은 연기가 그의 몸에서 빠져나와 김민철을 감쌌다. 그러자 김민철은 순식간에 눈앞이 어두워지더니 이내 아무것도 보이지 않게 되었다.

"제발 이 이상한 저주에서 풀어주세요!"

순간 김민철은 눈앞의 모든 것이 보이지 않자 불안해하며 식은땀을 흘 렸다. 디. 빌헬름은 그를 한동안 지켜보다가 자신의 능력을 다시 거두었 다. 그러자 시력이 회복된 김민철은 그대로 자리에 주저앉았다.

"방금 자네에게 사용한 능력이 내가 사용할 수 있는 저주라네. 이 능력 은 상대의 시력을 잠깐이나마 잃게 만들지. 나는 이 능력으로 적의 시야 를 가릴 거네."

"혁, 확실히 이런 능력이라면 저들과 어느 정도는 전투가 가능하겠군 요. 하지만 다리는 어떻게 무너트리죠?"

"그건 자네가 해야 할 일이네. 자네에게 부여된 능력은 압도적인 힘이 니까."

"아무리 제가 강력한 힘을 가졌다고 해도 이 힘만으로 다리는 부술 수 없어요. 더욱이 적들과 전투 중에는 그럴 여유도 없고요."

"물론 전투 중에 다릴 부술 순 없겠지. 하지만 이 성에는 다리로 향하는 숨은 길이 있네. 그곳을 통해 절벽을 타고 다리 쪽으로 가게. 다리는 3개 의 기둥이 지탱하고 있네. 그중 첫 번째 기둥만 파괴되어도 다리의 절반 이 붕괴될 것이네."

"나보고 절벽을 타라고요? 지금 클라이밍을 하라는 건가요?"

김민철이 절벽이라는 말에 당황해서 물었다.

"클라이밍이 무엇인지는 모르겠지만, 일반 사람이라면 불가능하겠지. 하지만 자네라면 가능하네. 자네의 근력이라면 충분히 절벽을 타고 다리로 이동할 수 있네. 그리고 절벽을 타고 다리 아래로 이동하면, 다리를 지탱하고 있는 첫 번째 기둥을 화약을 부착해서 폭발시키게. 기둥에 균열이 가면 자네 힘으로 충분히 부술 수 있을 거야."

"……."

김민철은 그의 말에 어이가 없었지만, 현재로서는 선택의 여지가 없었다.

다음 날, 트로이군의 대대적인 재침공이 시작되었다. 성주로 변한 김민철은 성벽 위에서 적이 다가오는 모습을 내려다봤다. 그리고 전군에게 활을 쏠 준비를 한 채 대기하라고 지시했다. 곧 적군은 다리를 건넜고 그는 그 순간을 놓치지 않고 활을 쏘라고 소리쳤다. 적군은 갑작스럽게 날아온 화살에 쓰러졌다. 그러자 적군의 수장은 방패를 높이 들라고 소리쳤다. 그러자 적군은 방패를 높이 들어 화살 세례를 막았다. 그리고 방패를 든 병사의 보호를 받은 다른 병사들이 사다리를 들고 조심스럽게 이동했다. 김민철은 그런 그들을 보고, 기름이 담긴 통을 성벽 아래로 떨어뜨리게 했다. 그리고 불화살을 쏴서 성벽 쪽에 불을 붙였다. 적어도 적이 성벽을 타고 오르는 것을 조금이라도 지체시켜야 했다.

그러나 적의 반격도 거셌다. 적도 성벽 위로 활을 쏘며 반격했다. 성벽에 있던 병력도 방패를 들어 적의 화살 세례를 방어했지만, 자신들보다

갑절이 넘는 적의 공격을 쉽사리 막아낼 수 없었다. 적은 성벽의 병력이 우왕좌왕하는 사이 불이 붙지 않은 성벽에 사다리를 세웠다. 그리고 성벽 위로 오르기 시작했다. 발록은 적군이 사다리를 타고 오르자 물러서지 말라고 소리치고 적에게 달려들었다.

김민철은 적군이 사다리를 타고 성벽에 오르자 디. 빌헬름에게 시선을 돌렸다. 그러자 디. 빌헬름은 고개를 끄덕이더니 그의 능력을 사용하기 시작했다. 순식간에 그의 몸에서 검은 기운이 퍼지더니 성벽 위로 오르던 적의 시야를 가리기 시작했다. 그리고 그 틈에 김민철은 디. 빌헬름이 알려 준 대로 성의 다리로 향하는 숨은 길로 향했다.

그사이 성벽 위에서는 정신없이 전투가 벌어졌다.

"라피스, 이대로 괜찮겠나?"

헤밀튼이 올라오는 적을 도끼로 내리치며 소리쳤다.

"쉽지 않군요. 적이 끝도 없이 올라오고 있어요. 이대로는 버티는 게 고작이에요."

라피스가 성벽 위로 오른 적을 베며 대답했다.

두 사람은 끊임없이 올라오는 적에게 조금씩 밀리기 시작했고, 결국 라피스가 팔을 베이고 말았다. 헤밀튼은 적에게 베인 라피스를 보고 필사적으로 달려들어 그를 보호했다. 그런데 갑자기 성벽 위로 오른 적군이 앞이 안 보인다며 소리치기 시작했다. 헤밀튼은 어떻게 된 영문인지는 알 수 없었지만, 이것이 기회임을 직감하고 이를 악물고 달려들어 적들을 성벽 위에서 떨어트렸다. 비록 수적인 열쇠로 점점 밀리고 있었지만, 디. 빌헬름의 능력으로 당장은 어떻게든 버틸 수 있었다. 하지만 적국의 공격도 결코 만만히 볼 수는 없었다. 적은 수시로 아군, 적군 가리지 않고 활을 쏘았다. 아무래도 공을 세우는 것에 눈이 먼 트로이군의 트레이 장군이, 성벽 진입에 좀처럼 진전이 없자, 성벽 위로 무차별적으로 활을 쏘게 하였다. 그리고 그런 무차별적인 화살 세례에 디. 빌헬름도 당하고 말았다. 적의 화살에 그의 오른팔이 맞고 그는 고통에 쓰러졌다. 디. 빌헬름이 쓰러지자 그가 사용하던 검은 안개도 서서히 얇어지기 시작했다. 적은 조금씩 시야가 회복되자 다시 거세게 성벽을 올랐다. 결국 성벽에 있던 병력은 성벽 아래로 점점 몰리면서 전세는 불리하게 흘러갔다.

한편 성벽에서의 상황이 급박하게 흘러가는 동안 김민철은 디. 빌헬름이 알려 준 비밀 통로를 발견했다. 그는 성벽 사이에 있는 작은 틈으로 몸을 들이밀었다. 하지만 갑옷을 입은 상태로는 도저히 그 틈으로 지나갈 수 없었다. 결국 그는 갑옷을 벗고 화약통만 챙겨 그 비좁은 틈을 비집고 들어갔다. 그런데 그 비좁은 틈을 빠져 나오자마자 바로 급경사의 절벽이 나타났다. 그는 순간 당황스러워 소리를 질렀다.

"뭐야, 이건 숨은 길이 아니잖아! 그냥 절벽으로 이어진 성벽 사이의 좁은 틈인데, 도대체 어떻게 여길 내려가라는 거야."

하지만 그는 현재의 심각한 상황에 뒤로 물러설 수 없었다. 그는 호흡을 가다듬었다.

그는 절벽의 틈에 손을 넣고 다리가 있는 쪽으로 향했다. 난생처음 하는 클라이밍은 결코 쉽지 않았다. 하지만 그는 그가 생각한 것보다 훨씬 강력한 근력을 가지고 있었다. 비좁은 바위틈으로 겨우 손가락 몇 개만 집어넣고 몸을 버티며 절벽을 탔다. 예전에 인터넷에서 클라이밍 선수들이 인공 암벽을 오르는 것을 본 적이 있었는데, 그때 그들이 암벽을 오르는 모습을 떠올리며 차근차근 절벽을 탔다. 그러다가 절벽 틈이 더는 보이지 않는 구간이 나왔는데, 주변을 아무리 둘러봐도 손을 뻗어서 건널 수 있는 틈은 보이지 않았다. 그는 어떻게 할지 고민하다가 우연히 몸을 날려서 잡을 만한 바위틈을 발견하게 되었다. 그는 클라이밍 선수들이 암벽을 퀴즈라고 하고 이런 난해한 구간을 어떻게 오를지 고민하던 모습을 떠올렸다. 만약 이대로 떨어지면 절벽 아래로 곤두박질치고 말 것이다. 아무리 섬의 주인으로부터 강력한 힘을 부여받았어도 이렇게까지 하고 싶지는 않았다. 그러나 여기서 물러선다고 해도 살 방법도 없었다. 그는 어떻게 해야 할지 고민하다가 문득 이곳이 꿈같은 공간임을 생각했다. 늑대에게 물린 다리는 금방 회복되었고, 몸은 다시 유령의 형태로 돌아갈 것이다. 만약 여기서 떨어져서 몸이 부서진다고 해도 다시 회복될 가능성도 있었다. 그는 조금 용기를 내서 절벽을 뛰어오르기로 생각했다. 하지만 막상 그런 생각을 해도 쉽사리 용기가 나지 않았다. 이건 자살 행위와 같은 것이었다. 결국 그는 그대로 얼음처럼 굳어 한동안 어떻게 할지 망설였다. 그런데 그 순간 자신의 앞으로 푸른빛을 띤 흰 나비가 나타났다. 그는 그 나비를 본 순간 어째서인지 마음이 편안해지는 것을 느꼈다. 그러자 그는 무의식적으로 절벽 옆으로 몸을 날려 바위틈을 잡았다. 신기하게도 그는 자신이 방금 한 행동이 두렵게 느껴지지 않았다. 그리고 그것이 자신의 능력이 아니라는 것도 알았다. 비록 몸의 감각은 그대로 느껴졌지만, 공간에 대한 두려움은 전혀 느껴지지 않았다. 그저 누군가에 의해 이끌리듯이 절벽을 타고 다리 쪽으로 이동했다. 그리고 다리 아래쪽의 틈을 잡고 첫 번째 기둥이 있는 곳에 다다랐는데, 여전히 상황은 쉽지 않았다.

아무리 헐크 같은 근력이 있지만 다리에 매달린 상태에서 화약통을 사용하기 어려웠다. 하지만 그는 망설일 수도 없었다. 이미 적의 상당수가 다리 위에 서 있었다. 김민철은 다시금 호흡을 가다듬고 한 손을 떼고 반대 손으로 다리에 매달렸다. 그리고 그 상태에서 이빨을 사용해 화약통의 심지를 길게 늘어트렸다. 그리고 화약통을 다리의 기둥에 부착시키고, 늘어진 심지를 잡고 다시 절벽 쪽으로 이동했다. 그리고 늘어진 심지의 끝쪽에 부싯돌을 이용해서 불을 붙였다.

그는 심지에 불이 붙은 걸 확인하고 최대한 절벽을 붙잡았다. 잠시 후 불이 심지를 타고 화약통에 붙더니 쾅 하고 괴음을 내며 터졌다. 김민철은 폭발 반동에도 안간힘을 써서 겨우 절벽에 매달렸다. 하지만 기둥은 완전히 파괴되지 않았다. 김민철은 조금만 힘을 가하면 기둥이 무너질 것 같아, 이를 악물고 다시 기둥 쪽으로 향했다. 그리고 완전히 파괴되지 않은 기둥을 있는 힘을 다해 주먹으로 쳐 보았다. 그렇게 몇 번을 반복해서 치니 기둥의 파편이 떨어져 나갔고 균열이 생겼다. 하지만 이 정도 균열로는 기둥을 완전히 무너트릴 수 없었다. 그는 그 균열로 손을 집어넣었다. 그리고 있는 힘껏 아래로 잡아당겼다. 그러자 균열이 더욱 크게 벌어졌다. 그는 이를 악물고 다시 균열이 벌어진 틈에 주먹을 날렸다. 그러자 균열이 쩍 하고 갈라지기 시작했다. 그리고 이내 기둥이 붕괴되면서 다리의 앞부분이 함께 무너져 내렸다. 김민철은 다리가 무너지기 전에 다리 아래로 흐르는 강으로 몸을 날렸다. 그리고 다리가 무너지면서 수백 명의 병력이 그대로 곤두박질쳤다.

4

김민철은 열쇠를 들고 있었다. 그리고 그의 앞에는 저주에 걸려 침대에 누워 있는 성주가 있었다. 이제 이 열쇠만 성주 위에 올려놓으면 그는 다시 유령처럼 사라질 것이다. 그는 고개를 돌려 레이첼과 디. 빌헬름을 바라봤다. 레이첼은 고개를 끄덕였다. 디. 빌헬름도 아무 말 없이 그를 바라봤다. 김민철은 더는 망설이지 않았다. 열쇠를 성주에 가슴팍에 내려놓았다. 그러자 신기한 빛이 김민철과 레이첼을 감싸더니 그 빛이 성주의 몸으로 흘러가기 시작했다. 그리고 두 사람은 이내 안개처럼 사라져 버렸다.

잠시 뒤 성주가 잠이 든 방문이 열리고 근위대장 발록이 안으로 들어왔다. 성주는 그대로 눈을 뜨고 일어났다. 그리고 며칠 전에 있었던 전쟁의 기억이 그의 뇌리를 스치고 지나갔다. 하지만 김민철의 초인적인 능력은 무언가 부자연스럽게 느껴졌다. 분명히 다리가 붕괴되면서 수천의 적군이 목숨을 잃었다. 하지만 그 거대한 다리가 자신의 근력으로 부서졌다는 건 꿈속의 이야기 같았다. 그래서 성주는 그 일에 대해서는 깊게 생각하지 않았다.

그리고 그 모습을 지켜보고 있던 두 사람은 그대로 방에서 빠져 나왔다. 그리고 곧 두 사람의 뒤를 따라 디. 빌헬름이 나왔다.

"앞으로 어떻게 할 생각이죠?"

김민철이 디. 빌헬름에게 물었다.

"전쟁은 끝난 것이 아니네. 다만 저들은 눈앞에서 수백의 병력을 잃었으니 당장 전쟁을 일으키지는 않을 거네. 나는 성주를 보필해서 이 전쟁을 잘 마무리할 거네. 자네들은 여기서 북쪽으로 쭉 올라가게. 그러면 눈으로 덮여 있는 설원 지역이 나올 거야. 그곳은 이 섬의 주민들은 볼 수 없는 장소라네. 자네들은 그곳으로 가게."

"흠, 무언가 미지의 영역으로 들어가는 기분이군요."

"그런데 어째서 섬의 주인은 이렇게 영토를 분할해서 섬의 주민을 관리하는 걸까요?"

이야기를 듣고 있던 레이첼이 궁금해서 물었다.

"그건 나도 알 수 없네. 애초에 섬이 존재하는 이유는 그의 의지에 관한 것이니, 그가 정한 섬의 규칙을 우리는 다 헤아릴 수는 없네."

"……."

레이첼은 무언가 숨기는 듯한 그의 말이 마음에 걸렸지만 고개를 끄덕였다. 그녀와 비슷한 생각을 하고 있었던 김민철도 씁쓸한 미소를 지었다. 그런데 문뜩 로브를 입은 사내에 대한 생각이 떠올랐다.

"그런데 그 로브를 쓴 사내와 우린 다시 조우하게 되는 건가요?"

"분명히 말하지만, 로브를 쓴 사내하고는 반드시 대립하게 될 거네. 그리고 그와 대립은 자네들의 선택에 달려 있네. 참고로 전에도 말했지만 이 거대한 섬에는 자네처럼 외부에서 들어온 이방인이 몇 명 더 있네. 그 수는 극히 적지만, 그들은 섬의 주인의 대리인들을 통해 능력을 부여받아 강력한 힘을 지니고 있지. 자네들처럼 말이야. 그중에서도 로브를 쓴 사내는 최초로 이 섬에 들어온 자네. 만약 그와 마주하게 된다면 당장은 그와 싸우지 말고 피하게. 자네들이 지금 가지고 있는 힘으로는 결코 그와 싸울 수 없네. 현재 그에게 대적할 수 있는 건 각 섬의 영토를 관리하는 대리인들뿐일 거네."

"그가 어째서 섬의 주인과 대립하게 되었을까요?"

레이첼이 처음 그를 마주했을 때를 떠올리고 말했다.

"전에도 말했지만, 그는 어떤 이유로 섬의 주인을 배신했네. 그러니 섬의 주인의 인도를 받는 자들도 가만히 두지 않는 것 같네. 당장은 그가 자네들보다 강할지라도 섬의 주인의 섭리 안에 있다면 무사할 거야. 하지만 언젠가는 그와 정면으로 싸워야겠지."

"만약 그와 싸우다가 우리가 당하면 어떻게 되죠?"

김민철이 그의 말에 두려움을 느끼고 물었다.

"직접 죽일 수는 없을 거네. 이미 경험을 통해 알았겠지만, 아무리 심각한 상처를 입어도 몸은 다시 회복되네. 다만 그는 끝없는 어둠의 미궁 속으로 자네들을 결박할 거야. 그것은 죽음보다 더한 고통이 따르지."

"도대체 그 어둠이 무엇이죠?"

레이첼이 그의 말에 의구심이 들어 물었다.

"그건 직접 경험하면 알게 될 거야. 다만 그때에도 섬의 주인을 신뢰할 수 있다면 분명히 자네들은 잘 극복할 수 있을 거야."

두 사람은 그의 말이 영 내키지 않았지만, 일단 고개를 끄덕였다.

"그럼 혹시 그 로브를 쓴 사내의 이름은 아시나요?"

"알프리드 폰 라파엘. 아무튼 그가 자네들에게 다가오면 반드시 피하게. 현재로서는 내가 해 줄 수 있는 이야기는 이것뿐이네."

그는 그의 이름을 가르쳐 주고 더는 이야기하지 않으려 했다. 두 사람은 그런 그의 태도가 마음에 들지 않았지만 이 또한 수긍했다. 그러자 그는 다시 방으로 들어가 버렸다.

"어째서 그는 마지막에 이렇게 불친절하게 말하는 걸까요? 그가 정말 위험한 존재라면 좀 더 구체적으로 말해 주어야 하는 게 아닌가요?"

김민철은 알프리드에 대한 두려움 때문에 조금 짜증나는 말투로 말했다.

"정말이에요. 무언가 무책임하고 차가워요."

레이첼도 그의 말에 동의하듯 짜증을 냈다.

김민철은 평소 그녀답지 않게 그녀가 짜증을 내자 신기해서 쳐다봤다. 레이첼은 현재의 상황에서 그와 비슷한 기분이 드는 건 숨길 수 없었다. 그리고 계속 이렇게 그와 함께 여행을 다녀야 한다면 굳이 더는 감정을 숨길 필요는 없을 것 같았다. 그러자 김민철은 갑자기 풋 하고 웃음을 터트렸다. 그리고 레이첼도 같이 웃었다. 그간 쉽지 않은 상황에서 서로 의지하다 보니 비슷한 감정을 느끼게 되었다. 아무튼 두 사람은 그가 일러준 곳으로 길을 향했다.

방랑자의 섬

1

두 사람은 디. 빌헬름의 말대로 북쪽으로 향했다. 얼마나 이동했는지는 알 수 없었지만 수많은 나비 떼가 하늘을 날아가고 있었다. 그리고 조금 더 북쪽으로 올라가니 설원지대가 펼쳐졌다. 생각보다 먼 위치는 아니었기에 두 사람은 사람들이 이곳을 발견하지 못한다는 것이 의아했다. 어쩌면 섬 주인의 권한 아래 섬의 경계를 넘어서는 것이 가능한 건지도 몰랐다.

두 사람이 향한 북쪽은 눈으로 덮여 있는 산길이었다. 눈이 사람의 허리 높이까지 쌓여 있는 것으로 봐서 상당히 추운 계절인 것 같았지만, 두 사람은 전혀 추위를 느낄 수 없었다.

레이첼은 오랜만에 보는 눈이 신기해서 눈뭉치를 만들어 보려고 하였다. 하지만 전혀 눈을 만질 수 없었다. 애초에 발자국조차 새겨지지 않았기에 그녀는 눈을 만지려는 시도가 의미 없다는 건 알고 있었다. 하지만 어째서인지 그녀에겐 이런 풍경이 아련하게 느껴졌다. 아무래도 그녀가 어렸을 때 중국 어디선가 보았던 풍경과 겹쳐지는 모양이었다. 하지만 그때의 기억을 온전히 떠올릴 수는 없었다.

그녀는 무언가 아쉬운 마음이 남았다. 그러다가 갑자기 무슨 생각을 했는지 어린아이처럼 눈 속으로 몸을 던졌다. 그러자 그녀는 마치 물속으로 다이빙을 하듯 눈 속에 빠져 사라졌다. 김민철은 갑자기 그녀가 어린아이처럼 눈 속으로 뛰어들자 머쓱한 기분에 머리를 긁적였다. 그런데 갑자기 그녀가 눈 속에서 뛰어 나와 그를 눈 쪽으로 밀어 버렸다. 그는 그녀가 갑자기 자신을 밀자 당황해서 뒤로 넘어졌다. 하지만 실제로 그녀에게 몸이 닿아 넘어진 건 아니었다. 단순히 그녀의 장난에 당황해서 넘어진 것이었다. 하지만 그는 눈에 파묻힌 기분은 전혀 느낄 수 없었다. 하지만 두 사람은 무언가 재미있다는 듯 깔깔거리며 웃었다. 그리고 그는 눈 속에서 다시 몸을 일으키려고 하는데, 순간 눈 속에 파묻힌 몸이 무겁게 느껴졌다. 그는 겨우 허우적거리며 몸을 일으켰다. 그녀는 그런 그의 모습이 우스꽝스러웠는지, 다시 한번 그를 뒤로 밀어 넘어트렸다. 그런데 이번엔 그는 그녀의 손에 실제로 닿아서 중심을 잃고 넘어졌다. 순간 그녀의 장난에 눈에 빠진 그는 당황스러웠다. 하지만 덩달아 그녀에게 장난을 치고 싶은 마음이 들었다. 그래서 기습적으로 몸을 일으켜서 그녀의 손을 잡고 같이 넘어졌다. 그녀도 갑작스러운 그의 기습에 제대로 저항하지 못하고 같이 눈 속으로 빠져들었다. 두 사람은 그렇게 한참을 눈 속에 파묻혀서 뒹굴고 놀았다. 하지만 몸의 감각을 느끼게 되면서 배고픔과 추위도 덩달아 찾아왔다. 두 사람은 몸의 감각이 돌아오자 일단 쉴 만한 곳을 찾기로 했다. 그리고 한참을 걸어가다가 작은 마을이 있는 곳을 발견하게 되었다. 그런데 추운 계절이라 그런지 마을에는 사람이 보이지 않았다. 두 사람은 마을을 살피다가 일단 굴뚝에서 연기가 피어오르는 집으로 가 보았다.

 연기가 피어오른 집에서는 기분 좋은 수프 냄새가 풍겨 두 사람의 후각을 자극했다. 김민철은 그 냄새를 맡고 레이첼을 바라봤다. 그러자 그녀도 그와 비슷한 생각을 했는지 고개를 끄덕였다. 김민철은 그런 그녀의 반응을 보고서 문을 두들겼다. 그런데 안에서는 아무런 소리도 나지 않았다. 두 사람은 어떻게 해야 할지 고민이 되었지만, 레이첼은 그녀의 신앙의 양심상 타인의 집에 함부로 들어가고 싶지 않았다.

그런데 그 순간 갑자기 문이 열리더니, 하얀 천에 붉은 문양이 있는 후드 머플러를 걸친 한 어린 소녀가 밖으로 뛰쳐나왔다. 두 사람은 갑자기 뛰쳐나간 소녀를 보고 당황해서 쳐다봤다. 그리고 두 사람은 무언가 수상한 소녀의 뒤를 따라갔다. 그렇게 두 사람은 도망치듯 달려가는 소녀의 뒤를 쫓아 한참을 달렸다. 그런데 어느 순간 소녀의 모습이 보이지 않았다. 아무래도 두 사람이 뒤쫓아 오자 몸을 숨긴 것 같았다. 두 사람은 소녀가 근처에 숨어 있는 것 같아 조심스럽게 소녀를 부르며 찾아보았다. 그런데 잠시 뒤 소녀의 비명소리가 들렸다.

두 사람은 소녀의 비명소리를 듣고 소녀의 소리가 들린 방향으로 달렸다. 그곳에는 두 마리의 늑대가 소녀를 위협하며 다가오고 있었다. 소녀는 조심스럽게 뒷걸음질 치며 한손을 내밀었는데, 손에서 파란 기운이 감돌았다. 그런데 멀리서 소녀의 위태로운 상황을 보고 김민철이 급하게 늑대들에게 달려들었다. 그리고 늑대에게 작은 돌을 힘껏 집어던졌다. 그러자 늑대는 돌에 맞고 그대로 쓰러졌다. 소녀는 갑자기 나타나 자신을 도운 김민철을 보고 파란 기운을 거두었다. 김민철은 남은 한 마리도 처리하기 위해 주변에 있는 나무 가지를 부러트려 몽둥이를 만들었다. 그리고 늑대에게 득달같이 달려들어 힘껏 내리쳤다. 김민철은 늑대를 모두 쓰러트리고 소녀에게 다가갔다. 소녀는 두려움에 몸을 떠는 것처럼 보였다. 김민철은 그런 소녀에게 두려워하지 말라고 말하였다. 하지만 여전히 소녀는 그를 경계하는 눈치였다. 어느새 두 사람 곁으로 다가온 레이첼이 그에게 괜찮으냐고 물었다. 김민철은 괜찮다고 말했지만 쓰러진 늑대를 보고 불안한 표정을 지었다. 아무래도 로브를 쓴 사내가 생각났기 때문이었다. 레이첼도 쓰러진 늑대를 보고 불안한 기분이 들었지만, 우선 자신들을 경계하고 있는 소녀에게 조심스럽게 다가갔다. 소녀는 그녀가 다가오자 미동도 하지 않고 가만히 있었다. 레이첼은 그런 소녀의 눈을 마주보고 진정하라고 말했다. 그리고 온화한 표정을 지으며 안아주었다.

"어린아이를 잘 보살피는군요."
김민철은 그런 그녀의 모습을 가만히 지켜보다가 입을 열었다.
"어려서부터 부모님을 도와 환자들을 보살폈더니 사람을 어떻게 대해야 할지 알고 있을 뿐이에요. 소녀는 단지 두려움에 눌려 있을 뿐이니 한동안 감싸 주면 괜찮을 거예요."
두 사람은 소녀의 마음이 안정될 때까지 기다렸다. 곧 소녀의 마음이 안정되자 조심스럽게 자리에서 일어났다. 그렇지만 소녀는 아무런 말이 없었다. 두 사람은 어떻게 할까 고민하다가, 일단 방금 소녀가 도망쳐 나온 집으로 데려가기로 했다. 그러자 소녀도 아무 경계심 없이 두 사람을 따랐다.

한편 한쪽 언덕에서 검은 로브를 쓴 사내가 그들을 지켜보고 있었다. 그는 상당히 크고 건장한 체격에 오래된 검은 로브를 입고 있었다. 그는 방금 김민철에게 당한 늑대에게로 다가갔다. 그리고 쓰러져 있는 늑대의 상처를 살피더니 로브 속에 있는 주머니에서 하얀 가루를 꺼내 늑대의 상처에 발라주었다. 그리고 손에서 검은 기운이 벋어 나와 늑대의 상처 부위를 감쌌다. 그러자 늑대의 상처가 기괴하게 느껴질 정도로 빠르게 회복되었다. 곧 늑대는 정신을 차렸다. 그리고 자신을 치료한 주인을 알아보고 몸을 털더니 일어났다. 늑대의 주인은 그런 늑대의 머리를 쓰다듬었다. 그리고 한쪽 팔을 살짝 들었다. 그러자 송골매 한 마리가 그의 팔위로 날아와 걸터앉았다. 그는 그 송골매의 턱을 다른 손으로 가볍게 만지다가, 이내 다시 하늘 위로 날려 보냈다. 그리고 그는 김민철이 간 방향으로 따라갔다. 그러자 그의 뒤에 있던 거대한 붉은 곰과 늑대들이 그의 뒤를 따라가기 시작했다.

　김민철과 레이첼은 처음 소녀를 만났던 집으로 들어갔다. 하지만 집에는 아무도 없었다. 그래서 두 사람은 소녀의 부모가 오면 무언가 도움을 받을 수 있지 않을까 싶어서 일단 기다리기로 했다.
　소녀의 집은 그렇게 크지 않은 아담한 공간이었다. 한쪽 벽에는 벽난로가 있었고, 그 옆에는 장작더미가 쌓여 있었다. 그리고 한쪽에 있는 식탁 위에서 기분 좋은 향기가 풍겨왔다. 아마도 아까 맡은 기분 좋은 수프의 향인 것 같았다. 실제로 식탁 위에는 옥수수 수프가 담긴 냄비하고, 그 옆으로 작은 바구니에 바게트 빵과 딸기잼, 사과 같은 과일이 담겨 있었다. 김민철은 식탁 위의 음식을 보고 식욕을 참기 어려웠다. 그래서 슬그머니 식탁으로 다가가 사과 하나를 집어 베어 물었다. 그러자 사과즙이 입안을 적시며 그의 빈속을 달래주었다.

　"주인 허락도 없이 뭐하는 거예요!"
　레이첼이 그의 돌발적인 행동에 당황해서 소리쳤다. 김민철은 그녀가 갑자기 언성을 높이자 당황해서 미안하다며 사과를 내려놓았다. 레이첼은 그런 그를 어이없게 쳐다보다가 소녀를 소파 위에 앉히고 미안하다고 대신 사과했다. 그러나 소녀는 여전히 아무 말이 없었다. 오히려 이곳으로 돌아오고 불안한지 몸을 떨었다. 그녀는 무엇 때문에 소녀가 불안해하는지 영문을 알 수 없었지만, 최대한 상냥하게 소녀를 달래 보려고 하였다. 하지만 소녀는 전혀 진정하지 못하고 있었다. 그러다가 그녀는 문득 소녀와 처음 만났을 때를 생각했다.

우리가 이 집을 발견하고 안에 사람이 있는지 문을 두드렸을 때, 소녀가 느닷없이 문을 열고 밖으로 뛰쳐나왔다. 우리는 당황해서 소녀를 따라갔고, 소녀는 갑자기 나타난 늑대에게 습격을 당할 뻔했다. 여기까지 생각하니 그녀에게도 무언가 불안감이 엄습했다. 그리고 그녀의 불안감은 그대로 실제가 되었다. 검은 로브를 쓴 덩치 큰 사내가 세 사람이 있는 집으로 들어온 것이었다. 김민철은 순간 그를 보고 당황해서 의자를 집어 던질 자세를 취했다. 그리고 레이첼도 순간 소녀를 안고 소파 뒤로 피했다.

하지만 검은 로브를 쓴 사내는 그들의 반응을 전혀 신경 쓰지 않았다. 그는 벽난로 쪽으로 다가가더니 옆에 있는 나무를 몇 개 던져 넣었다. 그리고 식탁으로 가서 자리에 앉더니 머리에 쓴 후드를 걷었다. 그러자 창백한 피부의 민머리가 드러났다. 그는 바구니에 담긴 바게트를 쪼개서 먹기 시작했다. 어째서인지 그는 전혀 위협적인 태도를 취하지 않았다. 그리고 그는 갑자기 수프를 떠서 김민철에게 내밀었다. 김민철은 갑자기 그가 수프를 건네자 무슨 의도인지 알 수 없어 가만히 그를 바라봤다. 그는 그가 자신의 호의를 받지 않자 난처하다는 표정을 지었다. 하지만 개의치 않는다는 듯 수프를 가져가더니 게걸스럽게 마셔 버렸다. 그리고 수프를 모두 비운 뒤 입술을 닦았다.

"이미 나에 대한 이야기는 그 망할 디. 빌헬름에게 들었겠지. 그러니 나에 대한 소개는 하지 않겠어."

"……."

알프리드는 두 사람을 번갈아 보다가 레이첼이 안고 있는 소녀에게 시선을 옮겼다.

"바닐라, 어째서 나를 두려워하는 거지? 설마 나를 배신하려는 건가?"

"배신?"

레이첼이 갑작스러운 그의 말에 의아해서 되물었다.

"그녀의 이름은 바닐라라고 해. 굳이 말하자면 그녀도 자네들처럼 외부의 세계에서 이 섬으로 들어온 외지인이지. 단지 얼마 전까지 나에게 협력하는 입장이었는데, 어째서 그토록 가엽게 나를 보고 두려워 떠는 거야?"

"도대체 무슨 말을 하는 거죠?"

이번엔 김민철이 그의 말에 의아해서 되물었다.

"뭐, 자네들도 들어서 알 거 아니야. 내가 저주를 받았다는 걸. 그녀도 저주를 받아서 벙어리가 되었고."

"……."

"그 망할 놈의 주인장이 자기 멋대로 우릴 불러놓고, 자기 뜻대로 하지 않는다고 이렇게 저주를 걸어 버린 거야."

그는 그렇게 말하고 자신의 오른쪽 소매를 걷어서 보였다. 그러자 짓무른 그의 피부가 드러났다.

"한센병이군요."

레이첼이 그의 증세를 알아보고 말했다. 알프리드는 다시 소매를 내리고 벽난로로 가서 장작을 넣었다.

"도대체 어째서 당신은 섬의 주인을 거역한 거죠? 그리고 왜 우릴 공격한 건가요?"

김민철이 장작을 넣는 그를 보고 물었다.

"처음에 자네들을 공격한 건 미안하게 생각하네. 하지만 그에게 대항하여 싸우기 위해선 강인한 힘을 가진 자가 필요해. 그래서 자네들이 그와 대적할 수 있는 자들인지 시험한 거야."

"무슨 뜻인지 도저히 모르겠군요. 어쨌든 우린 절대로 당신 편에 서지 않을 거예요."

김민철이 날카롭게 그를 쳐다보고 말했다.

"그거 유감이로군."

그는 그렇게 말하고 불이 붙은 장작을 맨손으로 집어 바닥에 던졌다. 그러자 집에 불이 붙었다.

"도대체 남의 집에 무슨 짓이죠?"

"흠, 이런 상황에서도 다른 사람 걱정을 하다니, 참 대단한 위인이로군. 하지만 걱정하지 말게. 이미 마을 사람들은 나의 늑대들의 먹이가 되었으니까."

"뭐라고요?"

김민철은 그의 말에 분노하며 노려봤다.

불은 걷잡을 수 없이 번지기 시작했고, 레이첼은 바닐라를 안고 일단 밖으로 뛰쳐나갔다. 하지만 김민철은 조금도 움직이지 않고 알프리드를 노려봤다. 알프리드는 그런 그를 재미있다는 듯 쳐다봤다.

"그 눈빛은 참 멋지군. 하지만 기억하는 게 좋을 거야. 내가 이 마을에 한 행동보다 섬의 주인이나 그의 대리인들이 한 행동이 더 잔인하다는 걸."

그는 그렇게 말하고 손을 입술에 대고 휘파람을 불었다. 그러자 거대한 붉은 곰이 불이 붙은 집을 무너트리고 들어왔다. 순간 김민철은 그 거대한 붉은 곰을 보고 당황해서 뒤로 물러섰다. 알프리드는 그런 그를 기분 나쁜 미소를 지으며 바라봤다. 김민철은 이대로는 안 되겠다는 생각에 곰에게 의자를 집어 던지고 집 밖으로 뛰쳐나갔다.

레이첼은 바닐라의 손을 잡고 정신없이 달렸다. 그런데 그녀 앞으로 한 무리의 늑대가 다가와서 가로막았다. 그녀는 갑작스럽게 나타난 늑대 무리에 당혹해서 조금씩 뒤로 물러섰다. 곧 두 사람을 뒤따라온 김민철은 상황이 다급하게 흘러가자, 주변에 있는 나뭇가지를 꺾어 몽둥이를 만들었다. 그리고 두 사람 앞으로 달려가 늑대 앞을 가로막았다. 그런데 어느새 거대한 붉은 곰이 그의 뒤를 따라왔다. 세 사람은 알프리드가 끌고 다니는 짐승들에게 둘러싸였다. 김민철은 레이첼에게 자신의 뒤를 따라오라고 말하고 늑대에게 달려들었다. 그리고 몽둥이로 늑대를 후려쳤는데 늑대는 날렵하게 피했다. 그리고 어느새 다가온 곰이 김민철을 후려쳤다. 김민철은 몸을 피할 틈도 없이 그대로 맞고 바닥에 뒹굴었다. 순간적인 강한 충격에 그는 정신을 차릴 수 없었다. 그리고 늑대들이 김민철에게 달려들어 그를 물어뜯었다. 레이첼은 그런 김민철을 보고 비명을 질렀다.

상황을 지켜보고 있던 바닐라는 갑자기 두 눈이 파랗게 변했다. 그리고 두 손에서 파란 기운이 감돌더니, 이내 매섭게 파란 기운이 뿜어져 늑대와 곰을 가격했다. 레이첼은 소녀의 능력을 보고 어안이 벙벙했다. 그러나 소녀는 그런 그녀를 신경 쓰지 않고 짐승들을 계속 공격했다. 짐승들은 소녀의 갑작스러운 공격에 으르렁거리며 달려들었다.

그런데 그때 알프리드가 다가와 짐승들에게 멈추라고 소리쳤다. 그러자 짐승들은 알프리드의 말에 그대로 멈추었다. 알프리드는 온몸이 피투성이가 된 김민철을 가만히 바라봤다. 레이첼은 어째서 그가 공격을 멈췄는지 알 수 없었지만, 우선 김민철에게 다가가 상처를 살폈다.

"그는 죽지 않을 거야."

알프리드가 김민철의 상처를 살피는 레이첼을 보고 말했다.

"무슨 뜻이죠?"

레이첼이 그를 노려보고 말했다.

"상처는 자연스럽게 회복될 테니까."

"……."

알프리드는 그렇게 말하고 짐승들에게 소녀를 공격하라고 지시했다. 그러자 짐승들은 사정없이 소녀에게 달려들었다. 그러자 소녀도 다시 파란 기운을 끌어올려 짐승들을 공격했다. 하지만 혼자서는 많은 짐승을 상대하기 힘겨웠는지 그대로 짐승들을 피해 도망쳤다. 그 모습을 지켜보고 있던 레이첼은 어떻게 해야 할지 알 수 없었다.

알프리드는 짐승들이 소녀를 쫓아가게 두고 두 사람에게 다가왔다. 그리고 김민철을 부축해서 일으키더니 어딘가로 데려가려 했다. 레이첼은 그가 갑자기 김민철을 부축하자 그의 팔을 잡았다. 그러자 그는 그녀에게 해치지 않을 거라며 자신을 따라오라고 했다. 레이첼은 도저히 자신의 힘으로는 그와 맞설 수 없었기에 별수 없이 그를 따랐다.

2

 알프리드는 두 사람을 방금 나온 집에서 얼마 떨어지지 않은 곳에 있는 저택으로 데려갔다. 저택은 굉장히 오래되었는지 철문이 기분 나쁜 소리를 내며 열렸다. 안은 어두웠는데, 알프리드가 벽의 홰에 불을 붙여 주변을 밝혔다. 저택 안은 암석을 깎아놓은 재질로 되어 있었다.

 그는 김민철을 작은 방에 있는 침대 위에 눕혔다. 그리고 피로 범벅이 된 그의 옷을 벗기고 작은 병에 담긴 액체를 그의 몸에 부었다. 그러자 김민철은 극심한 고통을 느끼고 심음하기 시작했다. 그는 무표정한 얼굴로 김민철의 상처를 훑어보다가 주머니에서 가루를 꺼내 그의 상처 위에 뿌렸다. 그리고 그의 손에서 검은 기운이 뻗어 나오더니 김민철의 상처 부위를 감쌌다. 그러자 괴기하게 느껴질 정도로 빠르게 그의 상처들이 아물고 살이 돋기 시작했다.

 그의 뒤를 따라온 레이첼은 그 광경을 신기한 표정으로 지켜봤다. 그녀의 의학 지식으로는 도저히 이해할 수 없는 일이었다.

"어떻게 한 거죠?"

 레이첼이 빠르게 회복되는 김민철의 몸을 보고 물었다.

"흠, 어차피 죽지만 않는다면 자연적으로 치료되긴 하지만, 그러면 자네들이 날 신뢰하지 못하겠지. 방금 이건 섬의 주인이 디. 빌헬름을 통해 내게 부여한 능력 중 하나야."

알프리드가 김민철의 회복된 몸의 피를 천으로 닦으며 말했다.

"그리고 짐승들을 다루는 능력도 디. 빌헬름을 통해 부여받았지. 덕분에 이 세계에게 나를 위협할 자는 거의 없었지. 하지만 안심해. 어차피 나는 나의 뜻을 거스르지 않으면 해치지는 않으니까."

그는 그렇게 말하고 레이첼을 노려봤다.

"……."

레이첼은 그의 시선에 섬뜩한 기분이 들었다.

"한 가지 궁금하게 있어요. 어째서 당신은 섬의 주인을 배신한 거죠?"

"후후, 어째서 섬의 주인을 배신했냐고? 알고 싶은가? 그럼 들려주지."

그는 그렇게 말하고 곁에 있는 의자에 앉았다.

"상당히 오래전 일이야. 내가 디. 빌헬름에게 능력을 받고 그의 지시대로 임무를 수행했을 때니까. 그 당시 나는 한 마리의 늑대만 데리고 다녔어. 그리고 큰 장궁을 사용했지. 솔직히 그 당시 나는 사람들의 눈에 띄는 걸 좋아하지 않았어. 그래서 디. 빌헬름에게 부여받은 능력을 드러나게 사용하지 않으려고 굳이 잘 쏘지도 못하는 큰 장궁을 들고 다녔어. 애초에 내가 받은 권한은 짐승을 길들이는 게 아니라 소환하는 거였으니까.

그리고 난 그 권한을 사용해서 상인들을 경호하는 용병 생활을 했지. 그때는 참으로 재미있었어. 며칠을 노숙하면서도 숲의 짐승을 사냥해서 상인들과 함께 끼니를 때우곤 했지. 그런데 그 당시 난 좀 특별한 임무를 받게 되었어. 바로 디. 빌헬름에게 직접 임무를 부여받은 거야. 그것은 한 작은 마을에서 어떤 물건을 가지고 나오라는 거였지. 그래서 나는 그가 시키는 대로 그 물건을 가지러 갔어.”

그는 여기까지 말하고 무언가 괴로운 생각이 들었는지, 두 손으로 자신의 민머리를 마구 문질렀다. 그러나 레이첼은 미동하지 않고 가만히 그가 하는 이야기를 들었다.

“그런데 그 물건은 한 어린 소녀의 유품이었어. 나는 그것이 소녀의 유품이라는 사실에 어떻게 해야 할지 망설였지. 하지만 그 유품은 섬의 주인의 물건이기도 했어. 섬의 주인은 가끔 특이한 물건을 만들어서 그의 대리인들에게 주기도 하거든. 대리인들은 그 물건을 섬의 주인을 섬기는 신당 같은 곳에 보관해 두었던 것 같아. 그런데 소녀는 그 물건이 뭔지 모르고 호기심에 몰래 가지고 나왔던 것 같고. 결국 그 소녀는 저주를 받았고 목숨을 잃게 되었지. 그래도 나는 소녀의 가족이 아무것도 모르고 받았을 상처를 생각해서 소녀의 유품을 몰래 가지고 나오려고 했어. 그날 밤 나는 음밀히 움직였지. 그런데 그날 사고가 생긴 거야. 그 소녀의 집에 불이 났어. 그때 나의 양심은 사람의 생명이 우선이라고 소리쳤어. 그래서 나는 정신없이 소녀의 가족을 구했어. 덕분에 섬의 주인의 물건은 챙기지 못했지. 결국 나는 빈손으로 디. 빌헬름을 찾아갔어. 그런데 그는 내가 빈손으로 왔다는 걸 알게 되자 호되게 소리쳤어. 사람의 목숨보다 섬의 주인의 뜻이 먼저라면서 말이야. 그리고 그때 나에게 이 빌어먹을 저주를 걸었지. 이 빌어먹을 병은 어떤 방법으로도 고쳐지지 않아. 몸은 좀비처럼 곪고 썩어 갔지. 그리고 썩은 부위에서는 지금도 악취가 나고 있어. 그나마 썩은 부위가 떨어지지는 않아서 이렇게 좀비처럼 살아가는 거야.”

그는 그렇게 말하고 신경질적으로 인상을 찌푸렸다. 그리고 방에 있던 책장을 한쪽으로 집어던졌다. 책장은 방구석에 처박혀 산산이 부서졌다.

적어도 그가 가진 힘은 김민철과 비슷하거나 그보다 더 강해 보였다. 레이첼은 그의 괴력을 보고 흠칫 놀랐다. 그러나 겉으로는 침착해 보이려고 애썼다.

"나는 그때까지 이것이 무엇을 의미하는지 알지 못했어. 단순히 임무를 수행하지 못했으니 거기에 대한 벌을 받았다고만 생각했지. 하지만 그건 그렇게 가볍게 생각할 일이 아니었어. 그는 자비라곤 없었어. 나는 그 사건이 있고 나서 섬의 다른 지역으로 가게 되었어. 그리고 그곳에서 트리. 젤로스라는 섬의 주인의 대리인을 만났지. 그녀도 겉보기에는 참 아름다고 상냥했어. 그녀는 꽃을 참 좋아했지. 이름을 알 수 없는 수많은 꽃들이 자라는 정원을 하루 종일 관리했으니까 말이야. 그리고 그녀는 나에게 한 성을 지키라는 명령을 했지. 나는 그 성을 지키기 위해 이동했어. 그 성은 가만히 두면 주변 성주들에게 언제라도 침공당해 멸망당할 초라하기 짝이 없는 성이었어. 나는 그 성에 도착하고 어떻게 보호해야 할지 고민했지. 그러다가 그 성에 있는 고아원을 보게 되었어. 아이들은 부모가 없었지만, 그곳 생활에 꽤 행복해 보였어. 나는 그 아이들에게 다가가 새를 소환해서 놀아주었어. 아이들은 나를 참으로 좋아했어. 적어도 그 일이 벌어지기 전까지 말이야."

그는 그렇게 말하고 또다시 자신의 민머리를 마구 쓰다듬으며 괴로운 표정을 지었다.

"거대한 힘을 가진 한 성주가 주변의 성들을 마구 침공하기 시작한 거야. 무자비한 폭군이 주체할 수 없는 힘을 가지면 얼마나 극악무도해지는지 그때 알았어. 그는 수많은 사람을 학살했어. 당연히 나는 내게 맡겨 준 그 성을 지키기 위해 그와 싸웠지. 나는 늑대들을 소환했고, 끝까지 그 성을 지켰어. 덕분에 수많은 병사들을 내 손으로 죽여야 했지. 하지만 그때까지는 괜찮았어. 난 그저 내가 지켜야 하는 성을 침공하는 적을 물리쳤을 뿐이니까. 그런데 그 무렵 트리. 젤로스가 나를 다시 불렀어. 그리고 광기에 사로잡혀 이웃 성들을 침공하는 성주를 제거하라는 명령을 내렸지. 그리고 섬의 주인의 분노를 보여 주라며 그의 성의 백성들도 모두 죽이라고 지시했지. 나는 처음에 망설이지 않고 그의 지시에 따랐어. 짐승들을 소환해서 가차 없이 그들을 마구 학살했어. 그런데 내가 미처 간과한 게 하나 있었어. 바로 그 성에도 고아들이 있었다는 거야. 그래서 나는 살육을 멈추고 그 아이들은 살려 주면 안 되겠느냐고 트리. 젤로스에게 물었어. 그런데 그녀는 내 말을 듣더니 처음에 보였던 그 상냥했던 미소가 사라지더군. 그리고 나를 죽일 듯이 쏘아봤어. 그리고 나에게 패럴라이즈를 걸었어. 나는 그때까지도 그녀가 어째서 나를 그렇게 대했는지 이해하지 못했어. 하지만 이내 생각했지. 디. 빌헬름도 섬의 주인의 사소한 명령을 수행하지 못한 것만으로 나에게 나병이란 저주를 걸었다는 걸. 아나 다를까, 그녀는 나를 그 성으로 다시 끌고 갔어. 그리고 그녀는 잔인하게 그 성의 주민을 학살했지. 심지어 고아원의 아이들까지 말이야. 나는 너무나도 괴로웠어. 하지만 나는 아무것도 할 수 없었지. 그저 지켜볼 뿐이었어. 눈물을 흘리면서 말이야."

그는 그렇게 말하고 괴로운지 주먹으로 책장과 벽을 있는 힘껏 쳤다. 그러자 책상은 산산조각 났고, 벽은 그대로 부서져 버렸다. 그러나 레이첼은 여전히 그에게서 시선을 떼지 않았다.

"그리고 그녀는 내게 더 잔인한 명령을 내렸어. 바로 내가 지켰던 성을 반대로 멸망시키라는 것이었지. 사람의 온정에 끌려서 섬의 주인의 명령을 거역한 것에 대한 대가를 치러야 한다면서 말이야. 나는 도저히 그 명령에 따를 수 없었어. 그러자 그녀는 또다시 나를 그곳으로 데려 갔어. 그리고 그 성의 부패한 관원들을 보여 주었지. 그들은 섬의 주인의 은혜로 구원을 받았지만, 그들의 행실은 섬의 주인을 전혀 경외하지 않았어. 그들은 자신들을 멸망시키려고 다가오던 성주와 그의 성이 멸망당하자 크게 기뻐했지. 그런데 어째서인지 불필요하게 세금을 올렸어. 먼저는 자신들을 지켜 준 신에게 조공을 바치고, 언젠가 또 다른 세력이 자신들을 침공할지 모르니 국력을 키운다는 명분으로 말이야. 그러나 그런 명분은 결코 좋은 결과를 가져오지 못하더군. 그들은 그것으로 온갖 사치를 부렸지. 그리고 부녀자나 가난한 처녀를 가리지 않고 건드렸어. 심지어 고아원의 아이들까지 말이야. 트리. 젤로스는 여기까지 보여 주고 그녀의 손으로 또다시 사람들을 학살하기 시작했어. 나는 그저 지켜보기만 했어. 그토록 상냥했던 그녀가 얼마나 잔혹하게 변할 수 있는지 지켜본 거야. 그리고 섬의 주인의 진노가 얼마나 가혹한 것인지도 알게 되었지. 그런데 더 충격인 건, 겁탈당한 고아원의 아이들도 심판의 대상이었던 거야. 이미 순결을 잃어버린 아이들에게도 자비를 베풀 이유가 없다면서……. 하지만 난 그것만은 동의할 수 없었지. 그래서 필사적으로 그녀를 저지하려고 소리쳤어. 그 아이들이 순결을 잃은 건 전적으로 타락한 관료들 때문이었으니까. 하지만 그녀는 이렇게 말하더군. 이미 순결을 잃은 아이들도 창녀 놀음에 길들여져 있다고. 실제로 그 아이들도 관료들에게 몸을 판 거더군. 물론 그 또한 가난한 삶에서 어쩔 수 없는 선택이었지. 그러나 그렇게 한 번 몸을 판 아이들은 그다음부터는 너무나도 쉽게 몸을 팔았어. 하지만 그렇다고 난 그 아이들을 죽일 수는 없었지. 만약 그 아이들에게 그것이 잘못된 것이라고 가르쳐 주었다면 결코 그런 행동은 하지 않았을 거야. 그때의 나는 순진하게 인간의 마음에 선한 것이 있다고 믿었으니까. 결국 트리. 젤로스는 나에게 또 다른 저주를 내렸지. 머리가 벗겨지고 몸이 창백하게 변해 갔어. 그 누구도 기괴하게 변한 나의 외모를 바라봐 주지 않았어. 심지어 고아원의 아이들마저 나를 괴물 취급했지. 결국 나는 이성을 잃고 말았어. 내가 지키려던 사람들 때문에 저주를 받고 그들에게 비웃음거리가 되었으니까. 결국 나는 그렇게 미쳐 갔어. 그리고 내가 다시 이성을 찾았을 때는 내 손이 고아원의 아이들의 피로 홍건하게 되었을 때였지. 그 뒤로 나는 완전히 광기에 사로잡혔어. 그리고 수없이 그러한 일을 반복했어. 오직 섬의 주인의 뜻을 따르기 위해. 맹목적이라도 나는 닥치는 대로 사람들을 죽였어. 그것이 양심적이든, 아니든 상관없이 말이야. 하지만 이내 마음은 무너졌지. 무엇이 선인지, 무엇이 악인지 구별하지 못하게 되었어. 그래서 나는 섬의 주인을 거역하기로 마음먹었어. 섬의 주인을 대적하는 악마들을 신봉했지. 세상에는 일곱 악마가 있더군. 교만을 상징하는 루시퍼, 인색을 상징하는 마몬, 질투를 상징하는 레비아탄, 분노를 상징하는 사탄, 음욕을 상징하는 아스모데우스, 탐욕을 상징하는 바알제붑, 나태를 상징하는 벨페고르. 나는 그들을 섬기는 종교를 만들었어. 그리고 나의 편을 만들기 시작했지. 나처럼 이 섬으로 초대받은 이방인들을 찾아다녔어. 그리고 나와 같은 시련을 겪었는지 물었지. 그러다가 바닐라를 알게 된 거야. 그녀도 나처럼 저주를 받아서 벙어리가 되었지."

그는 그렇게 말하고 미친 듯이 웃기 시작했다.

레이첼은 광기에 빠진 그를 두려운 시선을 바라봤다.

"어떻게 보면 나의 이러한 행동은 이변이라고도 볼 수 있겠지. 섬의 주인의 입장에서는 있을 수 없는 일일 테니까. 하지만 돌연변이라도 상관없어. 결코 섬의 주인이나 그의 대리인들은 용납할 생각은 없으니까."

"그럼 어째서 바닐라는 당신을 배신한 거죠? 그녀도 당신처럼 어떤 시련 때문에 섬의 주인에게 저주를 받은 거잖아요."

"아마도 나의 광기나 그들의 긍휼함 없는 공의나 비슷하게 느꼈기 때문이겠지. 생각해 보게. 나는 천년이란 시간을 이렇게 살아왔어. 그리고 그녀도 수백 년을 이렇게 살아왔을 테고. 애초에 감정은 지울 수 있는 게 아니지. 우리 개개인은 일반적인 수명을 살아가는 존재가 아니야. 싫든, 좋든 그가 허락한 수명을 살아야 해. 그러니 복잡한 감정이 뒤틀릴 수밖에 없어. 섬의 주인의 뜻을 따르려면 철저히 자신의 감정을 억누르고 살아야 하지. 그러지 않으면 나처럼 되는 거야. 그리고 그녀도 나와 비슷한 경험을 한 거지. 그리고 또 나에게서도 그들과 다를 것 없는 감정을 느낀 거야. 뭐, 이해는 해. 나는 결코 선한 존재가 아니니까. 오히려 미쳐 날뛰길 갈망하고 있지."

"……."

레이첼은 그의 말에 무슨 말을 해야 할지 알 수 없었다.

"아무래도 나의 말이 좀 혼란스러운 것 같군. 확실히 이런 이야기를 듣는 건 혼란스럽겠지. 나도 충분히 그 마음 이해해. 후, 아무튼 좀 쉬게. 위층에 방이 몇 개 더 있으니까. 일단 그곳에서 좀 쉬고 있어."

레이첼은 갑자기 그가 호의적으로 나오자 더 혼란스러웠다. 그러나 김민철을 치료한 것으로 봐서 당장 자신들을 해하지는 않을 것 같았다. 그녀는 그에게 무언가 더 물어보고 싶었지만, 우선 고개를 끄덕이고 방에서 나왔다.

3

이튿날 김민철은 맑은 정신으로 눈을 떴다. 그런데 문뜩 어제 일이 떠올라 소스라치듯 몸을 일으켰다. 분명히 소녀를 구하려다가 짐승의 습격을 당했는데, 어째서 자신만 이렇게 침대 위에 누워 있는 건지 의아했다. 그는 옷이 벗겨져 있어 짐승에게 당한 상처를 보게 되었는데 대부분 아물었다. 그는 자신의 손을 쥐었다 펴며 손의 상태를 확인했다. 그리고 기지개를 펴고 몸을 이리저리 움직였는데, 움직이는 데 전혀 지장이 없었다.

그런데 그는 주변을 살피고 기겁했다. 벽이 허물어져 있었고 책장이 산산조각 나 부서져 있었다. 그리고 책상 위에는 그를 위해 준비한 건지 두꺼운 옷이 한 벌 놓여 있었다. 그는 그 옷을 입고 레이첼을 찾아 방 밖으로 나왔다. 그리고 방밖을 두리번거리다가 위층으로 올라가는 계단을 발견했다. 위층에서는 레이첼의 목소리가 들려왔다. 그는 그녀의 목소리에 안도감을 느끼고 위층으로 올라갔다.

그런데 그녀의 목소리가 들려오는 방에 어제 자신을 습격한 늑대 한 마리가 쭈그려 앉아 있었다. 늑대는 그의 인기척을 느끼고 으르렁거리고 쳐다봤다. 그러자 방에 있던 알프리드가 늑대에게 조용하라며 진정시켰다. 김민철은 어째서 그가 자신들을 공격하지 않는지 알 수 없었지만, 일단 방으로 들어갔다.

"이제 몸은 괜찮은 건가요?"

레이첼이 방으로 들어온 김민철을 보고 반가운 시선으로 바라보며 물었다.

"도대체 어떻게 된 건지 모르겠지만, 일단 몸은 괜찮아진 것 같아요. 당신이 치료해 준 건가요?"

"아니요, 이 사람이 당신을 치료했어요."

레이첼이 알프리드를 가리키고 말했다. 김민철은 그녀의 말에 그를 의심스럽게 바라봤다.

"그렇게 나를 경계하지 않아도 돼. 만약 자네들을 해치려고 했다면 이곳으로 데려오지도 않았을 거야."

알프리드는 무표정하게 그를 보고 말했다.

"……."

하지만 그는 조금도 긴장의 끈을 놓을 수 없었다.

"뭐, 그렇게 긴장하지 않아도 된다니까. 하긴, 어제 그렇게 늑대에게 당했으니 두려운 건 별수 없겠지. 그렇지만 자네의 상처를 치료한 것도 나이니 너무 기분 나쁘게 생각하지 말게."

"……."

하지만 김민철은 여전히 그를 경계했다. 그러다가 문득 소녀가 떠올랐다.

"어째서 당신은 소녀를 공격한 거죠?"

"몇 번이고 같은 말을 하고 싶지는 않은데……. 바닐라는 걱정할 필요 없어. 죽이지 못했으니까."

"무슨 말이죠?"

"바닐라는 나의 짐승들에게 당한 자네처럼 그리 약하지 않아. 만약 그녀가 평범한 사람이었다면 살아남을 수 없겠지만, 그녀는 전혀 평범하지 않아."

"당장 그녀의 생존 여부를 확인할 수는 없지만, 그의 말이 거짓말은 아닐 거예요."

레이첼이 긴장하고 있는 김민철에게 말했다. 김민철은 그녀의 의외의 말에 조금 당황스러웠지만, 일단 고개를 끄덕였다.

"그런데 방금 무슨 이야기를 하고 있었죠?"

김민철이 그녀를 보고 물었다.

"섬의 주인에 대해 물어보고 있었어요. 하지만 그 누구도 섬의 주인을 직접 보지는 못했을 거라고 했어요."

레이첼이 그의 말에 대답해 주었다.

"좀 더 정확하게 말하면 그의 대리인조차도 그의 실체는 보지 못했을 거야. 다만 계시를 통해서만 그의 뜻을 아는 듯해. 그리고 그에게서 부여받은 권한을 통해서 그의 존재를 인정할 뿐이지. 그리고 그에게는 어떤 자비도 허락받을 수 없지. 사실 바닐라와 싸우긴 했지만, 그녀 역시 섬의 주인에게 저주를 받은 나와 비슷한 신세이지."

알프리드가 그녀의 말에 덧붙였다.

"그렇다면 그녀는 섬의 주인에 의해 처형당할 수도 있다는 건가요?"

김민철이 그에게 물었다.

"아마도 섬의 주인은 우릴 소멸시킬 수 있을 거야. 애초에 그의 뜻대로 우리가 이 섬에 들어왔으니까. 저주는 그의 뜻을 거스른 자에게 반역자라는 낙인과도 같은 거지. 단지 그는 직접 움직이지 않고 섬의 대리인을 통해서만 움직이니, 저주라는 낙인 정도만 남기는 거지. 아마도 직접 마주

한다면 곧장 응징당할 거야."

"그렇다면 어째서 당신은 그녀를 공격한 거죠? 같은 입장에 있는 거잖아요."

"흐흐흐, 몇 번이고 같은 말을 반복하게 하는군. 나는 그녀를 먼저 공격하지 않았어. 그녀가 나에게서 광기를 느끼고 두려워서 도망친 거야. 그리고 난 그녀의 능력을 잘 알고 있지. 그래서 거침없이 그녀를 공격한 거야. 결코 그녀는 자네처럼 약하지 않아. 겉으로만 보면 소녀처럼 보이겠지만 실제로는 몇백 살이나 먹은 마녀지. 자네 같은 애송이와 비교하는 게 그녀에게 실례인 거지."

"그렇다면 우리도 그녀를 돕는다면, 저주를 받을 수 있다는 건가요?"

이번엔 레이첼이 물었다.

"글쎄, 반역자를 돕는다고 저주를 걸지는 않을 거야. 섬의 주인에게는 자비는 없지만, 공의를 저버리지는 않으니까. 그의 뜻을 거스르지 않는다면 나나 그녀를 돕는다고 해서 저주를 받지는 않을 거야. 그러니 나 역시 이 정도로 살아가는 거겠지. 아무튼 나에게 협력한다면 더는 두 사람을 공격하지 않을 거야. 그러나 반기를 든다면 이번엔 어둠이 자네 둘을 집어삼킬 거야."

그는 그렇게 말하고 옆에 있는 늑대에게 검은 기운을 불어넣었다. 그러자 늑대의 덩치가 조금 더 커졌다.

"우린 섬의 주인이 어떤 분인지 당신처럼 경험해 보지 못해서 잘 모르지만, 우린 그녀를 도울 거예요. 어째서 그녀가 저주를 받았는지는 모르지만, 적어도 그녀는 우릴 당신의 손에서 구하려 했으니까요."

레이첼이 그렇게 말하고 김민철을 바라봤다. 그러자 김민철도 고개를 끄덕였다.

"마치 그 말은 나와 대립하겠다는 말로 들리는군. 섬의 주인보다 내가 더 신경 쓰인다는 말투야."

그가 그렇게 말하자, 덩치가 커진 늑대가 이를 드러내며 으르렁거렸다. 김민철과 레이첼은 그런 늑대를 보고 몸을 떨었다. 하지만 두 사람은 주저하지 않았다. 김민철은 늑대에게 주변에 있는 의자를 던졌고, 레이첼도 꽃병을 알프리드에게 던졌다. 그리고 두 사람은 창문으로 뛰어내렸다.

김민철이 레이첼을 안고 뛰어내려 그녀는 무사했지만, 그는 잘못 떨어져 왼쪽 어깨에서 극심한 통증을 느꼈다. 하지만 주춤할 수는 없었기에 두 사람은 그대로 달려 도망쳤다. 알프리드는 그런 두 사람을 창밖으로 지켜보다가 곁에 있는 늑대에게 손짓했다. 그러자 그 늑대는 늑대 특유의 울음소리를 냈고, 저택 밖에 있던 늑대들이 두 사람을 추격하기 시작했다.

김민철은 왼쪽 어깨의 통증이 심했지만, 어떻게든 다가오는 늑대들을 상대해야 했다. 그래서 그는 오른손으로 바닥에 있는 돌을 집어 늑대를 향해 던졌다. 그러자 늑대는 그가 던진 돌에 맞고 그대로 쓰러졌다. 김민철은 그것을 보고 어떻게든 그의 손에서 벗어날 수 있겠다는 생각이 들었다. 하지만 그의 권한은 힘에 특화되었을 뿐이었다. 전투에 익숙하지 않은 데다가 부상까지 입었기에 늑대들과 근접해서 싸우는 건 힘들었다. 그래서 그는 급한 대로 바닥에 있는 돌을 몇 개 더 집어 늑대들에게 던졌다. 하지만 그가 상대해야 하는 건 늑대만이 아니었다. 갑자기 두 사람 앞으로 어제 그 거대한 붉은 곰이 튀어나왔다. 두 사람은 갑자기 붉은 곰이 튀어나오자 당황해서 옆으로 구르고 말았다. 김민철은 이대로 끝이라는 생각이 들었다. 그런데 그때 상황을 지켜보고 있던 바닐라가 두 사람 곁으로 달려오며 파란 기운을 쏘았다. 곰은 그녀의 파란 기운에 맞고 그대로 쓰러졌다. 두 사람은 눈앞의 곰이 쓰러지자 이를 악물고 바닐라 쪽으로 달려갔다. 그녀는 파란 기운을 짐승들에게 쏘며 두 사람을 엄호했다. 그리고 세 사람은 간신히 그곳에서 벗어날 수 있었다.

"후, 이제 겨우 벗어난 것 같네요."

김민철이 겨우 숨을 몰아쉬고 말했다.

"여기까지 왔으면 안전할 거예요. 그런데 어깨는 괜찮은 거예요?"

레이첼도 숨을 몰아쉬다가 그의 어깨를 보고 말했다.

"버틸 수는 있을 것 같아요. 하지만 왼쪽 어깨가 골절되었는지 좀 고통스럽네요."

레이첼은 그의 어깨에 살짝 손을 댔다. 그러자 김민철은 통증을 느끼고 신음했다.

"아무래도 그런 것 같네요. 일단 어깨가 회복될 때까지 무언가로 감싸는 게 좋겠어요."

레이첼이 그렇게 말하자 곁에 있던 바닐라가 자신의 로브를 벗어서 그녀에게 내밀었다. 그러자 레이첼은 고맙다고 말하고 그녀의 로브로 김민철의 어깨를 감싸주었다. 그리고 레이첼은 자신에게 로브를 준 바닐라가 대견하다며 자신도 모르게 그녀의 머리를 쓰다듬어주었다. 그러자 바닐라도 수줍은 표정을 지으며 그녀의 품에 안겼다. 레이첼도 그런 그녀를 안아주었는데, 문득 그녀의 외견과 다르게 자신들보다 훨씬 나이가 많음에도 어린아이처럼 행동하는 그녀가 귀엽게 느껴졌다.

세 사람은 조금 더 숨을 고른 뒤 다시 숲속으로 이동했다. 그런데 영문은 알 수 없었지만, 숲으로 깊이 들어오자 그렇게까지 춥지 않았다. 그리고 김민철의 어깨도 빠르게 회복되었다. 하지만 체력적으로는 조금 지치는 듯했다. 그래서 세 사람은 숲속 한쪽에 자리를 만들고 좀 쉬기로 했다. 바닐라는 그녀의 작은 가방에서 작은 칼을 꺼냈다. 그리고 주변에 있는 나뭇가지를 그 작은 칼로 잘라서 땔감을 만들었다. 그리고 가방에서 부싯돌을 꺼내 능숙하게 불을 피웠다. 레이첼은 그런 그녀의 모습에 또다시 대견함을 느꼈다. 겉으로는 소녀처럼 보였지만 실제로는 수백 년을 살아온 그녀였다. 하지만 그녀가 아무리 나이가 많다는 걸 알아도 앳된 외모 때문인지 사랑스럽게 느껴졌다. 마치 여동생을 대하는 기분이었다.

바닐라는 나뭇가지에 불을 피웠다. 세 사람은 그녀가 만든 모닥불 주위에서 잠시 쉼을 가지다가 이내 긴장이 풀리는지 그대로 잠이 들었다. 그리고 세 사람이 다시 정신을 차렸을 때는 꽤 시간이 흐른 뒤였다. 그런데 불은 꺼지지 않고 그대로 유지되고 있었고, 모닥불 주위에는 물고기 여러 마리가 노릇노릇하게 익고 있었다. 레이첼은 그 물고기를 보고 자신이 꿈속에서 헤어나질 못하고 있다는 생각이 들었다. 그런데 어느새 정신이 든 바닐라가 한쪽을 날카롭게 노려보고 있었다. 레이첼은 무슨 일인가 하고 정신을 차려서 주변을 살폈는데, 바로 옆에 처음 보는 덩치 큰 여성이 물고기를 익히고 있었다. 그녀는 단발의 붉은 머리카락을 가지고 있었고, 뚱뚱한 외형에 검은색 모피 코트를 입고 있었다. 뒤늦게 정신을 차린 김민철도 그녀를 보고 당황스러웠지만, 그녀는 세 사람을 위협하려는 행동을 전혀 취하지 않았다. 오히려 세 사람이 정신을 차리자 잘 익은 물고기를 건네며 다정스러운 어조로 어서 먹으라고 말했다.

김민철은 그런 그녀의 말에 얼떨결에 물고기를 받았다. 그리고 한입 베어 물었는데, 빈속이라 그런지 생각보다 맛이 좋았다. 그는 순식간에 물고기 한 마리를 다 먹어치웠다. 그 모습을 본 레이첼도 별다른 생각 없이 그녀가 건넨 물고기를 받아 베어 물었다. 하지만 바닐라는 여전히 그녀를 경계하고 있었다.

"바닐라, 여전히 나를 두려워하는구나. 하지만 걱정하지 않아도 돼. 나는 네가 그의 뜻을 어기지 않으면 그 어떤 위협도 하지 않으니까. 그건 네가 더 잘 알잖니?"

그녀는 바닐라의 경계하는 태도와 달리 친근한 표정을 지었다.

"당신은 누구시죠? 섬의 주인의 대리인인가요?"

그녀의 말을 들은 레이첼이 물었다.

"난 이 지역, 헥사를 담당하고 있는 헥사. 쿠피디타스라고 해요. 섬의 주인의 대리인이죠. 당신들이 어떻게 생각할지는 몰라도, 당신들이 처음 이곳에 와서 알프리드와 대립하는 모습을 지켜보고 있었어요. 처음엔 그의 손에서 여러분을 구하려고도 했지만, 그렇게 나서면 오히려 바닐라가 나도 공격하려고 했을 것 같아 나서지 않았어요. 바닐라, 네게는 항상 미안한 마음이란다. 네가 벙어리가 된 건 나에게도 책임이 있으니까. 하지만 나는 네가 그 상황에서 큰 충격을 받고 말을 못하게 되었을 때 정말이지 가슴이 아팠단다. 그래서 나는 네게 다른 명령은 내리지 않고 오직 권한만 금했단다. 하지만 넌 그것마저 지키지 못했어. 그저 가만히 있으면 됐었는데, 설사 눈앞에 어떤 일이 벌어지더라도 말이지. 하지만 그것도 네겐 너무 가혹한 일이었지."

헥사. 쿠피디타스는 예전 일을 생각하고 눈물을 글썽였다.

"나는 이 아이를 오래전부터 지켜봤어요. 그래서 이 아이가 평소 어떤 가치관과 성품을 지니고 있는지 잘 알아요. 이 아이는 이 섬에 들어오고 수백 년을 살았지만, 결코 자신의 신념을 바꾸려 하지 않았어요. 이 아이는 어떤 사람이라도 관계를 맺기 시작하면 그 관계를 참으로 소중하게 여겼죠. 하지만 그것이 걸림돌이 된 거예요. 어떻게 생각할지는 모르겠지만 이 섬에서는 어떤 관계보다도 섬의 주인과의 관계를 가장 우선순위에 놓아야 하죠. 그의 명령은 절대적이니까요. 결코 거역해서는 안 되죠."

"알프리드도 그 이야기를 했어요."

레이첼이 알프리드의 말을 떠올리고 말했다.

"그건 여러분도 경험하면 알게 될 거예요. 결코 그의 명을 거역해서는 안 돼요. 당신들이 알프리드를 봤다면 그가 정상이 아니라는 걸 알았을 거예요. 그는 자신의 가치관으로 섬의 주인의 뜻을 헤아리려고 했어요. 그것이 그를 너무나도 힘겹게 만들었죠. 만약 내게 그를 제거할 수 있는 권한이 있었다면 진작 그렇게 했을 거예요. 그러나 안타깝게도 내겐 그러한 권한이 허락되지 않았죠. 어쩌면 바닐라가 이렇게까지 과민하게 반응하는 것도 알프리드 때문이기도 해요. 알프리드는 자신의 권한을 사용하기 위해서는 야수들의 식량이 필요해요. 아니, 정확하게 말하자면 그 야수들을 난폭하게 만들려고 사람을 사료로 사용했죠."

"사람을 사료로?"

레이첼은 그녀의 끔찍한 표현이 당황스러웠다.

"그래요. 그는 그의 야수를 사람을 사냥하는 도구로 길들이기 위해 사람을 사냥하게 했죠. 그리고 그것은 악마로부터 힘을 얻는 방법 중 하나이기도 하고요. 그런데 더 충격인 건 그를 추종하는 이들도 생겨났죠. 마치 교주처럼 말이죠. 그리고 그 중에는 당신들이 거쳐 온 디 지역의 성주도 있고요. 비록 그는 그 섬에서 추방당해 당장은 들어갈 수 없지만, 섬의 주인은 다시 그를 그곳으로 들여보낼 거예요. 그래서 그를 따르는 자들과 함께 그의 세력을 멸할 거예요. 그런데 바닐라 너도 그곳에 있었지. 네가 어떻게 생각하든 나는 그들을 처단할 수밖에 없었어. 그들은 알프리드를 따랐고 그의 지시대로 그의 야수들에게 자신들의 자녀들을 산 제물로 바쳤지. 너무나도 어리석게 말이야. 물론 다 예전 일이지만. 나는 이제 그 지역의 대리인도 아니야. 이 지역으로 오래전에 옮겨졌으니까. 물론 이 지역에서도 참혹한 심판이 있었지만……. 네가 그를 따르게 하고, 네가 말을 잃어버리게 한 그 심판……."

"으으으!"

바닐라는 그녀의 말에 참을 수 없는 분노를 느꼈다. 두 사람은 그런 바닐라의 반응에 당황해서 그녀를 말리려고 했지만, 이미 그녀의 손에는 파란 기운이 감돌고 있었다. 그녀는 주저 없이 헥사. 쿠피디타스를 향해 파란 기운을 쏘았다. 그러나 그녀의 파란 기운은 헥사. 쿠피디타스의 몸에 닿지 않고 수증기가 되어 사라졌다. 그리고 어느 틈에 또 다른 헥사. 쿠피디타스가 바닐라의 뒤에서 나타나 그녀의 어깨에 손을 얹었다. 그러자 바닐라는 아무 말 없이 그대로 쓰러지고 말았다. 그리고 바닐라의 뒤에 나타난 헥사. 쿠피디타스는 곧 수증기가 되어 사라졌다.

그 모습을 보고 있던 두 사람은 그녀의 권한이 다른 섬의 대리인이나 알프리드보다 더 강력하다는 생각에 두려운 기분이 들었다.

"나를 두려워하지 말아요. 나는 결코 당신들을 알프리드처럼 위협할 생각은 없으니까요. 다만 당신들을 조련할 필요를 느끼고 있어요. 그래야 알프리드와 제대로 싸울 수 있을 테니까요. 그리고 나는 결코 나의 사적인 일로 당신들을 조련하지 않아요. 오직 섬의 주인의 뜻대로 당신들을 조련할 뿐이죠."

헥사. 쿠피디타스는 여전히 상냥한 어조로 말했다.

그리고 잠시 뒤 헥사. 쿠피디타스가 있는 곳으로 한 사내가 말이 끄는 마차를 타고 나타났다. 그는 허리까지 내려오는 갈색머리에 갈색 수염을 멋스럽게 길렀고, 파란 눈에 은테 안경을 쓰고 있었다. 그는 상당히 덩치가 컸지만 검은색 신사복을 입고 있어 점잖아 보였다. 그는 마차에서 내려 헥사. 쿠피디타스 앞에 무릎을 꿇고 그녀의 손등에 입을 맞췄다. 헥사. 쿠피디타스는 그런 그에게 바닐라를 마차에 태우라고 지시했다. 그는 그녀의 지시를 따라 쓰러진 바닐라를 마차에 태웠다. 그리고 그녀는 두 사람에게도 마차에 타라고 말했다. 그녀에게 두려움을 느낀 두 사람은 저항하지 못하고 마차에 올라탔다. 그리고 그녀도 마차에 오르자 마차를 몰고 온 사내는 다시 마차를 몰고 어딘가로 이동했다.

슈에리 1

1

아키텐은 자신의 자가용을 몰고 국제공항으로 이동하고 있었다. 그는 문뜩 백미러를 통해 자신의 얼굴을 봤는데, 그의 붉은 머리 사이로 간간히 흰머리가 보였다. 그리고 이마와 눈가에도 제법 잔주름이 많았다. 그는 자신도 이제 많이 늙었다는 생각에 인상을 찌푸렸다. 그리고 백미러를 통해 뒷좌석에 앉아 있는 자신의 둘째딸을 바라봤다. 이제 고등학교 1학년인 슈에리는 스마트폰을 만지며 말없이 앉아 있었다. 그녀는 유럽인인 아버지와 중국인인 어머니 사이에서 태어나서 동양인과 서양인의 외모가 절묘하게 섞여 있었다. 그리고 어려서부터 중국에서 자라온 탓에 중국 소녀들 사이에서 유행하는 화장을 따라했는데, 그녀의 아버지는 그런 자신의 딸의 모습이 썩 내키지 않은 눈초리였다. 하지만 사춘기인 딸아이와 이런 주제로 부닥치는 건 자신만 지치는 것이기에 애써 자신의 감정을 드러내지 않았다. 그는 보조석에 앉아 있는 자신의 아내에게 시선을 돌렸다. 오랜 시간 부부로 지내며 함께 사역한 탓에 서로에 대해 너무나 잘 안다고 생각했지만, 어느새 그녀도 자신처럼 많이 늙어 있었다. 그녀도 자신처럼 머리에 흰머리가 있었고, 미간에도 주름살이 잡혔다. 그는 대학 시절의 아내 모습을 떠올리며 아내의 머리카락을 쓰다듬어 주었다. 그러자 그의 아내는 그에게 살짝 미소 지어 보였다.

"이제 첫딸이 선교 사역을 위해 해외로 나가네요. 참 시간이 빠르죠."

리즈가 아키텐을 보고 말했다. 그녀도 유학생활을 마치고 지금의 남편과 결혼한 뒤, 바로 고국으로 돌아와서 사역을 시작했었다. 그래서인지 대학을 졸업하자마자 선교지로 나서는 자신의 딸이 대견하게 느껴졌다.

"정말 그래요. 첫딸이 이렇게 금방 커서 우리 품을 떠날 거라고는 생각하지 못했어요. 나중에 슈에리도 이렇게 우리 품을 떠나면 그땐 어떻게 해야 할까요."

아키텐은 그렇게 말하고 여전히 뒷좌석에서 스마트폰만 보고 있는 슈에리를 바라봤다.

"아빠, 그건 걱정하지 마. 난 언니처럼 선교사가 될 생각은 없으니까. 유럽 여행이면 또 모를까."

슈에리는 아빠의 말에 무표정한 얼굴로 스마트폰만 바라보고 말했다.

"슈에리, 그래도 아빠는 네가 네 언니처럼 뜻깊은 인생을 스스로 개척하며 살길 원해. 그렇게 쓰잘머리 없는 것에 마음을 온통 빼앗기고 살면 나중에 커서 정말 할 수 있는 게 없어진다고."

아키텐이 슈에리의 말에 살짝 짜증스럽게 말했다.

"걱정하지 마. 아빠가 걱정하지 않아도 성인이 되면 바로 자립할 거니까. 나도 나만의 꿈이 있단 말이야."

슈에리는 아빠의 말에 지지 않고 신경질적으로 말했다.

중간에서 두 사람을 지켜본 리즈는 아키텐의 어깨를 잡으며 그만하라고 말했다. 그리고 그녀는 슈에리에게도 따끔하게 한마디하며 아빠에게 사과하라고 말했다. 슈에리는 짜증이 났지만, 곧 엄마의 말에 알았다며 아빠한테 미안하다고 사과했다. 아키텐은 엄마의 말에 마지못해 하는 딸아이의 사과가 마음에 들지 않았지만, 자신을 지켜보고 있는 아내의 기분을 생각해 알겠다며 넘어갔다.

　아키텐은 분위기를 바꾸어 보려고 음악을 틀었다. 이제 자신의 딸이 출국하게 되면 한동안은 얼굴을 보지 못할 것이다. 그간 자신의 딸에게 병실에서 직접 의료 일을 가르치며 상냥하게 대할 겨를이 없었다. 그나마 자신의 조국에서 사역비와 자녀의 등록금을 지원해 주었기에, 아이를 가르치는 것은 부담이 없었다. 그래서 가능하면 의료 쪽으로 학업을 이어나갈 수 있도록 지도하였는데, 첫딸은 그런 자신의 바람대로 내과 대학으로 진학하여 의료 선교 쪽으로 비전을 정하였다. 그리고 학업을 마친 뒤 그녀는 프런티어 선교본부로부터 의료 지원이 필요하다는 공고문을 보게 되었다. 그래서 그녀는 한동안 고민하다가 그곳에서도 그녀를 지도할 수 있는 의료 선교사가 있다는 소식에 마음을 정하게 되었다. 그 뒤로 그녀는 더는 망설이지 않고 선교본부에 지원서를 제출했다. 그리고 선교본부로부터 그녀의 지원에 대한 감사 매일이 왔는데, 그제야 그녀의 부모인 두 사람은 자신의 딸아이의 선교 결정을 알게 되었다. 아키텐은 그런 딸아이의 결정이 자신들의 영향 때문이라는 걸 누구보다도 잘 알고 있었다. 애초부터 의학을 전공하게 한 목적도 선교를 위한 것이기 때문이었다. 그래서 그런 딸아이의 결정을 최대한 존중해 주기로 하였다. 그 뒤로 두 사람의 첫째 딸은 선교에 대한 기본 교육을 받고 4개월 뒤에 출국 길에 오르게 되었다.

　"가능하다면 시집은 보내고 선교지로 보낼 생각이었는데, 이렇게 서둘러 보내야 하다니 좀 서운하네요."

아키텐이 서운한 마음을 아내에게 말했다.

"아직 장기 선교사로 나가는 건 아니니까 너무 걱정하지 마세요. 그리고 혹시 모르죠. 그곳에서 좋은 사람을 만날는지요. 나도 당신을 유학 생활 중에 만났으니까요."

리즈가 남편의 기분을 위로하듯 말했다.

"그래도 조금은 더 곁에 두고 싶었는데, 그건 욕심이겠죠. 하긴 그 아이도 이제 성인이 되었으니 부모의 품을 떠나 좀 더 넓은 세상으로 나가 봐야죠."

"괜찮을 거예요. 그 아인 혼자서도 잘해낼 거예요. 우린 그 아이를 그렇게 키웠으니까요."

"그래요, 이날을 위해 그렇게 키웠죠."

아키텐은 그렇게 말하고 눈물을 글썽였다. 리즈는 그런 남편을 보고 어깨를 토닥여 주었다.

얼음성 1

1

마차가 도착한 곳은 얼음으로 둘러싸인 거대한 얼음성이었다. 성을 둘러싸고, 성을 이루고 있는 건 얼음뿐이었다. 그리고 얼음성은 화려하게 얼음으로 만든 장식구와 석상으로 장식되어 있었다. 레이첼과 김민철은 그 얼음성을 보고 입이 벌어져 다물지 못했다. 헥사. 쿠피디타스는 마차에서 내리면서 그런 두 사람에게도 내리라고 말했다. 그리고 마차를 몰고 온 사내에게 바닐라를 챙기라고 말했다. 두 사람은 헥사. 쿠피디타스를 따라 성안으로 들어갔다. 그런데 성안에는 사람은커녕 동물조차 보이지 않았다. 오직 사람이라고는 헥사. 쿠피디타스를 따르고 있는 자신들뿐이었다. 하지만 성은 춥지는 않았다. 얼음이 유지되려면 영하의 온도가 유지되어야 하지만, 두 사람이 피부로 느껴지는 건 영상 기온이었다. 그리고 성안은 환했는데, 햇빛이 얼음에 반사되어 얼음 자체에서 빛을 내고 있었다.

헥사. 쿠피디타스는 두 사람을 성에 있는 상당히 큰 방으로 데리고 갔다. 방에는 큰 식탁이 있었다. 그리고 그녀는 식탁 중앙에 있는 가장 큰 자리에 앉았다. 그녀가 자리에 앉자, 갑자기 어디선가 사람들이 나타나 그녀에게 음식을 가져다주었다. 두 사람은 그 상황을 지켜보다가, 헥사. 쿠피디타스가 자리에 앉으라고 말하자, 얼떨결에 자리에 앉았다. 그러자 두 사람에게도 사람들이 음식을 가져다주었다. 두 사람은 엄청난 양의 음식을 보고 그녀가 왜 이렇게 살이 쪘는지 이해할 수 있었다.

"바닐라는 어디로 데리고 간 거죠?"

레이첼이 그녀에게 물었다.

"그 아이는 신경 쓸 거 없어요. 어차피 정신을 차릴 때까지 침실에서 쉬게 할 거예요. 그러니 내가 식사 중일 때는 말 걸지 말아주세요. 호호호."

그녀는 그렇게 말하고 그녀의 앞에 있는 돼지의 앞다리를 들고 뜯어먹기 시작했다. 언뜻 보면 상당히 위협적이면서 품위도 있어 보였지만, 막상 음식을 게걸스럽게 먹는 모습은 그녀가 돼지처럼 탐욕스럽게 느껴졌다. 그리고 두 사람은 그런 그녀의 모습에 식탁의 음식을 먹고 싶은 마음이 사라졌다.

"도대체 이 많은 음식은 어디서 나온 거죠? 주변에 얼음뿐이었는데요."

김민철이 문득 눈앞에 차려진 진수성찬을 보고 물었다.

"이 음식들은 이 성의 주민들이 섬의 주인에게 바친 것이죠. 물론 그들은 섬의 주인을 알지 못해요. 다만 이 세상을 지키는 어떤 존재가 있다고 생각하는 거죠. 그리고 그들은 나를 그런 신을 섬기는 존재라고 생각하고 있고요."

"하지만 지금껏 만난 다른 지역의 대리인들은 그런 식으로 자신을 사람들에게 인식시키려고 하지 않았어요."

레이첼이 그녀의 말에 의아해서 물었다.

"호호호, 저마다 사정이라는 게 있는 거예요. 섬의 주인이 정한 질서 안에서 각자에게 부여되는 권한이 다른 것처럼 말이죠. 이를테면 섬의 대리인의 이름 앞에는 어떤 나라의 숫자가 하나씩 붙어 있어요. 그 숫자는 지역의 명칭하고도 같죠. 내게도 헥사라는 숫자가 붙어 있어요. 개인적으로 이 숫자가 섬의 대리인들의 서열을 말하는 게 아니가 싶기도 하고요.”

헥사. 쿠피디타스는 그렇게 말하고 다시 음식을 게걸스럽게 먹었다. 김민철은 그녀의 말을 듣고 무언가 떠오르는 것이 있었다.

‘여태껏 자신들이 만난 대리인들의 이름 앞에 붙은 호칭이 숫자였다면, 그건 그리스의 숫자일 것이다. 모노, 디, 트리, 테트라, 펜타, 헥사, 헵타, 옥타. 그러고 보니 모노. 우시아는 섬은 일곱 지역으로 나누어졌다고 했다. 그렇다면 이 숫자는 종교적으로 해석할 수도 있다.’

그의 머리는 빠르게 돌아갔다. 비록 그는 무신론자이지만, 대학에서 교양 과목으로 유럽의 역사를 공부하면서 가톨릭의 교리를 공부한 적이 있었다. 그래서 가톨릭 죄악의 일곱 가지를 떠올렸다. 교만, 인색, 질투, 분노, 음욕, 탐욕, 나태. 그리고 지금 앞에 있는 헥사. 쿠피디타스는 그리스어 숫자로 6인 헥사가 붙었다. 그 숫자가 상징하는 죄악은 탐욕이고 악마는 바알제붑이다. 하지만 그는 이쪽 세계에서 그리스어 숫자를 사용한다는 게 이해되지 않았다. 그리고 그 숫자를 막무가내로 종교적인 죄악과 연관하는 것도 무리는 있어 보였다. 그래서 그는 일단 상황을 지켜보기로 했다.

“그런데 우리를 이곳으로 데리고 온 이유는 무엇이죠?”
김민철이 복잡한 생각을 내려놓고 물었다.
“호호, 아직 식사 중인데 성미도 급하시군요. 뭐, 궁금한 게 많겠죠. 하지만 나는 이미 여러분을 이곳으로 데리고 온 이유를 밝혔어요. 여러분을 조련하기 위해 이곳으로 데리고 왔죠. 난 두 사람이 좀 더 강해지길 원해요. 그래야 알프리드와 싸워서 이길 수 있을 테니까요. 그래서 당신에겐 나의 사촌 언니인 테트라. 메리를 소개해 주려고 해요."

"테르라. 메리? 음, 이곳에 섬의 대리인이 두 명이나 있다는 건가요?"

김민철은 그리스 숫자로 4를 가리키는 테트라라는 단어 때문에 한 장소에 두 명의 대리인이 있는 줄 알고 의아해서 물었다.

"아니요, 언니는 이 지역에 있지 않아요. 언니는 섬의 심연 지역에 있어요. 하지만 어떻게 보면 이 지역에 있다고도 볼 수 있겠군요. 그곳은 이 섬의 그림자 같은 곳이니까요."

"심연?"

"호호, 여러분은 아직 이 섬에 대해 모르는 게 많을 거예요. 하지만 그런 건 천천히 알면 되죠. 우선 당신은 곧 언니가 있는 곳으로 가서 충분히 조련 받게 될 거예요. 그리고 레이첼 양도 곧 누군가와 조우하게 될 거예요. 두 사람 다 혼란스럽겠지만 이 한 가지만 명심했으면 좋겠어요. 결코 섬의 주인이나 그의 대리인들은 여러분을 시험하지 않는다는 사실을요. 그저 여러분을 강하게 조련할 뿐이죠."

그녀는 그렇게 말하고 다시 음식을 게걸스럽게 먹었다. 두 사람은 자꾸만 자신들을 조련시키려고 하는 그녀가 부담스러웠지만, 현재로서는 그저 수긍할 수밖에 없었다. 두 사람은 식사를 맞춘 뒤 각자의 방으로 이동했다.

레이첼이 배정받은 방은 모두 얼음으로 되어 있었다. 그녀는 그 얼음 속을 자세히 들여다봤는데, 얼음은 실제 가구가 얼려져 있는 것이었다. 성

전체가 얼려져 있는 것처럼 창문이고 문이고 전부 얼려져 있었다. 생각해 보니 헥사. 쿠피디타스가 내놓은 음식과 음식을 나른 사람들 외에는 모든 사물이 얼려져 있었다. 그녀는 어째서 굳이 이런 식으로 성을 얼려놓은 건지 궁금했다. 하지만 성은 차갑지도 춥지도 않았다. 마치 모노 지역에서 손에 닿은 것이 전부 흙이 되었던 것처럼 모든 것이 탐욕으로 얼려진 것 같았다. 손에 닿은 모든 게 황금으로 변한다는 이야기처럼……

이튿날 어제 마차를 몰았던 사내가 김민철이 있는 방으로 들어왔다. 그는 자신을 옵티무스라고 소개했다. 그는 그다지 말이 없고 정중했다. 김민철은 그런 그에게 무언가 물어보고 싶었지만, 왠지 헥사. 쿠피디타스의 영향 때문인지, 쉽사리 말을 꺼내기 어려웠다. 그는 김민철을 얼음성의 지하로 데려갔다. 김민철은 그의 눈치를 보다가 이내 슬쩍 입을 열었다.

"이 성은 어떻게 모든 게 얼려져 있는 거죠?"
"이곳 전체는 헥사. 쿠피디타스 님의 권한으로 보존되고 있습니다. 보시면 아시겠지만, 실제로 존재하는 모든 사물을 얼음으로 코팅하여 보존하고 있죠."
"보존한다는 건 상당히 오랜 시간을 이 상태로 있었던 건가요?"
"그렇습니다. 적어도 그녀가 이 성을 보존하기로 결정한 후부터 지금까지 이렇게 보존되고 있는 것으로 알고 있습니다. 하지만 그것이 정확히 언제부터인지 아는 사람도 그녀밖에는 없습니다."
"흠, 신기하네요."
그는 섬의 주인의 대리인들이 가진 힘이 그의 상식의 범주를 넘어설 것이라고 짐작은 하고 있었다. 이 거대한 성은 얼핏 보아도 잠실 조합 운동장보다도 몇 배는 거대했다. 어쩌면 토트넘 홋스퍼 경기장보다도 더 거대할 것이다. 어떻게 이렇게 큰 성을 통째로 얼려서 보존할 수 있단 말인가? 그뿐 아니라 성에 있는 작은 장신구마저 하나하나 얼려져 있었다. 이렇게 거대한 성을 디테일하게 전부 얼리려면 분명히 엄청난 힘이 필요할 것이다. 그런데 더 신기한 것은 이 얼음은 하나도 차갑지 않다는 것이다. 자신이 유령의 상태에서 아무것도 느낄 수 없는 것처럼 냉기는 전혀 느낄 수 없었다. 그뿐 아니라 바닐라가 그녀를 공격했을 때도 그녀는 너무도 가볍게 막았다. 그렇다면 그전에 자신이 보았던 대리인들은 그들의 권한을 제대로 보여 준 적이 없는 것이다. 그렇지 않으면 같은 대리인들 사이의 힘의 차이가 너무나도 컸다. 그리고 앞에 있는 숫자가 서열을 가리킨다면 그녀의 서열은 밑에서 두 번째였다.

김민철은 아무리 생각해도 이 거대한 힘을 어떻게 받아들여야 할지 알 수 없었다. 그리고 그가 그러한 생각으로 생각이 복잡할 때쯤 성의 가장 아래층에 위치한 빈 공간에 도착했다.

"도착했습니다. 여기서 심연으로 이동할 것입니다."

옵티무스가 심연으로 이어지는 아래층에 도착하자 김민철에게 말했다.

"여기가 심연으로 이어진 공간인가요?"

그는 단지 텅 빈 공간이 심연으로 연결되어 있다는 그의 말에 의아해서 물었다.

"그렇습니다. 당신의 눈에는 그저 텅 빈 공간처럼 보이겠지만 이곳에는 심연으로 이어진 문이 있습니다. 그리고 그곳으로 들어가려면 이 열쇠가 필요합니다.”

그는 그렇게 김민철에게 열쇠를 건넸다. 김민철은 그가 건넨 열쇠를 보고 예전에 니. 빌헬름에게 건네받았던 열쇠를 떠올렸다. 열쇠의 디자인은 그때의 것과 같았는데, 역시 열쇠는 얼려져 있었다.

“그 열쇠를 가지고 중앙에 서십시오. 그러면 심연으로 들어가는 문이 열린 겁니다.”

김민철은 옵티무스가 시키는 대로 텅 빈 공간의 중앙에 섰다. 그러자 텅 빈 공간에 조금씩 균열이 가기 시작하더니 이내 무언가가 깨지면서 블랙홀 같은 검은 원형이 생겨났다. 김민철은 자신의 눈앞에 갑자기 나타난 검은 원형을 보고 당황해서 뒤로 물러섰다. 그런데 그 순간 누군가의 손이 검은 원형에서 나오더니 김민철의 팔을 잡고 그대로 끌고 들어갔다. 김민철은 갑작스럽게 나타난 손에 당황해서 비명을 지르다가 결국 제대로 저항하지 못하고 안으로 빨려 들어갔다.

그리고 그 모습을 지켜보던 옵티무스는 부디 무사하길 바란다며 그대로 다시 올라갔다.

& & &

레이첼은 한동안 자신의 방에서 창밖을 바라보며 주변의 경치를 감상하고 있었다. 그녀의 방은 성에서 높은 곳에 자리하고 있었는데, 창밖으로 바라보는 경치가 너무나도 아름다웠다. 단순히 성만 얼음으로 덮여 있다고 생각했는데, 눈에 보이지 않는 수많은 눈 입자가 이 지역 전체를 덮고 있었다. 그리고 눈 입자에 햇빛이 반사되어 영롱한 기운을 자아냈다. 그녀는 그 입자에서 자아내는 빛에서 한동안 시선을 뗄 수 없었다. 그러다가 성 아래쪽을 바라보게 되었는데, 자세히 보니 성 주변으로 여러 가옥이 보였고, 사람 모양의 수많은 얼음 조각상이 있었다. 그녀는 저렇게 많은 조각상을 누가 일일이 조각했을지 궁금했다. 만약 이것도 헥사. 쿠피디타스의 힘이라면 그녀는 여태껏 자신들이 보았던 그 누구하고도 비교도 되지 않는 거대한 힘을 가지고 있는 것이었다.

그런데 갑자기 누군가가 그녀가 있는 방문을 두들겼다. 그녀는 누군가 싶어 조심스럽게 방문을 열었다.

"안녕하세요. 나는 헥사. 쿠피디타스 님을 섬기고 있는 디스키플리나라고 해요. 원래는 펜타. 앤 블린 님을 섬기고 있었지만 지금은 사정으로 헥사. 쿠피디타스 님을 섬기고 있죠."

레이첼의 방문 앞에 한 젊은 여성이 서 있었다. 그녀는 허리까지 하얀 머리를 길렀고, 전체가 검은색으로 된 제복 같은 옷을 입고 있었다. 얼굴은 창백했지만, 큰 붉은 눈과 조화를 이루어서 상당히 아름답게 보였다.

"무슨 일로 오신 거죠?"

"헥사. 쿠피디타스 님으로부터 어제 이미 들었을 거라고 생각합니다. 오늘부터 내가 당신의 조련을 담당할 것입니다. 조련이라고 표현해서 기분이 언짢을지 모르겠지만, 이것은 훈련과는 전혀 다른 과정이니 너그러이 이해하시길, 후후."

그녀는 그렇게 말하고 레이첼에게 자신을 따라오라고 말했다. 레이첼은 여자인 그녀가 보아도 아름다운 디스키플리나가 상냥하게 말을 걸자 거부할 수 없었다.

"그런데 바닐라 양은 어떻게 되었나요?"

레이첼은 그녀를 따라가다가 문득 바닐라가 생각나서 그녀에게 물었다.

"그녀라면 지금 휴식을 취하고 있어요. 그러니 너무 걱정하지 마세요. 그저 이 시간은 당신과 나만의 시간이라고 생각해 주었으면 해요, 후후."

"……."

레이첼은 왠지 모르게 그녀의 상당한 미모와 미소에 끌려 바닐라에 대해 더는 물어볼 수 없었다. 그리고 그녀가 이끄는 대로 계속해서 따라갔다. 그녀는 레이첼을 얼음 꽃으로 둘러싸인 얼음 정원으로 안내했다. 얼음 정원에는 붉은 로즈부터 데이지와 바이올렛, 재스민, 튤립, 라벤더 등 다양한 꽃들이 얼려져 있었다. 레이첼은 얼음으로 코팅된 꽃들을 보며 신기한 매력을 느꼈다.

"여기 있는 꽃들은 헥사. 쿠피디타스 님이 좋아하는 꽃들을 가져와서 얼려놓은 것들이에요. 이렇게 꽃들을 얼려서 두면 계절과 상관없이 영원히 아름다운 상태로 보존이 되죠. 참으로 멋진 풍경이에요, 후후."

디스키플리나는 얼음 정원의 꽃들을 가볍게 쓰다듬으며 말했다.

"하지만 꽃들을 이렇게 얼려두면 향을 맡을 수는 없지 않나요?"

레이첼은 얼려진 꽃들을 보고 무언가 서글픈 기분이 들었다.

"분명히 꽃들의 향기를 맡을 수 없다는 건 서글픈 일이에요. 하지만 그 아름다운 모습이 무기력하게 시들어 가는 건 더 서글픈 일이죠."

"하지만 자연은 순환되고 생명은 새롭게 소생되니, 당장 꽃이 시든들 서글픈 일은 아닐 거예요."

레이첼은 생명체를 아름다움 때문에 얼음 속에 가둔다는 그녀의 말을 동의할 수 없었다. 그것은 생명을 살리는 의사로서의 윤리의식에도 맞지 않았다.

"분명히 생명은 소중한 거예요. 하지만 때로는 이러한 보존이 보는 이로 하여금 생명의 미학을 감상하게 하죠. 어때요, 참 아름답지 않나요? 후후."

"……."

레이첼은 그녀의 상냥한 미소에 또다시 말을 잇기 어려웠다. 어째서인지 그녀와 함께 있으면 그녀의 미소에 저항할 수 없는 묘한 매력을 느꼈다.

"만약 온 세상을 이렇게 얼음으로 치장할 수 있다면 너무나도 아름다울 텐데요. 한번 생각해 보세요. 모든 게 하얗게 뒤덮인 세상을 화창한 빛이 비추이는 풍경을요. 그 풍경 속에는 이렇게 완연한 아름다움이 담겨져 있는 거죠. 그럼 너무나도 아름답지 않을까요? 후후, 정말 아름다울 거예요."

디스키플리나는 그렇게 말하고 레이첼의 손을 잡더니 다음 장소로 이끌었다. 그리고 그곳에는 사람의 형태를 한 수많은 얼음 조각상이 다양한 포즈로 진열되어 있었다.

"이곳에 있는 얼음 조각상들은 정말 다양한 형태로 살아가고 있어요."

"무슨 말이죠?"

"보시다시피, 여기 있는 얼음 조각상들은 사람의 삶을 생동감 있게 표현하고 있어요. 하지만 실제 사람은 이렇게 생동감 있는 포즈로 오랜 시간 보존될 수 없죠. 그러기엔 나무나 볼품없고 불안전하니까요."

"하지만 사람은 누구나 불안전하기에 누군가와 더불어서 살아갈 수 있어요."

레이첼은 이번에도 그녀의 말을 쉽사리 받아들일 수 없었다. 그러나 디스키플리나는 그런 그녀의 말에 상냥한 미소로 화답했다. 그러자 레이첼은 그녀의 상냥한 미소에 볼을 붉히고 얼굴을 마주보지 못했다.

"후후, 당신은 정말 아름다운 마음을 지니고 있어요. 여기 있는 사람들처럼 당신의 마음도 너무나 아름다워요."

그녀는 그렇게 말하고 레이첼의 붉어진 볼을 두 손으로 가볍게 어루만졌다. 레이첼은 그녀의 손길에 다시금 마음이 동요되었다.

"자, 이쪽으로 와서 보세요. 여기 정말 아름다운 장소가 있어요."

디스키플리나는 레이첼을 이끌고 작은 정원이 있는 집으로 들어갔다. 그 집 역시 모든 것이 얼려져 있었다. 정원은 얼음 꽃으로 가득했다. 그리고 한쪽으로 흔들의자에 앉아 있는 할머니가 어린 아이를 무릎에 앉힌 얼음 조각상이 있었다. 그리고 열려 있는 저택의 창문으로 그런 두 사람을 지켜보고 있는 여인 조각상이 있었는데, 아무래도 아이의 엄마인 것 같았다.

"정말 아름다운 가족의 모습이죠. 이 아름다운 모습이 계속적으로 보존될 수 있도록 얼음은 유지되고 있어요, 후후."

그리고 그녀는 다시 레이첼에게 다가왔다. 그런데 레이첼은 얼음 조각상에서 시선을 뗄 수 없었다. 얼음 조각상 안에 사람의 형태가 분명하게 보였기 때문이었다. 그녀는 곧 눈치챘다. 얼음 조각상 안에 있는 건 실제 사람이었다. 그녀는 순간 아찔한 기분이 들었다. 만약 여기 있는 사람들이 전부 산 채로 얼음 조각상이 되었다면 너무나도 끔찍했다.

"설마 여기 있는 얼음 조각상 전부 실제 사람을 얼려서 만든 건가요?"

레이첼이 심각한 표정을 지으며 말했다.

"후후, 맞아요. 정말 아름답지 않나요?"

디스키플리나는 여전히 상냥한 미소를 지으며 말했다.

"……."

레이첼은 또다시 그녀의 상냥한 미소 앞에 아무 말도 할 수 없었다. 어째서 그녀의 미소를 마주보고 있으면 뿌리치기 어려울 정도로 매혹을 느끼는지 알 수 없었다. 하지만 그보다도 그녀의 내면에서 생명을 경시 여기는 그녀의 태도에 참을 수 없는 분노가 올라왔다.

"제발, 그렇게 미소 짓지 말아 주세요!"

레이첼은 겨우 감정을 억제하며 그녀에게 소리쳤다. 그러자 그녀는 당황스러운 표정을 지었다.

"어머, 어떻게 나에게 그런 무서운 표정을 지을 수 있는 거죠? 나에겐 펜타. 앤 블린 님에게 부여받은 매혹이란 권한이 있는데요. 이거 놀라운데요, 후후."

디스키플리나는 레이첼의 반응에 놀라워하면서도 다시 상냥한 미소로 그녀를 바라봤다. 그러자 레이첼의 마음은 다시 흔들리기 시작했다. 디스키플리나는 그런 그녀의 반응을 놓치지 않고 가까이 다가갔다. 그리고 이번엔 그녀를 강하게 끌어안고 입을 맞추려 했다. 하지만 레이첼은 다시 마음을 굳게 했다. 이번엔 그녀 안에 있는 신앙의 양심이 그녀의 미혹을 뿌리치게 했다. 그리고 다시금 소리쳤다.

"당신은 천벌을 받을 거예요! 사람들의 생명을 장신구 취급을 하다니, 이건 너무나도 사악해요!"

"어머? 어떻게 또다시 나에게 그런 심한 말을 할 수 있죠? 분명히 그의 권한은 제대로 작동하고 있을 텐데…… 정말 기분이 나쁘네요."

디스키플리나의 표정이 점점 어두워지기 시작했다. 상냥한 미소는 사라지고 그녀는 사늘한 눈빛으로 레이첼을 노려봤다.

"도대체 당신의 정체는 무엇이죠? 그리고 이 성의 정체는 무엇인가요?

정말 헉사. 쿠피디타스는 섬의 주인의 대리인이 맞는 건가요? 아니, 애초에 섬의 주인의 대리인을 제외하고는 다른 섬의 대리인을 아는 사람은 없어요. 그런데 당신은 다른 섬의 대리인의 이름조차 알고 있었어요."

"아니, 꼭 섬의 주인의 대리인들만 다른 섬의 대리인들을 아는 건 아니야. 너 같은 외지인들도 다른 섬의 대리인들을 알고 있잖아."

레이첼은 그녀의 말에 순간 그녀가 자신과 같은 외지인이라는 생각이 들었다. 그녀가 어째서 이런 식으로 자신에게 접근했는지는 알 수 없지만, 무언가 음모를 꾸미고 자신에게 접근했다는 것은 알 수 있었다. 레이첼은 순간 전투 자세를 취했다. 제대로 싸울 줄 아는 건 아니었지만, 예전에 모노. 우시아로부터 부여받은 권한이 있었다. 그것이 섬의 주인이 내린 권한인지 아니면 그가 부여한 권한인지는 알 수 없지만, 알프리드의 늑대와 싸웠을 때 그녀는 자연스럽게 무술 같은 동작을 취할 수 있었다.

"뭐야? 나하고 싸우겠다고? 그럼 어디 한번 해 봐!"

그러자 디스키플리나의 등에서 검은 날개가 펴졌다. 그리고 악마 같은 뿔이 자라났다. 그녀는 잽싸게 날개를 펴고 하늘을 날며 이동하기 시작했다. 레이첼은 그녀가 하늘을 날자, 이대로는 불리하다는 생각에 우선 집 안으로 들어갔다. 그리고 집 주변에서 쓸 만한 물건을 찾다가 바닥에 널브러진 얼어붙은 빗자루를 발견했다. 단순히 나무로 만들어진 빗자루였지만 신비한 얼음으로 코팅되어 있어 강철처럼 단단해 보였다. 그리고 그렇게 무겁지도 않아 그녀는 가볍게 빗자루를 휘둘러보았다. 봉술을 따로 익힌 적은 없었지만 그녀는 날렵하게 빗자루를 휘두를 수 있었다. 확실히 자신에게 무술을 할 수 있는 권한이 부여된 것 같았다. 그녀는 침착한 마음으로 저택 안으로 그녀가 들어오기를 기다렸다.

"뭐야, 그 안에 있으면 안전할 것 같아? 결코 안전한 곳은 어디에도 없어!"

그녀는 그렇게 말하고 집 주변을 이리저리 날아다니다가 이내 창문을 뚫고 안으로 들어왔다. 그리고 레이첼을 향해 있는 힘껏 몸을 들이박았다. 하지만 레이첼은 잽싸게 몸을 날려 그녀를 피했다. 그리고 빗자루를 고쳐 잡고 그녀에게 있는 힘껏 휘둘렀다. 디스키플리나는 레이첼이 휘두른 빗자루에 맞고 뒤로 넘어졌다. 그녀는 꽤나 고통스러운 표정을 지었다.

"아, 아파! 어떻게 이렇게 아름다운 날 때릴 수 있어!"

그녀는 그렇게 말하고 다시 두 날개를 펴고 그녀에게 몸을 날렸다. 레이첼은 몸을 굴려 그녀를 피한 뒤 빗자루로 그녀의 배를 찔렀다. 그러자 디스키플리나는 배를 잡고 쓰러졌다.

"윽, 아프잖아!"

그녀는 고통스러운 표정을 지었다. 레이첼은 고통스러워하는 그녀에게 조심스럽게 다가갔다.

"도대체 왜 이런 행동을 한 거죠?"

"왜냐고? 당연하잖아! 우린 아군도, 적군도 될 수 있어. 너도 알 거 아니야. 섬의 주인의 대리인들은 자신에게 정해진 영역을 벗어날 수 없지만, 우린 그렇지 않아. 그리고 섬의 주인이든, 그의 대리인이든 그들한테 권한을 부여받아서 서로 죽이고 멸망시키도록 교육받잖아."

"……."

"물론 아군이 될 수도 있지만, 그런 경우는 굉장히 드물어. 차라리 서로 이용한다고 생각하는 게 맞을 거야."

"……."

레이첼은 그녀의 말에 디. 빌헬름의 말이 떠올랐다.

'그는 단지 알프리드 외에는 경계할 대상이 없는 것처럼 말했었다. 하지만 지금 자신과 대치 중인 디스키플리나의 말은 섬에 있는 외지인은 모두가 적일 수도 있고 아군일 수도 있다. 다만 그것을 가르는 기준은 섬의 주인의 뜻에 달려 있는 것 같다. 확실히 대리인들조차 섬의 주인의 뜻에 민감했었다. 그들은 자신들의 권한을 함부로 행하지 않고 그저 주인의 뜻대로 살아가는 것처럼 말했었다. 만약 그렇다면 이 성의 주민들은 헥사. 쿠피디타스의 권한으로 얼어붙은 게 아니라 섬의 주인의 저주로 얼어붙은 것일 수도 있다. 실제로 모노 지역에서는 그 어떤 것도 만질 수 없었다. 만지면 흙이 되었기 때문이었다. 그리고 그건 모노. 우시아의 능력이 아니라 섬의 주인의 능력이었다. 모노. 우시아는 단지 사물을 만질 수 있는 권한만 부여했을 뿐이었다.

그리고 단지 이 지역은 헥사. 쿠피디타스가 관할하고 있는 건지도 모른다. 그렇지 않다면 대리인들의 힘의 균형이 맞지 않는다. 그녀가 말하는 것도 생각해 보면 자신을 지나치게 이 지역 사람들에게 내세우는 것처럼 느껴지지만, 이 지역 사람들은 모두가 얼어붙은 상태였다. 그러니 그녀가 실제적으로 자신을 내세우고 있는 것도 아니었다. 그렇다면 어째서 대리인들은 무언가를 숨기는 듯 행동하고 있는 걸까? 무언가 내막이라도 있는 것 같은데……. 그나저나 두 사람은 괜찮은 걸까?'

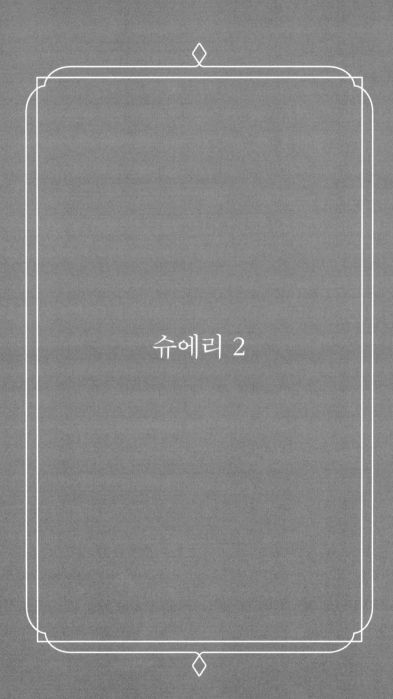

슈에리 2

1

　슈에리의 언니가 선교지로 떠난 지 4년이라는 시간이 흘렀다. 슈에리는 언니가 한동안 연락도 없이 바쁘기만 해서 야속하게 느껴졌다. 심지어 그녀가 학교를 졸업했을 때도 언니는 그녀를 축해하러 오지 않았다. 그것이 그녀에게는 너무나 속상한 일이었지만, 그녀의 부모는 그런 언니를 이해하라며 그녀를 달래 주었다. 하지만 그녀는 마음이 영 내키지 않았다. 그래서 한동안 사회생활을 하지 않고 혼자만의 시간을 보냈다. 아키텐은 그런 딸을 한동안 지켜보다가 아는 지인이 있는 포르투갈로 보내기로 결정했다. 굳이 아키텐이 딸을 유럽으로 보낸 것은 딸이 타지 생활을 통해 배울 게 있다고 생각했기 때문이었다. 그리고 그녀는 그곳에서 동갑내기 남자 친구인 엘렌을 만나게 되었다. 엘렌은 붉은 머리카락과 훤칠한 키, 제법 잘생긴 이목구비를 가졌다.

　사실 엘렌의 부모와 슈에리의 부모는 오래전부터 선교 사역을 통해 잘 알고 지낸 사이였다. 하지만 엘렌의 부모는 사정이 생기면서 사역을 중단했다. 그리고 엘렌의 어머니의 고향에서 지냈는데, 슈에리도 그곳에서 함께 보내게 되었다.

　"이제 이곳 생활은 좀 적응되었니?"

엘렌의 어머니인 엔이 슈에리에게 시리얼을 건네며 말했다. 그녀는 나이가 사십 대 후반에 들어서면서 눈가에 잔주름이 보였다. 한 가닥으로 땋은 머리카락 사이에는 간간이 흰 새치도 있었다. 하지만 그녀는 늘 바쁘게 살아온 덕분에 군살 없는 몸매를 가지고 있었다.

"두 분 덕분에 그럭저럭 적응할 만해요."

슈에리는 엔이 건네준 시리얼에 우유를 부으며 말했다.

"이곳에 오기 전까지 중국에서만 자랐으니 타지에 적응하려면 시간이 필요할 거야. 하지만 걱정하지 않아도 돼. 네 부모님과는 충분히 이야기 했으니 얼마든지 이곳에서 지내도 돼."

엘렌의 아버지인 타미가 말했다. 그는 그의 아내보다 10살이 더 많았지만, 여전히 잘생긴 외모를 가지고 있었다. 비록 얼굴의 주름살은 숨길 수 없었지만, 그의 붉은 머리카락을 보면 엘렌이 그의 유전자를 고스란히 물려받았다는 걸 알 수 있었다.

"아저씨, 나도 시리얼 주세요."

미셸 스완이 말했다. 그녀는 금발의 머리카락과 하얀 피부, 뚜렷한 이목구비, 큰 파란 눈동자를 가진 정형적인 백인 십대 소녀였다. 미셸의 부모는 아프리카의 어느 나라에서 사역을 하고 있었는데, 사역지의 환경이 열악해서 잠시 딸을 로드 가족에게 맡겼다.

"그래 여기 있다. 그런데 여보, 어제 미셸 부모한테서 미셸에게 소포가 오지 않았나요?"

타미가 미셸에게 시리얼을 건네며 엔에게 물었다.

"아, 맞아요. 두 사람한테서 소포가 하나 왔었죠. 요즘 신경 쓸 일이 많아서 깜빡했네요. 그러고 보니 슈에리, 네게도 네 언니로부터 편지가 하나 왔던 것 같은데."

"언니에게서 편지요? 설마요."

슈에리는 언니로부터 편지가 왔다는 말에 의심스럽다는 표정을 지었다. 엔은 거실에 두었던 소포와 편지를 가져와서 두 사람에게 건넸다.

미셸은 그녀에게서 소포를 받고 조심스럽게 뜯어보았다. 안에는 곰 인형과 작은 편지가 있었다.

"오, 그래도 아빠 엄마는 딸 생일은 잊지 않았네."

미셸은 소포를 받고 무뚝뚝한 말투로 말했지만, 얼굴엔 미소가 피어 있었다. 그리고 슈에리는 시리얼을 먹으며 그 모습을 지켜보다가 자신에게 온 편지의 겉표지를 살펴봤다.

"세상에서 가장 사랑하는 동생인 슈에리에게, 언니 레이첼이……."

그녀는 언니의 글씨체를 보고 인상을 찌푸렸다.

그녀의 언니는 어렸을 때부터 그녀보다 모든 면에서 뛰어났다. 그녀의 기억 속에 그녀의 언니는 항상 우등생이었다. 만약 선교사가 되지 않았다면, 세계적인 의사가 되었을지도 몰랐다. 하지만 그런 언니는 신앙심마저 깊었다. 그래서 어렸을 때부터 그녀의 언니는 그녀의 부모처럼 해외 사역을 꿈꿔 왔다. 그리고 곁에서 언니가 어떻게 노력해 왔는지 지켜봤기에 그녀는 그런 언니를 마음 깊이 동경해 왔다. 하지만 언니는 가족보다 언니의 비전을 더 우선시했다. 그리고 언제부터인가 그녀도 그런 언니를 기피하게 되었다. 아무래도 곁에 있으면 언니의 인생에 방해가 될 것 같은 기분이 들었다. 하지만 언니가 외국에 나간 뒤로 그녀의 마음은 왠지 모르게 허전했다. 겉으로는 내색하지 않았지만, 아무래도 어려서부터 동경하던 언니가 떠난 것이 못내 아쉬웠던 것이다.

"언니는 지금도 잘하고 있을까?"
"응? 무슨 말이야."
엘렌이 갑작스러운 그녀의 말에 물었다.
"아, 아니야. 편지를 보고 그만 나도 모르게 말이 튀어나왔어."
"만약 언니 소식이 궁금하다면 나중에 함께 네 언니가 있는 곳으로 가 볼까?"
엔이 슈에리를 보고 넌지시 물었다.
"아니에요. 어차피 서로 바빠요. 뭐, 나중에 고향에 돌아가면 언니도 돌아올 테니 그때 가서 이야기하면 돼요."
슈에리는 퉁명하게 말하고 시리얼을 먹었다. 엔은 그런 그녀의 반응에 타미를 쳐다봤다. 타미는 그런 엔에게 어깨를 으쓱이고 일단은 지켜보자고 말했다. 사실 레이첼이 보낸 편지의 내용을 그들은 대강 알고 있었다. 레이첼은 종종 동생의 소식을 그들에게 전화를 걸어 물었다. 하지만 그녀는 동생에게는 직접적으로 이야기하지 않으려고 했다. 아무리 좋게 말을 하려고 해도 늘 사소한 것으로 말다툼이 많았다. 어쩌면 그것은 자매 사이에서 지극히 당연한 반응이었다. 덕분에 동생에 대해 많은 애정이 있으면서도 섣불리 다가설 수 없었다. 더욱이 선교 현장으로 나가면서 좀처럼 가족을 위해 시간을 내는 것도 어려웠다. 그래서 결국 이러한 마음을 엔과 전화로 나누게 되었고, 엔은 그런 그녀에게 동생을 위해 편지를 써 보라고 조언했다. 그래서 얼마 후에 편지가 날아온 건데, 아직 슈에리는 언니의 편지를 열어볼 마음의 준비가 되어 있지 않았다.

얼음성 2

1

바닐라가 의식을 차렸을 때는 해가 중천에 머물고 있었다. 그녀는 자신이 있는 공간이 얼음성인 걸 확인하고 소스라치게 놀랐다. 그녀는 순간 아찔한 생각이 들었다. 결코 섬의 주인과 그의 대리인들은 신뢰해서는 안 되는 인물들이었다. 하지만 그녀는 그녀의 권한으로 그들에게 저항할 수 없다는 걸 알았다. 그들이 가진 권한은 거대했고 그들이 행하려는 건 잔인했다. 그녀는 그들에게서 사람들을 구하려고 했지만 무기력하게 지켜볼 수밖에 없었다. 눈앞에서 자신 외에 수많은 사람들이 얼어붙었고 그녀는 그 충격으로 말을 잃었다. 그리고 그 무렵에 알프리드를 만났고 그와 함께 방랑자의 시간을 가졌다. 하지만 그 역시 잔인했다. 수많은 사람을 쉽사리 학살하는 그를 보고 그녀는 그에게서도 도망쳤다. 그리고 한 작은 마을에 숨어들었는데, 그곳에서 김민철과 레이첼을 만나게 되었다.

그녀는 순간 두 사람이 떠올라서 방에서 뛰쳐나갔다. 그리고 두 사람을 찾아 성 이리저리 뛰어다녔다. 하지만 그녀는 성과 사람들이 얼어붙은 광경이 떠오르면서 호흡이 가빠지기 시작했고 심장이 멎을 것같이 괴로웠다. 눈앞에서 어린아이부터 시작해서 사람들이 순식간에 얼어붙었다. 그들이 저항할 틈은 없었다. 아무것도 의식할 틈 없이 얼음조각상이 되어버렸다. 그것은 말 그대로 재앙이었다. 하지만 헥사. 쿠피디타스는 그저 그 모습을 지켜보기만 했다. 어째서 얼어붙는 사람들을 지켜보고 있느냐고 소리쳤지만, 그녀는 그저 지켜볼 뿐이었다. 결국 바닐라는 모든 사람이 얼음조각이 되는 것을 지켜볼 수밖에 없었다. 그리고 그 충격으로 말을 할 수 없었다.

"바닐라, 이런 곳에서 뭐 하고 있니?"

헥사. 쿠피디타스가 뒤에서 그녀에게 다가오며 말했다.

"……"

바닐라는 뒤에서 들려오는 그녀의 목소리에 긴장해서 식은땀을 흘렸다.

"어째서 방황하고 있는 거야. 난 네게 그 어떤 악의도 가지고 있지 않아. 그건 네가 잘 알잖니."

바닐라는 그녀의 말에 인상을 찌푸렸다. 사실 바닐라라는 이름도 그녀가 붙여주었다. 그녀 역시 이곳에 들어오면서 과거의 기억이 하나도 떠오르지 않았다. 그저 기억나는 것은 그녀는 누군가를 위해 간절히 기도하고 있었다는 것뿐이었다.

바닐라는 두 손으로 파란 기운을 끌어올렸다. 그리고 순간적으로 파란 기운을 헥사. 쿠피디타스에게 쏘았다. 파란 기운은 그녀를 강타했고, 그녀는 그대로 수증기가 되어 사라졌다. 바닐라는 그녀가 수증기가 되어 사라지자 호흡을 거칠게 몰아쉬었다. 헥사. 쿠피디타스가 가진 권한은 크게 다섯 가지였다. 그중의 하나는 자신의 분신을 만들어서 상대방을 공격하는 것이었다. 그녀의 분신에 신체가 닿게 되면, 분신 안에 담긴 그녀의 권한이 그대로 전이되어 상대가 의식을 잃을 만큼 강한 충격을 주었다. 결코 그녀의 겉모습에 속아서는 안 되었다. 바닐라는 다시 두 사람을 찾으러 뛰어갔다.

& & &

김민철은 어둠 속에서 눈을 떴다. 눈앞의 모든 것이 어둠뿐이었다. 그리고 어떤 감각도 느껴지지 않았다. 그는 손을 뻗어 필사적으로 무언가를 잡으려고 했지만, 아무것도 만질 수 없었다. 혹시나 누군가가 있지 않을까 싶어 힘껏 소리쳐 보았지만, 어째서인지 목소리도 나오지 않았다.

'도대체 여긴 어디지?'

그는 어떻게 해야 할지 알 수 없어 한동안 그대로 있었다. 그런데 잠시 뒤 누군가가 그에게 말을 걸었다.

"이봐, 정신은 드나?"

나이 든 여자의 목소리였다. 그는 그녀의 목소리에 고개를 끄덕여봤다.

"아무래도 정신은 드나 보군. 뭐, 좋아. 심연에선 정신만 차려도 나쁘지 않으니까. 하지만 아무런 감각도 느껴지지 않을 거야. 당분간 말도 못할 테니 내 말에 긍정이면 고개만 끄덕여. 아니면 흔들고. 알겠어?"

나이 든 여자가 신경질적으로 말하자, 김민철은 고개를 끄덕였다.

"헥사. 쿠피디타스가 보내서 온 거야?"

김민철은 그녀의 말에 고개를 끄덕였다.

"그래. 그럼 심연에 대해서 들은 이야기가 있어?"

그는 고개를 저었다.

"뭐야, 아무런 설명도 없이 내게 보낸 거야! 그 이상한 여자는 정말 짜

중이 난단 말이야! 이런 성가신 일을 나에게 떠맡긴 거잖아! 정말 짜증이
나네!"

"……."

"네가 어떻게 생각하는지 모르겠지만, 이 공간에서는 아무나 의식을 차
리고 있을 수 없어. 왜냐하면 섬의 주인이 내리는 형벌 같은 공간이니까."

"……?"

"나는 이 공간에서 사람들을 관찰해. 비록 이곳으로 끌려온 사람들은
쉽사리 의식을 찾지 못하지만, 섬의 주인에게 부여받은 권한으로 그들을
분별할 수 있어. 그리고 영원히 심연 속에 가두거나 얼마간 있다가 내보
낼지 결정해. 심연에서 지내는 게 어떻게 느껴질지 모르겠지만, 보통은
의식을 차리지 못해. 대신 오래 시간을 악몽 속에서 보내게 되지. 설사 그
악몽에서 깨어나더라도 심연 속에서는 고개를 끄덕이는 것조차 쉽지 않
아. 그 상태로 며칠이 지나면 정신이 분열되고 말지. 이것은 지독하리만
치 잔인한 고문인 거야. 하지만 너처럼 특별하게 보내진 경우에는 그렇게
걱정할 필요는 없을 거야. 이미 고개를 끄덕일 수 있다는 건 서서히 움직
일 수도 있다는 이야기니까. 그렇게 되면 일반적인 사람이 가질 수 없는
감각을 터득하게 되지. 아, 그러고 보니 내가 누군지 가르쳐 주지 않았군.
내 이름은 테트라. 메리라고 해. 나는 이 심연과 섬의 한 영역을 관리하는
자야."

"……."

"그나저나 참 웃기지도 않아. 죄인을 고문하는 장소에서 이런 애송이를
조련하려고 하다니. 참 어이가 없어."

그녀는 그렇게 말하고 한동안 아무 말도 하지 않았다. 김민철은 그녀가

아무 말도 하지 않자, 완전한 어둠 속에 갇힌 기분이 들었다. 그는 그 어떤 행동도 할 수 없었다. 어떻게든 움직여 보려고 했지만 고개를 끄덕이거나 손끝을 살짝 움직이는 거 외에는 아무것도 할 수 없었다. 그러다가 얼마가 지나고 테트라. 메리가 다시 말을 걸었다.

"아무래도 답답할 거야. 그렇게 곰지락곰지락 해 봐야 감각은 돌아오지 않으니까. 오히려 움직이지 말고 그대로 있어. 그러면 몸이 적응될 테니까. 그리고 그 상태로 있다 보면 몸의 감각을 배로 느끼게 될 거야."

"······."

김민철은 그녀의 말에 고개를 끄덕였다. 당장은 아무것도 느껴지지 않아 모든 게 불안했지만, 적어도 그녀는 자신을 해할 것 같지 않았다.

"그나저나 말동무나 되어줘. 어차피 나도 혼자라서 적적한 참이었으니까. 난 이래 봐도 수다를 좋아하거든. 특히 섬에 관한 이야기라면 얼마든지 해 줄 수 있어. 그렇지만 네가 말을 할 수 없잖아. 그럼 그냥 내가 하고 싶은 말을 할게."

김민철은 무언가 귀찮을 것 같았지만, 우선 그녀가 하는 말을 그저 듣기로 했다.

"섬을 보면 알겠지만, 이 섬은 일곱 개의 지역으로 나누어져 있어. 그리고 나를 포함해서 일곱 명의 대리인이 각 지역을 관리하고 있지. 그리고 섬의 주인의 권한을 부여받아 저마다 생활해. 그러면 가끔 너 같은 애송이가 찾아오지. 우린 그 애송이들을 잘 훈련시켜서 섬의 주인의 뜻대로 행동하도록 조련해야 해. 우린 이 과정을 조련이라고 부르지. 하지만 대리인마다 성격과 조련하는 방식이 달라서 조련을 받는 자들은 혼란을 겪곤 해. 그래서 종종 자기 생각에 빠지고 이상한 결론을 내리는 애송이도 있어. 그저 처음부터 끝까지 의심만 하지 않으면 되는 데 말이야. 아, 그리고 우리 이름 앞에 있는 단어는 그리스 숫자야. 이 숫자는 일곱 죄악을 상징하지."

"……."

김민철은 그녀가 갑자기 현실 세계의 이야기를 하자 당황스러웠다. 어떻게 그녀가 그러한 단어와 개념을 알고 있는지 궁금했다.

"지금 내가 이런 이야기를 하니 혼란스러울 거야. 하지만 당황할 필요는 없어. 애초부터 이 섬 자체가 섬의 주인의 뜻대로 존재하는 거니까. 그리고 섬의 대리인들이나 너 같은 애송이는 모두 섬의 주인의 뜻대로 외부의 세계에서 들어온 거야. 즉 다시 말해, 섬의 대리인들도 너처럼 외부에서 들어온 거지. 그리고 섬의 주인이 허락한다면 과거의 기억과 지식을 떠올릴 수 있어. 물론 모든 기억을 잃을 수도 있지. 그리고 우린 필요하다면 우리가 가진 지식을 서로에게 공유할 수도 있어. 물론 전혀 교류조차 하지 못할 수도 있지."

테트라. 메리는 쉬지 않고 말을 계속했다.

"가끔 섬의 주인은 우리에게 어떤 지식을 부여하기도 해. 실제로 나는 그리스에 간 적이 없어. 그리고 종교라는 것도 관심이 없고. 그럼에도 그 지식이 내 머릿속에 들어온 거야. 섬의 주인이 뜻하는 대로 그 지식을 받아들인 거지. 그리고 그 지식이 이해되는 대로 살아가는 거고. 그게 우리가 취할 수 있는 전부니까. 지금 내가 한 말 이해가 돼?"

김민철은 그녀의 말에 고개를 끄덕였다.

"좋아. 이해했다니 다행이야. 숫자를 부여받은 각각의 대리인은 죄악을 상징해. 하지만 대리인이 그 죄악을 범한 건 아니야. 그렇다고 악마는 더

더욱 아니고. 그 지역의 사람들이 저지른 죄악을 형식적으로 표현하기 위해 대리인에게 관련된 숫자를 부여한 거야. 내가 알기론 각 숫자를 상징하는 악마도 있을 거야. 하지만 그들을 실제로 보지는 못했어. 오히려 그 죄악을 범한 사람들이 악마처럼 느껴져. 그리고 그런 그들을 심판하는 섬의 주인을 바라보는 외부인들은 혼란에 빠지지. 그것이 그를 이해하게 하는 데 걸림돌이 되게도 하고, 디딤돌이 되게도 하지. 해석은 각자가 하는 거니까. 인간에게 죄악이 어떤 의미를 갖는지는 모르겠어. 하지만 적어도 난 그가 그 죄악을 처벌하는 과정을 지켜봤어. 그래서 난 너 같은 애송이가 범하는 죄악에 민감해. 하지만 심판은 내가 하는 게 아니야. 그가 하는 거지. 분명히 말하지만, 섬의 주인의 대리인들에겐 그 누구도 해할 권한은 없어. 모든 저주는 섬의 주인의 뜻대로 집행되는 거야. 우린 단지 지켜볼 뿐이야. 물론 이곳에서의 집행은 예외적이라고 할 수도 있지. 여긴 죽일 수 없는 너 같은 존재를 벌하는 곳이니까. 그리고 한 가지 더 말하자면, 이곳에서의 시간은 네가 알고 있는 그런 개념하고는 다를 거야. 너보다 한참 전에 활동했던 존재라도 너보다 늦게 이 세계에 들어온 걸 수도 있어. 같은 시기에 들어왔어도 시간적 차이가 생길 수도 있고. 이 또한 섬의 주인의 섭리에 의한 것이지. 그러니 이곳에서 형벌을 받았다고 해도, 다시 외부로 나갈 때는 시간적 차이가 나지 않을 수도 있지. 네가 이곳에서 천 년을 지난다고 해도 이곳에서 나가면 단 하루도 지나지 않을 수 있다는 이야기야. 즉 다시 말해 네가 어떻게 조련되느냐에 따라 이곳에서 천 년을 보낼 수도 있다는 이야기지."

"……."

김민철은 그녀의 마지막 말에 겁이 났다. 하지만 그녀의 말을 전부 이해할 수는 없어도 어느 정도는 이해가 되었다. 그리고 당장 할 수 있는 건 없었기에 그녀의 조언대로 가만히 있기로 했다. 어차피 몸이 심연에 익숙해지려면 시간이 필요했으니, 그녀의 지식도 이해될 때까지 그저 기다리기로 했다.

&　&　&

레이첼은 빗자루를 들고 디스키플리나를 위협했다. 디스카플리나는 그런 레이첼을 노려보다가 이내 두 검은 날개를 펼치더니 창문을 뚫고 하늘로 날아올랐다.

"정말이지 마음에 들지 않아!"

디스카플리나는 레이첼을 짜증스럽게 노려보고 소리쳤다. 그리고 어디론가 날아갔다.

"후……."

레이첼은 그녀가 사라지자 그제야 긴장이 풀렸다. 하지만 마음은 복잡하고 불안했다. 도대체 이곳에 무슨 일이 있었기에, 이 성의 주민 모두가 이렇게 얼음 속에 갇혀야 했는지 이해할 수 없었다. 그녀는 왔던 길로 되돌아가면서 주변에 얼어붙은 사람들을 둘러봤다. 아무래도 이 상태로 오랜 시간이 흘렀기에 생명은 보장할 수 없을 것 같았다. 레이첼은 갑자기 눈에서 눈물이 나왔다. 하지만 당장 그녀가 할 수 있는 건 없었기에 눈물을 닦았다. 그리고 서둘러 김민철과 바닐라를 찾기로 했다.

그렇게 그녀는 왔던 길로 돌아가다가 바닐라와 마주했다. 바닐라는 레이첼을 보고 반가워서 그녀에게 달려가 와락 껴안았다. 레이첼도 그런 그녀를 끌어안았다.

"무시했구나! 다행이야. 어디 다친 곳은 없어?"

레이첼은 마치 동생을 대하듯이 바닐라에게 말했다. 그러자 바닐라는 괜찮다는 듯 고개를 끄덕이고 다시 그녀를 안았다. 그렇게 두 사람은 잠시 서로의 온기에 마음을 녹였다. 그리고 김민철을 찾으러 성으로 돌아갔다. 그런데 두 사람 앞으로 옵티무스가 다가왔다. 두 사람은 옵티무스를 발견하고 경계하듯 바라봤다.

"그렇게 날 경계할 필요는 없다고 말하고 싶지만, 디스키플리나 양 때문에 마음을 열지는 않겠죠. 하지만 당신들에게 어떤 위협도 가하지 않을 겁니다. 단지 헥사. 쿠피디타스 님이 계신 곳으로 두 분을 안내하려고 합니다."

옵티무스는 정중한 태도로 말했다. 하지만 바닐라는 여전히 그를 노려보았다. 그리고 거침없이 손에서 파란 기운을 끌어올려 그를 공격했다. 옵티무스는 그녀의 공격을 예상했다는 듯 소매에서 손수건을 꺼내더니 가볍게 휘둘러 그녀의 공격을 흘렸다. 바닐라는 그런 그에게 거침없이 달려가 파란 기운을 계속 쏘았다. 그러자 옵티무스는 손수건을 휘둘러 계속해서 바닐라의 공격을 막다가, 손수건을 한번 휘둘러 레이피어로 바꾸었다. 그리고 그도 바닐라에게 달려들었다. 그러자 레이첼도 빗자루를 고쳐잡고 그에게 달려가 크게 휘둘렀다. 하지만 옵티무스는 가볍게 그녀의 공격을 피했다. 그러면서도 바닐라의 공격도 날렵하게 피했다. 두 사람은 쉬지 않고 그를 몰아쳤지만, 그의 옷자락조차 건드릴 수 없었다. 하지만 바닐라는 이를 악물고 끝까지 그를 공격했다. 하지만 옵티무스는 전혀 두 사람을 해칠 의도가 없어 보였다. 레이첼은 흥분한 바닐라와 달리, 그가 자신들을 해칠 의도가 없다는 걸 깨닫고 순간 바닐라에게 달려들었다. 그리고 바닐라를 안으며 그녀의 공격을 저지했다. 바닐라는 갑자기 레이첼이 자신을 막자 "으으!" 하고 소리쳤는데, 레이첼은 그런 그녀에게 몇 번이고 괜찮다며 안정시켰다.

바닐라는 여전히 신경질적으로 옵티무스를 노려봤지만, 레이첼이 자신을 붙들고 만류하자 이내 분을 가라앉히고 능력을 거두었다. 그리고 그 모습을 지켜보고 있던 옵티무스는 공손한 자세로 고맙다고 말했다.

"다시 한번 말씀드리지만, 헥사. 쿠피디타스 님은 당신들을 해할 마음은 없으십니다. 그저 어제처럼 식사를 하시면서 대화를 나누길 바랄 뿐이죠. 아무튼 나를 따라오시죠."

그는 그렇게 말하고 레이피어를 휘둘러 다시 손수건으로 바꾸었다.

그렇게 두 사람은 그의 뒤를 따라 헥사. 쿠피디타스가 있는 곳으로 향했다.

헥사. 쿠피디타스 앞에는 거하게 음식이 차려져 있었다.

"도대체 이 많은 음식은 어디에서 나온 거죠?"

레이첼이 그녀 앞에 있는 음식을 보고 다짜고짜 물었다.

"호호호, 어째서 그런 걸 물어보시죠? 어제 분명히 사람들의 의해 바쳐진 음식이라고 말씀드렸을 텐데요."

"이 성의 사람들은 섬의 주인의 저주로 전부 얼어붙어 있었어요."

레이첼이 신경질적으로 말했다.

"흠, 일단 앉아 보세요. 그렇게 흥분한다고 달라질 건 없으니까요."

헥사. 쿠피디타스는 여전히 차분한 어조로 말했다. 그러나 레이첼은 방금 성 밖에 얼어붙어 있는 사람들을 보고 도저히 진정할 수 없었다.

"당신이 왜 그렇게 흥분하고 있는지 잘 알아요. 그건 바닐라도 마찬가지고요. 바닐라는 실제로 이 섬에서 일어난 일을 목격했어요. 그리고 당신도 그 현장을 목격한 거고요."

"당신은 이 상황에서 어떻게 그렇게 태평하게 식사할 수 있죠?"

"분명히 말씀드렸지만, 난 결코 이 섬의 사람들에게 어떤 악의도 가지고 있지 않았어요. 오히려 이 성의 전 주인이 불순한 동기로 너무나도 크나큰 재앙을 불러일으켰죠."

"무슨 뜻이죠."

"후……."

헥사. 쿠피디타스는 잠시 지난 일을 떠올렸다. 그리고 곧 생각이 정리되었는지 이내 입을 열었다.

"원래 이곳은 평안한 지역이었어요. 전쟁 같은 건 걱정하지 않아도 될 만큼 행복한 곳이었죠. 그런데 이 성의 성주가 무엇 때문인지 탐욕을 부렸어요. 아마도 바닐라도 그를 알고 있을 거예요. 그는 리차드 왕이었죠."

"……."

바닐라는 그녀가 리차드 왕을 이야기하자 당황한 표정을 지었다.

"리차드 왕은 섬의 주인이 세운 외부인 중 한 사람이었어요. 그리고 다른 사람과 달리 그에게는 한 지역을 통치할 수 있는 권한을 부여하였죠. 물론 섬의 각 지역에는 나 같은 대리인이 있지만, 대리인의 역할은 섬을 통치하는 게 아니에요. 그의 뜻을 외지인에게 전하는 게 목적이죠. 그리고 또 당신 같은 외부인을 그의 뜻대로 조련해서 그가 부여한 권한을 그의 뜻대로 사용하게 하죠. 그래서 나는 그저 그가 통치하는 것을 지켜볼 수밖에 없었어요."

그녀는 그렇게 말하고 차를 한 모금 마셨다.

"처음에 그는 통치를 제법 잘했어요. 그래서 이 성의 백성이 그를 잘 따랐죠. 그리고 그 역시 섬의 주인의 뜻을 우선시했어요. 그래서 백성에게 직접적으로 섬의 주인을 거론할 수는 없었지만, 이 섬을 지켜주는 신이 있다면서 그 신에게 제물을 바치는 등 종교적인 행위를 강요했죠. 그리고 많은 백성이 그의 뜻에 따랐죠. 하지만 그런 무분별한 종교 행위는 결코 섬의 주인의 뜻은 아니었죠. 섬의 주인이 원하는 건 그런 행위가 아니라 그의 뜻에 합당하게 행동하는 것이었으니까요. 어쩌면 그것이 이 성의 멸망을 자초한 것일지 몰라요."

"무슨 뜻이죠?"

레이첼은 그녀의 말에 의문이 생겼다. 그녀가 말하는 것은 얼핏 성경의 이야기와 비슷했다. 이스라엘이 멸망했던 건 하나님의 성전을 섬기지 않은 게 아니라, 오히려 성전은 열심히 섬겼지만 그의 뜻하고는 아무 상관 없이 살았기 때문이었다.

"처음에도 말했지만, 어째서 리차드 왕이 탐욕을 부렸는지는 알 수 없어요. 그저 섬의 주인의 뜻을 이해하고 이 성을 다스려 주길 바랐어요. 하지만 그는 언제부터인가 섬의 다른 지역을 침공하려는 계획을 꾸미고 있었어요. 어째서 그가 그런 어리석은 계획을 꾸몄는지는 알 수 없지만, 그는 실제로 그의 군대를 만들었어요. 그리고 그의 군대의 이름을 바벨로니아라고 불렀죠."

헥사. 쿠피디타스는 그렇게 말하고 바닐라를 바라봤다. 바닐라는 그녀의 말에 무언가 큰 충격을 받았는지 몹시 당혹스러워했다.

"처음 그가 그의 군대를 만들었을 때는 단순히 마을을 지키기 위한 것처럼 보였죠. 그리고 더 나아가 신의 뜻을 위한 것이라며 그럴 뜻한 명분을 세웠죠. 그리고 그는 절대 해서는 안 되는 말을 이 성의 백성들에게 하였죠. 바로 알프리드 폰 라파엘의 이름을 거론한 거예요. 그는 그를 악마처럼 이야기했어요. 물론 나는 그를 저주받은 자로서 경계하도록 그에게 말했었죠. 하지만 그건 이런 식으로 그와 싸우기 위해 이 성의 백성을 이용하라는 건 아니었어요. 사실 그의 속셈은 그런 것도 아니었지만요. 그에게 알프리드는 단순히 명분에 지나지 않았어요. 애초부터 그는 정복 자체에 관심이 있었으니까요. 나는 계속 그런 그를 지켜봤어요. 그리고 그는 탐욕적으로 이 지역의 성들을 정복하기 시작했어요. 나는 그것을 계속 지켜봤죠. 그리고 섬의 주인의 뜻이 내게 계시되었어요. 그리고 모든 걸 얼려 버렸죠. 리차드 왕은 심연에 가두었고요."

"……."

그녀의 말에 레이첼은 무슨 말을 해야 할지 알 수 없었다. 그런데 바닐라는 그녀의 말을 받아들일 수 없다는 듯 인상을 찌푸리고 그녀를 노려봤다.

"어째서 섬의 대리인들의 이름 앞에 그리스어 숫자가 붙어 있는지 아나요? 난 처음에 이것을 서열이라고 말하고 대충 넘기려고 했어요. 하지만 우리는 싫든 좋든 그에게서 그의 뜻과 지식을 공유 받게 되어 있어요. 그리고 곧 알게 되었죠. 그것이 죄악을 상징하는 숫자라는 것을요. 그리고 그 죄악은 그 섬의 상태와 일치한다는 것을요. 나의 이름 앞에 붙어 있는 헥사라는 그리스어 숫자는 여섯 번째 죄악인 탐욕을 상징해요. 그리고 리차드는 그런 탐욕에 완전히 눈이 멀어 있었죠. 아마도 이 이야기를 들으면 당신이 그간 지나온 다른 섬의 지역의 상황도 이와 같다는 걸 알 수 있을 거예요.

교만, 인색, 질투, 분노, 음욕, 탐욕, 나태. 하지만 이것이 죄가 가진 본질은 아니에요. 죄가 가진 본질은 결국 섬의 주인에게 선택받은 자가 그의 뜻을 거절하게 하고, 그하고의 관계를 완전히 파괴하게 하죠. 더는 그의 뜻대로 살아가지 못하게 만드는 것이죠. 그리고 그 배후에는 악마가 있는 거고요. 결코 섬의 주인이나 그의 대리인들은 그 누구에게도 함부로 해하려는 악의는 없는 거예요."

"으으으!"

바닐라는 그녀의 말에 갑자기 소리를 질렀다. 그리고 분노에 사로잡혀 손에서 파란 기운을 끌어올렸다. 레이첼은 당황해서 바닐라를 진정시키려고 했지만, 바닐라는 그녀를 뿌리치고 헥사. 쿠피디타스에게 달려들었다. 그러자 그녀는 한숨을 내쉬더니 자리에서 일어났다.

& & &

"각 섬의 대리인들의 이름 앞에 붙어 있는 그리스어 숫자가 상징하는 건 그 지역의 상황을 말하는 거군요."

김민철이 테트라. 메리의 말을 이해했다는 듯 대답했다. 그는 심연의 공간에 어느 정도 몸이 적응되자 조금씩 몸을 움직일 수 있었다. 그리고 말을 할 수도 있게 되었다. 그래서 테트라. 메리의 목소리가 들리는 곳으로 따라갔다.

"맞아. 그간 네가 지나온 섬들을 떠올려 봐. 그럼 내 말을 이해할 수 있을 테니까. 모노는 첫 번째 죄악인 교만을 가리키지. 그리고 그 지역은 권한을 부여받지 않은 외부인의 손에 닿는 것은 전부 흙이 되어 버리지. 그 또한 섬의 주인이 내린 저주인 거야."

"그렇다는 말은 우리가 만져서 흙이 되기 전에 그곳 주민에게 그러한 저주가 임한 것이군요. 그런데 어째서 모노. 우시아는 그런 이야기를 하지 않았을까요. 아니, 애초부터 다른 지역에 대해서 모른다고 말했어요."

김민철이 그녀의 말에 모노 지역을 떠올리고 말했다.

"그도 그럴 거야. 교만한 자에게 내려지는 가장 큰 저주는 망각일 테니까. 그 지역은 섬의 가장 중심부야. 섬의 지역을 나누는 나비들이 그곳의 신전을 중심으로 모이고 흩어져. 그래서 그 지역의 주민들은 유일하게 섬의 주인의 존재를 인식할 수 있었어. 하지만 그것이 그들에게는 독이 되었지. 그들은 그것이 마치 그와 같은 권한을 부여받은 것이라고 착각했어. 그리고 그들은 나비의 경계를 인식하고 그 경계를 벗어나려고 했어. 하지만 섬의 주인이 그들에게 특별히 그러한 권한을 부여한 건 그의 존재를 온전히 섬기게 하려는 것이었어. 어찌되었든 그곳은 이 섬의 중심부이니 외부인들이 반드시 한 번씩은 거쳐 가야 할 장소였으니까. 하지만 그들은 그들에게 주어진 사명을 망각하고 말았어. 그리고 모든 게 한순간에 흙이 되고 말았지. 그들이 가진 기억마저……."

"흠, 내가 두 번째로 갔던 곳은 디. 빌헬름이 대리인으로 있던 빈센트라는 천의 요새였어요. 그곳은 강대국의 침공에 대비해서 거대한 강으로 둘러싸인 지역에 요새 같은 성을 지었죠."

"맞아. 디는 두 번째 죄악의 상징인 인색을 뜻하지. 그들은 그들의 생존을 위해 그러한 선택을 한 것처럼 보이지만, 스스로 고립되는 선택을 한 거야. 외부하고의 교섭은 오직 이득만을 위한 상인들의 통행만 허락하고 있었으니까. 물론 그 자체를 심판할 필요까지는 없지. 그건 어찌 보면 강대국에게 대응하기 위한 수단이기도 하니까. 다만 자네가 그곳에서 보았다면 알겠지만, 그 성의 성주는 저주를 받아 잠이 들어 있었을 거야. 성의 성주가 잠이 든 이유야 여러 가지가 있었겠지만, 섬의 주인이 굳이 그에게 그런 저주를 내린 건 그 성이 그런 상징성을 가지고 있기도 했기 때문이었어."

"무슨 뜻이죠? 디. 빌헬름은 단순히 나를 단련하기 위한 수단이라고 말했어요."

"후후, 그가 그래? 뭐 틀린 말은 아니지. 굳이 너 같은 애송이를 조련하기 위해 이 심연으로 들여보낸 헥사. 쿠피디타스를 보더라도 그 말은 틀린 말은 아니야. 하지만 그 성주는 생존을 위해 전략적인 협력만을 원했어. 다른 성주들도 서로 눈치를 보고 있던 거지. 결코 서로를 위하지는 못한다는 거야. 빈센트 성의 성주를 재우고 그곳에 섬의 주인의 대리인을 배치한 건 그들을 흔들기 위해서였어. 아마도 네가 그곳에 당도했을 때 그는 역모를 꾸미고 있었을 거야."

"맞아요!"

"왜 그렇게 했겠어? 실종된 성주에 대한 충성심을 잃은 고위직 관료들의 역모. 그리고 적국과의 음밀한 교섭. 이 모든 게 자기 자신 외에는 관심이 없기 때문인 거야."

"인색하다는 건 무관심하다는 이야기와 연관된다는 이야기군요."

"그래 맞아. 섬의 주인의 다른 대리인들은 이렇게까지 상황을 설명할 수 없을 거야. 물론 섬의 주인이 다른 이들에게도 어느 정도의 정보와 지식은 계시해 주는 것 같지만. 그래야 우리가 섬의 주인의 뜻을 헤아리고 상황에 맞게 대처할 수 있을 테니까. 사실 나에게 주어진 숫자를 보면 알겠지만, 난 분노를 상징하지. 심연은 모든 분노가 집결되어 있는 장소이기도 해. 그의 심판을 직접적으로 관장하고 있으니까. 죄인을 심문하고 응징하는 건 그가 죄를 향해 분노를 표출한다는 거야. 물론 그렇게 말하면 분노는 단순히 응징을 위한 상징이지, 죄라고 볼 수는 없을지도 몰라. 하지만 내가 거하는 지대는 심연만은 아니야. 여기는 나의 직무상 맡겨진 장소이지. 실제로 내가 맡은 지역은 난폭한 폭군의 폭정으로 멸망했지."

"그렇다면 그곳도 이미 저주가 임했을 수도 있겠군요."

"어째서 내가 그곳이 아닌 심연에 머물고 있겠어? 그곳은 이미 불바다야. 거대한 불길에 지옥처럼 불타오르고 있거든. 그곳은 재앙 그 자체이지."

"......."

"그렇게 충격받을 필요 없어. 분명히 말하지만, 섬의 주인이나 대리인들은 결코 외부인이나 그 지역의 주민들을 먼저 처벌하지 않아. 모든 저주의 시작은 그들 자신에게 있어. 그들 존재가 타락하였기에 당연한 결과이지."

"타락한 존재에게 세상을 위탁했다는 건가요?"

"굳이 말하자면 인간의 내면을 잘 살펴봐. 그러면 알게 되니까. 인간은 결코 존재적으로 선하지 않아. 그러니 율법 같은 거룩한 틀 안에 가두어 두면 어느 누구도 살아남지 못할 거야."

"그러면 어떻게 해야 그 틀에서 벗어날 수 있죠?"

"벗어난다고? 아니 죽는 것 외에는 답은 없어."

"죽는다고요?"

"그래. 죽음뿐이지."

"……."

김민철은 그녀의 말에 의아해서 무어라 말할 수 없었다.

'만약 처벌을 받는 것 외에 길이 없다면 이 세상이 존재하는 것 자체로 저주가 아닌가? 그런데 어째서 섬의 주인은 굳이 이런 세상을 유지하고 외부인을 섬 안으로 들이는 거지? 결론이 멸망뿐이라면 도대체 나는 어떻게 이 사실을 받아들여야 하는 거지?'

김민철은 기분이 복잡했다.

"너무 복잡하게 생각하지 마. 아무튼 네가 이곳에서 생활하는 것에 어느 정도 익숙해진 것 같군. 그럼 여기서 더 머물 필요는 없을 거야."

"무슨 말이죠?"

"그만 돌아가라는 거야. 여긴 처음부터 네가 있을 곳이 아니었으니까. 물론 죄악을 범하면 이곳으로 다시 끌려오겠지만. 하지만 알프리드도 아직 이곳으로 끌려오지 않았어. 그러니 너무 사소한 잘못으로 이곳에 올 거라는 걱정은 할 필요가 없어. 아무튼 그만 돌아가. 네가 왔던 곳으로 말이야."

테트라. 메리는 그렇게 말하고 그를 다시 원래의 세계로 전송했다. 김민철은 기분 나쁜 감각이 자신을 감싸는 걸 느꼈지만 저항하지 못하고 그대로 그 기운에 휩쓸렸다.

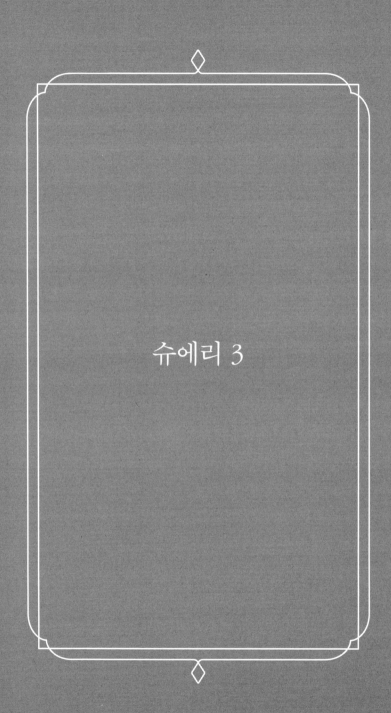

슈에리 3

1

아키텐은 평소처럼 환자의 차트를 보고 있었다. 상당히 많은 환자가 그의 병원을 방문했는데, 단 하루도 제대로 쉬지 못할 정도로 바쁜 나날을 보내고 있었다. 그는 문득 자신의 책상 위에 올려둔 가족사진을 바라봤다. 이미 성인이 되어서 해외로 나간 두 딸과 대학에서 만나서 지금까지 함께한 아내의 모습이 애틋하게 느껴졌다. 아내의 고향으로 와서 의료 사역을 하게 되기까지 많은 과정이 있었지만, 어떻게 잘 이겨 낸 것 같았다. 처음 이곳에 왔을 때만 해도 의료 일을 할 생각은 없었다. 하지만 이곳에 오고 나서 자신들이 실제적으로 도울 일은 이 일 외에는 없었다. 그래서 선교본부에 연락을 취해 아내와 함께 의료 일을 배우게 되었고, 정식으로 학업까지 받게 되었다. 그리고 학위를 수여하고는 길게 망설이지 않고 이곳으로 돌아와서 의료 선교를 시작하게 되었다. 그때 첫째 딸이 아홉 살쯤 되었을 것이다.

그런데 어느새 그 딸이 자신처럼 의료 사역을 하려고 해외로 나가 있다. 해외에서 적응하는 것도 쉽지 않을 텐데, 사람을 치료하는 일까지 맡았으니 마음고생이 많을 것이다. 하지만 아버지로서 그 아이에게 조언하기 이전에, 선교 선배로서 그 아이를 대할 필요가 있었다. 그래야 그 아이가 자신이 선택한 길을 스스로 책임감 있게 수행할 수 있을 것이기 때문이었다. 어떻게 보면 첫째 딸은 그렇게 걱정할 필요가 없었다. 오히려 걱정이 되는 건 지금 포르투갈에 가 있는 둘째 딸이었다. 그 아이에게는 자신과 같은 과업을 이어받도록 가르치지는 못했다. 그러기에는 그 아이는 방황하는 시간이 많았다. 사실 첫째 딸보다 둘째 딸을 키우는 것이 더 어려웠던 건 그 아이가 10대 청소년이 되었을 때부터 사역이 걷잡을 수 없이 바빠졌기 때문이었다. 지금은 요령이라도 생겨서 어느 정도는 시간을 관리할 수 있었지만, 그 당시에는 쉽게 치료할 수 있는 질환이라도 의료 사역에 대한 사명감 때문에 최선을 다했었다. 덕분에 둘째 딸의 사춘기는 말 그대로 파란만장했다.

특히 첫째 딸이 의학을 정공하기로 결정한 뒤에는 둘째 딸에겐 전혀 신경을 쓸 수 없었다. 아무래도 자신의 전문적인 지식이나 그간 환자를 돌보면서 터득한 노하우 등을 그 아이에게 전수해야 했기에 별수 없는 일이었다. 덕분에 둘째 딸은 가족보다는 친구들과 더 어울렸던 것 같다. 하지만 자신의 유럽 사람의 유전자가 섞여 있는 딸아이의 외모 때문에, 그렇게 많은 친구도 사귀지는 못한 것 같았다. 그래서 그 시기를 떠올리면 둘째 딸에 대한 연민이 생기는 건 어쩔 수 없는 일이었다. 그러다가 오래전에 르완다에서 함께 사역했던 타미에게 연락이 닿으면서 그 아이를 잠시 그에게 의탁하게 되었다. 그것이 옳은 선택이었는지는 알 수 없지만, 지금도 둘째 딸하고는 좋은 시간을 갖는 것이 어색했다. 그러니 그 아이가 새로운 관계 안에서 사람과 어울려 보는 것이 차라리 더 나을 것이다.

그는 그렇게 생각을 정리하고 두 손으로 눈을 문질렀다.

"여보, 좀 쉬는 게 어때요? 당장 환자가 들어오지는 않을 거예요."

리즈가 아키텐에게 커피를 건네주며 말했다.

"아, 아니에요. 아직 괜찮아요."

아키텐은 그렇게 말하고 고개를 저으며 다시 환자 차트를 살폈다. 리즈는 그런 남편을 보고 안쓰러운 마음에 곁으로 다가가 어깨를 주물러 주었다.

"이제 두 딸도 성인이 되었으니 조금 여유를 가져도 되지 않을까요?"

"무슨 말이죠?"

"선교 본부에서 사람을 지원받는 것이 어떨까 해서요."

"아직은 괜찮아요. 지금은 쉬는 것보다는 일하는 게 마음이 편해요."

"흠, 당신이 그렇게 말하면 어쩔 수 없지만, 딸들을 너무 의식할 필요는 없어요. 여기 며칠 전에 온 로드 씨 편지가 있어요. 당신이 바빠서 건네주지 못했는데, 시간이 생기면 한번 보세요. 둘째 딸의 이야기가 적혀 있으니까요."

"아아, 그 편지는 진작 줬어야죠. 왜 지금 말한 거예요."

아키텐은 그렇게 말하고 그녀에게서 편지를 얼른 건네받았다. 그리고 편지의 내용을 읽었다. 리즈는 그런 남편을 보며 애틋한 미소를 지었다. 그녀는 정신없이 바쁜 그에게 괜히 딸아이까지 신경 쓰이게 하고 싶지 않아 적당한 타이밍에 편지를 건넬 생각이었다.

"그래도 잘 적응은 하고 있는 것 같네요. 그런데 스완 씨의 딸까지 같이 머물고 있는지는 몰랐네요. 괜한 신세를 지게 하는 게 아닌지 모르겠네요."

"아마 괜찮을 거예요. 그 집 아들인 엘렌까지 셋이서 잘 어울린다고 하니까요."

"슈에리는 동생이 없었으니까, 이참에 언니의 마음까지 십분 이해하게 되면 좋겠네요."

"아마도 로드 부인이 잘 보살피고 지도해 줄 거예요. 그녀도 비슷한 아픔을 지녔었으니까요."

"그녀가 십대 때 그녀의 아버지가 선교지로 나가서 연락이 없었죠. 그런데 우연하게도 우린 두 부녀가 사역지에서 재회하는 걸 목격하게 되었죠."

"맞아요. 그리고 거기서 그녀는 그녀의 남편과 결혼했잖아요."

"그리고 거기서 우리도 레이첼을 낳았죠."

"호호, 맞아요. 정말 그때 기억이 그립네요."

두 사람은 지난날의 시간을 떠올리며 활짝 웃었다. 오랜만에 병실에 생기가 도는 것 같았다.

얼음성 3

1

바닐라가 몸을 날리면서 헥사. 쿠피디타스에게 파란 기운을 날렸다. 하지만 바닐라의 공격은 그녀에게 닿기 전에 증발해 버렸다. 그리고 어느새 다가온 옵티무스가 레이피어를 들고 바닐라에게 달려들었다. 바닐라는 그런 그에게도 파란 기운을 날리며 뒤로 물러섰다. 레이첼은 갑작스럽게 상황이 심각해지자 어떻게 해야 할지 알 수 없었다. 그런데 헥사. 쿠피디타스가 레이첼을 보고 손으로 안심하라고 신호를 보냈다. 레이첼은 그녀가 적어도 적의는 가지고 있지 않다는 걸 알았기에 고개를 끄덕였다. 다만 바닐라의 상태가 위태로워 보였기에 그녀는 빗자루를 다시 고쳐 잡고 바닐라를 엄호하기 위해 뛰어들었다. 그리고 레이피어를 들고 덤벼드는 옵티무스에게 빗자루를 휘둘렀다. 그러자 그는 레이피어로 그녀의 공격을 막아내며 뒤로 물러났다. 바닐라는 그 틈을 놓치지 않고 그에게 파란 기운을 날렸다. 옵티무스는 그런 그녀의 공격을 가까스로 막아냈다. 그리고 그 모습을 지켜보던 헥사. 쿠피디타스가 자신의 분신을 만들어 두 사람에게 보냈다.

바닐라는 그녀의 분신에게도 파란 기운을 쏘아내며 뒤로 몸을 피했고, 레이첼도 빗자루를 휘둘러서 그녀의 분신이 다가오는 것을 경계했다. 그런데 헥사. 쿠피디타스의 분신들은 그 본체만큼이나 몸매가 풍성했지만 날렵하게 몸을 움직여 공격을 피했다. 그리고 어느 틈엔가 바닐라의 뒤로 다가왔다. 바닐라는 당황해서 급하게 몸을 피했지만 헥사. 쿠피디타스의 분신들이 어느새 그녀를 둘러쌓고, 그녀의 분신 속에 담긴 강한 충격에 바닐라는 또다시 기절했다. 레이첼은 그런 바닐라를 안쓰럽게 바라보다가 헥사. 쿠피디타스에게 고개를 돌려 그녀가 괜찮은지 물었다.

"단순히 기절만 시켰을 뿐이에요. 너무 걱정하지 않으셔도 돼요."
헥사. 쿠피디타스는 그렇게 말하고 그녀의 분신들을 사라지게 했다. 그리고 기절한 바닐라는 옵티무스가 품에 안고 다시 그녀의 방으로 데리고 갔다.
"일단 식사를 하면서 이야기를 나누죠."
헥사. 쿠피디타스는 방금 전까지 치열했던 상황은 별로 신경 쓰지 않는다는 듯 다시 식사를 하려고 자리에 앉았다. 레이첼은 그런 그녀의 비정상적인 평정심과 식욕이 당황스러워서 멀뚱히 서서 그녀를 바라봤다. 그런데 그 순간 검은 안개 같은 것이 그곳에 생기더니, 김민철이 그 안에서 튕겨져 나왔다.
"김민철 씨?"
"레이첼 양?"
두 사람은 눈을 마주치고 순간적으로 서로의 이름을 불렀다.
"호호, 마침 당신의 조련도 마무리가 되었나 보군요. 잘되었어요. 함께 식사를 하면서 이야기를 나누지요."
"마침 출출했는데 잘되었네요."
김민철도 자연스럽게 식사를 하려고 자리에 앉았다. 레이첼은 그런 그의 반응이 당황스러웠지만, 다시금 그를 보니 안도가 되어서 일단 자리에 앉았다.

"테트라. 메리 씨로부터 여러 가지 이야기를 들었어요."

"아마도 많은 이야기를 들었을 거예요. 테트라. 메리 언니는 그간 심연에서 혼자서 지냈기에 하고 싶은 말이 많았을 거예요."

"확실히 심연은 고독한 곳이었어요. 아무것도 느낄 수 없고, 아무것도 알 수 없는 공간이었어요."

"심연? 테트라. 메리?"

레이첼은 자신은 알 수 없는 두 사람의 대화에 김민철을 보고 물었다.

"특별한 훈련을 하려고 갔던 곳이에요. 아니 조련을 받기 위해서요."

"후후, 일반적으로는 그곳에 들어가면 모든 감각을 잃고 자아마저 인식하지 못하게 되는데, 당신은 놀라울 정도로 그곳에서 빠르게 적응하였군요."

"확실히 자신의 의지로 적응한 건 아닌 것 같아요. 아마도 그곳에서 적응한 것도 섬의 주인의 권한이 부여되었다고밖에 생각할 수 없네요."

"물론 그 말은 맞지만, 심연에 적응하는 건 단순히 권한을 부여받았다고 해서 가능한 건 아닙니다. 심연은 징벌을 위한 장소이죠. 그리고 그 심연에서 징벌을 받고 완전히 어둠에 삼켜진 자들도 있죠. 물론 극히 소수이지만 당신은 그들을 보지는 못했을 거예요."

"아무래도 내가 느낀 건 단순히 테트라. 메리 씨의 목소리뿐이었으니까요."

"하지만 용케도 언니의 목소리에만 잘 반응했군요. 심연의 두려움에 빠져들지 않았다는 건 대단한 겁니다. 사실 여러분과 필연적으로 싸우게 될 알프리드가 가진 권한 중 하나는 그런 심연과 비슷한 미혹을 일으키는 것이죠. 그것을 우린 어둠이라고 부르는 거고요. 그 미혹은 잘만 사용하면 사람의 마음을 매혹시킬 수 있지만, 그 반대로 상대방의 마음과 정신을 완전히 무너트릴 수도 있어요. 짐작하지만 바닐라 역시 그렇게 그에게 미혹된 상태일 거예요. 물론 그전에 본 충격이 너무나도 컸기에 단순히 미혹으로만 저렇게 되었다고 볼 수도 없지만요."

"확실히 그렇게 들으니 이해가 되는군요. 디. 빌헬름 씨도 그는 우리를 죽일 수 없지만, 어둠으로 이끌 거라고 했어요. 그건 심리적인 상태를 말하는 거군요."

김민철이 그녀의 이야기를 듣고 디. 빌헬름이 했던 말을 떠올렸다.

"그럴 거예요. 그에겐 그런 권한이 허락되었죠. 하지만 그와 우리가 의도하는 것은 전혀 다르죠. 비록 바닐라에게도 난폭하게 굴긴 했지만, 난 결코 그 아이나 여러분을 해칠 마음은 없어요. 그리고 섬의 주인도 마찬가지고요."

"네, 당신이 악의가 없다는 건 충분히 알겠어요. 하지만 그 아이가 어째서 이토록 당신에게 분노가 차 있는지도 알 것 같아요. 만약 당신이 상황을 설명해 주지 않았다면, 나 역시 바닐라처럼 당신과 끝까지 싸웠을 거예요."

"확실히 그건 어쩔 수 없는 일이죠. 나도 그것이 괴롭지만, 말로써는 충분히 납득시킬 수는 없으니까요. 그건 전적으로 여러분의 심리와 믿음에 달려 있는 문제죠."

"그건 당신도 마찬가지겠군요."

김민철이 태연하게 말하는 그녀를 보고 말했다. 그는 그녀의 식탐을 이해할 수 있었다. 그녀는 그녀의 의도와 상관없이 성이 멸망하는 것과 그 상황을 지켜보던 바닐라의 심리적인 변화를 지켜봐야 했다. 그리고 그것은 바닐라가 처음은 아니었을 것이다. 알프리드도 그녀와 비슷한 상황에서 저렇게 변한 것이었다. 그러니 외부인의 타락은 섬의 주인의 대리인들의 심리에도 큰 부담감과 스트레스를 주었을 것이고, 그녀는 먹는 것으로 마음을 달랠 수밖에 없었을 것이다.

"혹시나 해서 물어보는 건데요. 당신도 우리와 같이 외지에서 온 사람인가요?"

김민철이 문뜩 궁금해서 물었다.

"흠, 글쎄요. 나에겐 어떤 기억도 남아 있지 않아요. 기억은 시간에 따라 희미해지거나 처음부터 존재하지 않은 것이죠. 아마도 그건 대리인들 모두 마찬가지일 거예요. 우리는 단지 처음 이 섬을 인식한 순간부터 섬의 주인의 존재도 인식하고 느낄 뿐이죠."

"하지만 나는 단 한 번도 섬의 주인을 보지는 못했어요."

"그건 당신뿐만이 아니에요. 섬의 주인의 대리인조차 그를 볼 수는 없어요. 바닐라나 알프리드가 그렇게 반응하는 것도 그 때문이에요. 만약 섬의 주인을 볼 수 있고, 그가 부여하는 권한과 저주를 인식할 수 있다면 그 두 사람도 지금보다는 훨씬 인간적으로 살아갈 수 있었을 거예요."

"그럼 당신은 이제 바닐라를 어떻게 할 건가요? 그리고 우리는요?"

"레이첼 양, 처음부터 말했지만, 우린 정말 당신들을 해할 생각이 없어요. 그리고 난 단지 당신들을 조련해서 그의 뜻대로 살아가게 하려는 목적만 가지고 있어요. 사실 그래서 난 당신들을 이용해 바닐라의 심리를 치료하고 싶어요. 그녀가 가진 섬의 주인과 우리에 대한 불신으로부터 벗어나게 해 주고 싶은 거예요."

"마치 하나님 아버지께서 그리스도를 통해 인간의 마음을 회복시키려는 것과 비슷하네요."

레이첼은 무의식적으로 그녀의 말에 대답했다.

"뭐, 그건 생각하기 나름이겠죠. 하지만 분명한 건 당신들은 적어도 우리 말을 믿는다는 거예요. 적어도 그 믿음을 지킬 수 있다면 앞으로의 상황에도 흔들리지 않을 거예요. 그리고 그렇게 되어야 앞으로의 전투에서도 승리할 수 있을 거예요."

"전투요?"

김민철이 갑자기 그녀가 전투란 단어를 건네자 의아해서 물었다.

"사실 며칠 전에 섬의 주인이 나에게 계시를 내려 주셨어요. 당신들과 바닐라를 디. 빌헬름이 있는 곳으로 돌려보내라고요. 그럼 그곳에 당신들처럼 다른 지역의 대리인들로부터 조련을 받은 외부인들이 몰려 있을 거예요. 알프리드와의 전투를 위해 디. 빌헬름을 도우려고 모인 이들이죠. 다만 알프리드 역시 혼자 싸우지는 않을 겁니다. 레이첼 양을 습격했던 디스키플리나 같은 외지인들이 다수 그에게 협력하고 있을 거예요."

"디스키플리나?"

레이첼이 그녀가 디스키플리나의 이름을 말하자 당황해서 되물었다.

"나는 당신에게 디스키플리나가 접근한 의도를 처음부터 알고 있었지만, 상황을 지켜볼 수밖에 없었어요. 왜냐하면 나는 외지인들에게 어떤 위협도 가할 수 없으니까요."

"하지만 그녀는 나를 속였어요."

"네, 맞아요. 하지만 당신이라면 충분히 상황을 헤아리고 현명하게 대응하리라고 믿었어요. 사실 이 이야기를 논리적으로 설명해도 받아들이기 어려울 거예요. 애초부터 이 성의 저주를 설명하는 것이 어려웠으니까요. 사실 논리 이전에 우리에겐 신뢰가 필요했죠. 그래서 의심스러운 상황 속에 당신을 두었어요. 그리고 상황을 헤아릴 수 있도록 유도한 거고요. 이것이 내가 당신에게 생각한 조련의 방법이었죠.”

“정말이지 막무가내로 상황을 맡기시는군요.”

“그 점은 미안하게 생각해요. 하지만 아시다시피 누구든 신뢰를 잃어버리면 결국 바닐라나 알프리드처럼 되고 말아요. 이미 두 사람도 경험했을 거고요. 특별히 외부인이 개입된 전투이기에 더욱 이렇게 처신할 수밖에 없었어요. 그건 섬의 주인의 권한을 가지고 대립하는 거니까요. 특히 그 권한을 부여받은 무리가 나뉘어서 전투를 벌이게 된다면 그것은 한쪽이 섬의 주인의 뜻을 완전히 저버리게 된 경우이죠. 그렇지 않다면 어차피 서로 죽일 수 없다는 걸 알기 때문에 무의미한 전투를 벌일 필요를 느끼지 못할 테니까요.”

“즉 그 말은 섬의 주인에게 경멸을 느낀 자들은 그를 대적하기 위해서 검을 들고, 반대로 섬의 주인을 신뢰하는 자들은 그것을 저지하기 위해 싸운다는 건가요?”

김민철이 여태껏 대화한 것을 정리하듯 말했다.

“비슷하다고 볼 수 있어요. 하지만 우리가 원하는 건 대립이 아니에요. 그들을 오해로부터 완전히 벗어나게 하는 것이에요.”

“하지만 성의 주민들은 실제로 그의 저주로 죽임을 당했잖아요.”

레이첼이 그녀의 말에 얼어붙은 성의 주민들을 떠올리고 물었다.

“분명히 섬의 주민들은 그의 저주로 멸망했어요. 하지만 그는 그의 공의를 결코 저버릴 수는 없어요. 선과 악은 분명히 나누어 있어요. 악은 결코 용납되어서는 안 됩니다. 그것은 절대적인 규칙이에요. 그리고 그 악의 뒤에는 사악한 존재가 함께 하고 있죠."

"사악한 존재? 일곱 악마를 말하는 건가요?"

김민철이 흥미롭다는 듯 물었다.

"굳이 말하자면 인간이 타락한 동기에는 보이지 않는 사악한 존재가 도사리고 있죠. 하지만 인간은 그 사악한 존재와 맞서서 싸울 수 없어요. 그건 섬의 주인의 대리인인 우리라도 마찬가지예요. 그 사악한 존재는 섬의 주인만이 응징할 수 있어요."

"흠, 그 사악한 존재를 인식할 수 있는 건가요?"

김민철이 그녀의 말에 모순이 있는 것처럼 느껴져 물었다.

"네, 분명히 인식할 수 있어요. 하지만 그건 그의 존재를 아는 자들만 가능해요. 그는 보이지 않는 존재이지만, 인간의 마음의 상처와 욕망과 욕구 등을 일그러트려서 타락의 길로 이끌죠. 나는 그것을 이 섬에 살아오면서 무수히 지켜보았고요. 그러니 이 성의 주민들이 저렇게 멸망을 당하더라도 그저 지켜볼 수밖에 없는 거고요."

"……."

"그럼 그 존재를 섬의 주인이 처단하면 되는 거 아닌가요?"

김민철이 그녀의 말에 의아해서 물었다.

"그건 나는 대답할 수 없군요. 그의 계시가 없이는 그의 의중을 알 수 없으니까요."

"그리스도."

레이첼이 그녀의 대답에 무심결에 입을 열었다.

"그리스도?" 김민철은 레이첼의 말에 의아해서 따라 말했다.

"흠, 이 세상과 바깥세상을 동일하게 볼 수는 없겠지만, 하나님의 심판은 그 사악한 존재에게 분명하게 내려졌어요. 다만 이 세상에 그것을 억지로 연관시킬 수는 없을 것 같지만요."

"흠……."

김민철은 그녀의 신앙심에 굳이 불쾌감을 주고 싶지는 않았기에 더 무어라 말하지는 않았다. 다만 분명한 것은 현재로서는 알프리드와 싸워야 한다는 것이었다.

"여러분들은 바닐라가 의식을 차리기 전에 그녀를 데리고 빈센트 성으로 돌아가 주세요. 그러면 전투를 준비하고 있는 디. 빌헬름을 만나게 될 거예요. 그리고 바닐라도 나를 보지 않는다면 저렇게까지 과민 반응은 보이지 않을 거예요. 그녀가 저렇게 일그러진 건 이 성에서 벌어질 일 때문이니까요. 오히려 알프리드에게 과민하게 반응하겠지만, 그때는 여러분이 곁에서 그녀를 잘 이끌어주세요. 내가 할 수 있는 말은 이것뿐이네요."

"그런데 그 전투 상대는 누구죠?"

"트로이군이에요. 내가 알기로는 트로이군도 섬의 주인의 심판의 단두대 앞에 서 있답니다. 다만 그들이 돌이킬 시간이 얼마간 주어졌을 뿐입니다."

"그 이야긴, 우리가 그들이 돌이킬 수 있도록 돕는 건가요?"

"아닙니다. 여러분들은 단지 디. 빌헬름을 도와 그들과 싸우면 됩니다. 여러분이 할 수 있는 일은 그것뿐입니다. 오히려 여러분은 그 사악한 존재에게 마음을 빼앗기지 않도록 마음을 지켜야 할 거예요. 그조차 쉽지 않겠지만, 하지만 나는 여러분과 함께 하실 그의 은총과 가호를 믿어요.

아무튼 자, 식사를 하지요."

"……."

두 사람은 그녀의 말에 무언가 더 물어보고 싶었지만, 딱히 더 물어보더라도 이야기는 정리되지 않을 것 같았다. 그래서 더는 물어보지 않고 그녀와 함께 식사를 했다.

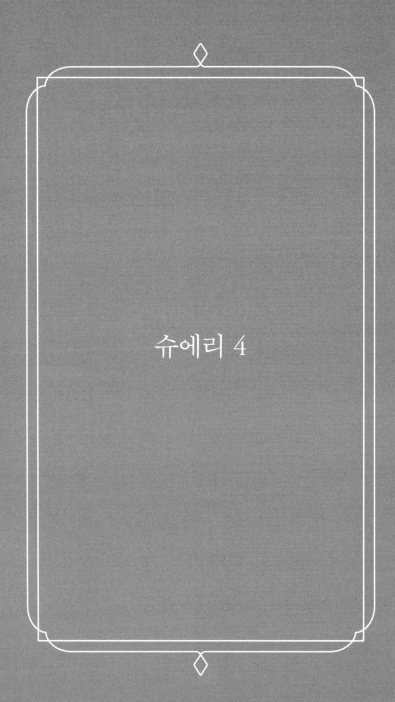

슈에리 4

1

미셸의 부모인 라미드 스완과 클라라 스완이 오랜만에 안식년을 맞이해서 스페인으로 귀국하게 되었다. 소식을 들은 타미 로드는 모처럼 가족여행을 할 겸 미셸과 슈에리를 데리고 스페인으로 여행을 떠나기로 했다. 사실 스페인에는 그들과 친분이 두터운 귀부인의 저택이 있었다. 그녀가 세상을 떠나고 그녀의 유산은 그녀가 살아생전에 양녀로 삼은 도미니카에게 상속되었다. 도미니카도 오래전에 로드 부부와 함께 선교 사역을 한적이 있었는데, 귀부인의 상속 문제로 사역을 중단하게 되었고 현재는 그저택에서 보육원을 운영하고 있었다.

"정말 오랜만에 저택을 찾게 되네요."

타미가 운전을 하며 조수석에 앉은 엔을 보고 말했다. 타미는 20년이지난 지금에서야 다시 그녀의 저택을 찾게 되니, 왠지 그때의 기억이 그리웠다.

"정말이에요. 세월이 정말 빨라요."

엔도 이제는 두 번 다시 만날 수 없는 얼굴들이 떠올라 그리운 표정을 지었다.

"그나저나 미셸은 오랜만에 아빠 엄마를 만나는 거니 참 행복하겠다."

타미가 분위기를 바꾸기 위해 뒷좌석에 앉아 있는 미셸을 보고 말했다.

"흠, 아빠 엄마는 가까이 있으나, 멀리 있으나 언제나 걱정이 돼요. 늘 붙어 있을 때는 양말 같은 걸로 말썽이었는데, 이젠 나이를 먹었으니 철이 들었을 거예요."

미셸이 무뚝뚝한 어조로 말했다. 로드 부부는 그런 미셸의 대답에 서로 어이없다는 미소를 지어보였다. 하지만 평소 그녀가 자기감정 표현에 서투르다는 걸 알고 있었기에, 그녀가 기뻐한다는 표현을 에둘러서 말하고 있다는 걸 알 수 있었다.

"그나저나 슈에리도 스페인은 처음 가는 거지?"

엔이 창밖을 내다보고 있는 슈에리를 보고 말했다.

"네."

슈에리가 기운 없는 목소리로 말했다. 그녀의 표정은 어디가 아픈지 별로 밝지 않았다.

"어디 불편한 곳이라도 있니?"

엔이 슈에리의 표정을 살피고 말했다.

"불편한 곳은 없어요. 단지 남의 가족 여행에 끼는 게 맞는지 모르겠어요."

"남의 가족 여행? 갑자기 그게 무슨 말이니?"

엔이 의아한 표정을 지으며 말했다.

"흠, 엄마 말대로 우리가 남은 아니지."

엘렌이 엔의 말에 동의하듯 말했다.

"물론 그간 함께 지내왔으니 불편한 사이는 아니지만, 그래도 이렇게 여행을 따라가고 싶지는 않았어요."

슈에리는 엔에게 고개를 돌리며 대답했다.

"너무 그렇게 생각하지 않아도 된다. 미셸의 부모처럼 네 부모하고도 우린 제법 두터운 사이이니까. 그리고 이번에 여행차 방문하게 된 저택에 가면 많은 걸 배울 수 있을 거고."

타미가 슈에리 반응에 슬쩍 눈치를 보며 끼어들었다.

"엘렌에게 저택에서 운영하는 보육원에 대한 이야기는 들었어요. 어쩌면 내 부모님이나 언니 같은 분들이 그곳에 있을지도 모르겠어요. 가족보다 타인을 우선시하는 사람들이요. 원래 그런 곳은 가족보다 타인이 우선이잖아요."

슈에리는 무심결에 속에 있던 불편한 감정을 꺼냈다.

"하하, 어째서 그런 생각을 하는 거니, 슈에리?"

타미가 그녀의 언짢아하는 말투에 의아한 표정을 지으며 되물었다. 엔은 그런 타미의 어깨를 치며 굳이 그렇게 말하지 말라고 눈치를 줬다. 슈에리도 방금 자신이 무심결에 뱉은 말에 머쓱한 표정을 지었다. 그리고 더는 아무 말도 하지 않고 고개를 창밖으로 돌렸다. 엘렌은 그런 슈에리의 반응을 지켜보다가 앞좌석에 앉아 있는 엔을 보고 어깨를 으쓱였다. 그리고 두 사람도 더는 그런 그녀에게 말을 걸지 않았다.

트로이 성 1

1

옵티무스는 아직 의식이 돌아오지 않은 바닐라를 안고 마차에 태웠다. 헥사. 쿠피디타스의 조언대로 그녀가 의식을 차리면 또다시 난동을 부릴 수도 있어서 서둘러서 마차에 태웠다. 레이첼은 그런 바닐라를 보고 안쓰러운 표정을 지으며 그녀의 머리를 쓰다듬었다. 잠이 든 그녀의 얼굴을 보면 그저 가녀린 소녀일 뿐이었다. 눈앞에서 벌어진 아찔한 상황에서 그녀가 겪었을 일들을 생각하면 그 충격은 상당했을 것이다. 그녀도 희미하지만 이와 비슷한 일을 겪었던 기억이 떠올랐다. 어느 아프리카 지역에서 수많은 환자를 돌보았던 것 같았다. 그중 상당수가 말라리아와 에이즈로 죽어 가는 환자들이었다. 아무리 시대가 발달하고 의학적인 발전을 거두어도 불치병에 가까운 질병을 치료하는 것은 한계가 있었다. 애초에 질병이라는 건 완치보다도 적절한 예방에 더 의존해야 했기에 이미 질병에 감연 된 환자들을 돌보는 건 곤욕이었다. 그리고 그런 상태에선 자칫하면 자신의 생명도 담보로 잡아야 할 순간들이 있었다. 그리고 자신에게도 그런 위태로운 순간이 있었던 것 같았지만, 어째서인지 그러한 기억은 흐릿했다. 다만 분명했던 건 바닐라가 심리적으로 느꼈을 고통을 그녀는 어느 정도는 공감할 수 있었다.

"안타깝게도 나는 당신들을 따라갈 수 없습니다. 아시다시피 섬의 다른 지역으로 넘어갈 수 있는 건 외지인들뿐입니다. 나는 헥사. 쿠피디타스 님으로부터 이 섬의 구조를 들어서 이해하고만 있을 뿐, 실제로 이 섬에서 그런 경계 지점을 본 적이 없습니다. 그래서 마차는 당신이 몰아야 합니다."

옵티무스가 김민철에게 말했다.

"솔직히 마차는커녕 말을 몰아 본 적도 없어서 잘할 수 있을지는 모르겠어요. 더욱이 이 마차도 이 지역의 것이기 때문에 섬의 경계를 건너가는 것이 가능한지도 모르겠고요. 하지만 헥사. 쿠피디타스 님이 이렇게 떠나도록 배려해 주었다면 가능하다는 이야기겠죠."

김민철이 마차를 몰 말의 머리를 쓰다듬으며 말했다.

"특별하게 지시한 것은 없었으니 그럴 것입니다. 그리고 이것을 받으십시오."

옵티무스가 자신의 품에 있던 손수건을 꺼내서 건네주며 말했다.

"손수건?"

"당신이 의지를 가지고 그 손수건을 사용한다면 그것은 당신이 원하는 형태의 무기로 바뀔 것입니다. 상당히 유용한 무기이죠."

"오, 신기한데요."

김민철이 그가 건넨 손수건을 건네받으며 말했다.

"이것과 같은 것을 레이첼 양에게도 이미 건넸습니다. 헥사. 쿠피디타스 님의 권한이 담긴 선물이니 유용하게 사용하십시오."

"네, 감사합니다."

김민철은 손수건을 자신의 주머니에 넣고 마차를 몰기 위해 자리에 앉았다. 그리고 옵티무스에게 인사를 건네고 마차를 몰았다. 그는 생전처음으로 마차를 모는 것이었지만, 이 또한 섬의 주인의 권한 때문인지 마차를 모는 것이 자연스러웠다. 그리고 섬의 경계로 향하는 것도 어렵지 않았다. 그저 마음에 걸리는 건 앞으로 마주하게 될 알프리드의 존재였다. 도대체 그와 마주하게 되면 어떻게 싸워야 할지 자신이 없었다. 하지만 이 또한 섬의 주인의 계획 안에 있다면 더는 물러설 수 없었다. 그저 그의 의도대로 따라야 했다.

그리고 그렇게 세 사람은 한참을 남쪽 지역으로 내려갔다. 그러자 나비의 경계선이 보이기 시작했고, 그들은 그 경계를 따라 다시 빈센트 성으로 향했다.

"이렇게 빨리 이곳으로 돌아오게 되다니 무언가 이상해요."

레이첼이 눈이 사라진 풍경을 바라보며 말했다.

"확실히 나도 의아하긴 했어요. 섬의 주인이 이 세계에서는 신 같은 존재라면 굳이 우리의 도움을 받지 않고도 그를 처단할 수 있을 거예요. 하지만 어째서 그는 우리를 통해 일을 진행하려 하는지 모르겠어요."

김민철은 그녀의 말에 은연중에 생각하고 있던 말을 무심결에 내뱉었다.

"음……."

레이첼은 단지 갑작스럽게 정해진 일정 때문에 조금 심란해서 말한 것이었지만, 김민철의 말에도 동의는 되었기에 선뜻 무어라 말하기 어려웠다.

"도대체 알프리드는 어떤 사람일까요? 그는 우리보다 더 강하고 많은 걸 알고 있을 거예요. 어째서 섬의 주인은 그런 자와 우릴 마주하게 하려는 걸까요?"

김민철이 의구심이 들어서 말했다.

"사실 우리가 이해하는 건 그들의 말을 통해서 알게 된 것뿐이에요. 어느 쪽이 진실을 말하고 있는지도 분명하지는 않아요. 그리고 바닐라가 핵사. 쿠피디타스에게 보여 준 반응은 지나치게 민감해 보였어요. 알프리드에게도 비슷했던 것 같고요. 그런데 두 사람이 했던 말도 모순이 있어요. 알프리드는 자신처럼 바닐라가 저주를 받아서 벙어리가 되었다고 했고, 핵사. 쿠피디타스는 충격으로 말을 잃었다고 했어요. 하지만 우린 바닐라로부터 어떤 이야기도 듣지는 못했어요. 단지 그들의 이야기를 듣고 이 상황을 헤아리고 있을 뿐이죠. 그러니 알프리드가 우리를 먼저 공격하지만 않았어도 우린 좀 더 중립적인 위치에 있었을지 몰라요."

레이첼이 그의 말에 그간 생각했던 것을 정리하듯 말했다.

"확실히 섬의 주인의 의도를 완벽하게 이해할 수는 없을 것 같아요. 따지고 보면 그의 생각을 완벽하게 이해하고 있는 사람은 아무도 없는 것 같고요. 아마 그것은 섬의 주인의 대리인이라도 마찬가지인 것 같아요. 다만 그들도 그들 나름대로 자신들의 생각을 정리해 두고 있는 기분이에요."

"확실히 이런 상황에서는 누구라도 혼란스러울 수밖에 없어요. 사실, 어떻게 생각하더라도 보이지 않는 대상을 증언할 때는 자신의 논리를 변론한다는 기분으로 말할 수밖에 없으니까요. 그러니 저마다 주관적인 입장으로 이야기할 수밖에 없을 거예요."

"흠, 생각하면 생각할수록 이 세계는 복잡한 것 같아요. 어째서 이렇게 복잡하게 구현해야 했을까요? 섬의 주인과 섬의 주민이 직접적으로 의사를 소통할 수 있다면 편할 텐데요. 그러면 굳이 이렇게 대리인을 세워서 의견을 주고받을 필요도 없었을 테고요. 그럼 우린 더 쉽게 그의 뜻을 이해하고 받아들였을 거고요. 분명한 건 지금보다는 덜 혼란스러웠을 거예요."

"확실히 그 말에는 동의가 되어요. 하지만 그가 신성한 존재라면 직접적으로 인간에게 자신의 모습을 보일 수는 없을 거예요. 물론 지금은 그가 신성한 존재인지조차 알 수는 없지만요. 하지만 성경에 등장하는 하나님과 그의 선지자들의 관계를 보면 결코 하나님은 죄인에게 직접적으로 모습을 드러내지는 않으세요. 그는 거룩하신 분이기 때문에 죄가 있는 자들을 용납할 수는 없으시죠."

"흠, 어떻게 보면 그는 이 세계의 유일신일지도 몰라요. 이슬람이나 유대교나 기독교는 동일하게 유일신을 믿고 있어요. 그리고 그들은 특정인에게만 그의 뜻을 계시한다고 믿고 있고요."

"확실히 그렇기는 해요. 다만 내가 할 수 있는 말은 어디까지나 그리스도인으로서 신앙관으로만 이야기할 수밖에 없는 것 같아요. 당신이 어떻게 종교를 이해하고 있든 말이죠."

"흠, 확실히 이런 상황이 아니었으면 이런 이야기는 나누지 않았겠죠. 나는 무신론자이지만 유럽의 역사를 공부하면서 기독교에 대해서도 자연스럽게 공부했을 뿐이니까요."

"아마도 종교에 관한 역사적인 이야기라면 나보다 당신이 더 많은 것을 알고 있을 거예요. 단지 나는 성경을 읽어 왔고 성경의 내용을 따라 살아왔을 뿐이에요. 그래서 의료 선교사가 되었고요."

레이첼은 이야기를 하다가 자연스럽게 자신의 이전 기억을 떠올렸다. 분명하지는 않지만 자신이 그러한 삶을 살아왔다는 확신은 있었다.

"신앙심에 대해서 이야기한다면 나는 여전히 당신이 믿는 신은 받아들이지는 못할 거예요. 그건 상식 밖의 영역이니까요. 다만 종교가 세상의 역사에 관여한 사례는 이루 말할 수 없이 많다고 생각해요. 어떻게 보면 지금도 종교 전쟁은 일어나고 있으니까요. 어쩌면 이 상황도 이와 비슷한 게 아닌가 싶고요. 구교도와 신교도나 이슬람의 수니파와 시아파가 서로 싸우는 것처럼 말이죠. 물론 지금 이 상황을 꼭 그렇게 정리할 수만도 없겠지만요."

"당신에게 신앙에 대해서 조금 더 구체적으로 설명해 주고 싶지만, 아마도 당신이 하나님을 믿지 않는다면 크게 와닿지는 않을 거예요. 그리고 이런 세계는 성경에도 기록되어 있지 않으니까요. 그래서 나 역시 좀 혼란스럽고요."

"굳이 상황을 설명하려고 할 필요는 없어요. 애초부터 종교를 믿지 않으니까요. 그리고 예수 그리스도를 통한 구원에 관한 이야기라면 굳이 이야기할 필요도 없어요. 그건 군대 생활 중에 종교 활동을 통해서 너무나도 많이 들었으니까요."

그는 초코파이 때문에 종교 생활을 했던 기억을 떠올리며 말했다.

"아마도 지금은 당신에게 이 이상의 이야기를 하는 건 의미가 없을 것 같네요."

"그래요."

두 사람은 그렇게 말하고 한동안 침묵을 이어갔다. 그리고 얼마간 이동하다가 바닐라가 의식을 차렸다.

"으……."

"바닐라, 이제 좀 정신이 드니?"

레이첼의 말에 바닐라는 눈을 비비고 고개를 끄덕였다. 레이첼은 비교적 안정된 표정으로 정신을 차린 그녀를 보고 안도했다. 아무래도 얼음성에 있을 때는 계속해서 민간하게 반응했었기에 그녀가 의식을 차리면 공격적으로 반응할 것 같아 걱정이었다. 하지만 어째서인지 그녀는 전혀 그런 반응을 보이지 않았다. 다만 레이첼의 품에 안긴 채 한동안 가만히 있었다. 레이첼은 그런 그녀를 바라보며 그녀가 그간 마음의 상처로 많이 지쳐 있다는 것을 알 수 있었다. 아무래도 스스로의 기력으로는 움직이고 싶지도 않을지 몰랐다. 그리고 레이첼도 그런 그녀를 대할 때면 어딘지 과거의 감각에 사로잡히곤 했다. 여전히 기억은 분명하지 않지만, 자신의 종교적 신념이라든가 바닐라를 대할 때마다 드는 감정은 상당히 익숙한 것이었다. 어째서 자신에게 이런 감각이 남아 있는 건지는 알 수 없지만, 그것이 그녀 자신에게는 상당히 중요하다는 기분이 들었다.

세 사람은 마차를 타고 얼마간 지나서 다시 빈센트 성에 도착했다. 이번엔 그들의 몸은 유령의 상태는 아니었다. 그래서 성의 입구로 향해야 했는데, 신기하게도 무너진 성의 다리는 원래의 상태로 복원되어 있었다. 김민철은 생각보다 빠르게 복원된 다리를 신기하게 쳐다봤다. 다리 건너편에는 경비병이 서 있었는데, 경비병들은 그들을 전혀 경계하지 않았다. 그래서 그는 의아한 생각이 들었는데, 그런데 그들 앞에 디. 빌헬름이 서 있었다.

"안녕하세요, 디. 빌헬름 씨."
레이첼이 마차에서 내리며 말했다.
"이렇게 갑작스럽게 불러서 미안하게 되었네."

디. 빌헬름이 다가오는 그들을 보고 말했다.

"도대체 어떻게 된 거죠? 경비병들이 우리를 못 알아보는 건, 우리의 상태가 유령처럼 되어 있기 때문인가요? 하지만 마차를 몰면서 전혀 그런 상태는 아니라고 생각했는데요."

김민철이 의아한 표정으로 그를 보고 물었다.

"자네들의 몸 상태는 다시 권한을 받아 정상적으로 돌아왔네. 다만 나의 권한으로 다른 사람들의 시야를 가렸을 뿐이네. 참고로 지금 이 성에는 자네들이 아는 얼굴은 단 한 명도 존재하지 않네."

"무슨 뜻이죠?"

"자네들이 섬의 다른 지역을 건너면서 오간 시간은 이 지역에 남아 있는 자들의 시간과 많은 차이가 있네."

"설마 수백 년의 시간이 지났다는 건가요?"

"그렇다네."

"……."

그의 말에 순간 두 사람은 당황스러운 표정을 지었다.

"자네들이 다른 지역으로 건너갈 때는 적어도 100년 정도의 시간이 흘러가네."

"그 말은 당신은 우리가 이곳으로 돌아오기까지 최소 200년 이상의 시간을 보냈다는 건가요?"

"정확하게는 250년의 시간이 흘러갔네."

"그렇다는 건 이미 전투는 끝났겠네요."

"전투는 아직 시작되지 않았네. 왜냐하면 우리가 그 성을 침공할 것이기 때문이지."

"뭐라고요?"

김민철이 그의 말에 당혹감을 감추질 못하고 말했다.

"자세한 이야기는 나의 저택에서 나누도록 하지. 그리고 자네들이 이 여정을 어떻게 생각하고 있는지는 모르겠지만, 자네들은 일반적인 세월을 초월하는 여정을 하고 있는 거라네. 그저 이곳에서 세월의 흐름을 바라보고 있는 나에게는 참으로 고독한 일정이지만 말이네."

디. 빌헬름이 지친 표정을 지으며 말했다. 두 사람은 그런 그의 반응에 공감이 갔다. 그런데 신기하게도 바닐라는 그를 보고 민감하게 반응하지 않았다. 레이첼은 그를 마주하게 되었을 때 바닐라의 표정을 살폈는데, 그저 평소의 모습이었다.

"어째서 바닐라가 당신을 대할 때는 이토록 얌전히 있는 거죠?"

레이첼이 의아한 기분이 들어 디. 빌헬름에게 물었다.

"그건 그 아이가 아직 나의 존재를 인식하지 못하기 때문이네. 이미 난 그 아이에 대해서 어느 정도 알고 있네. 그래서 그 아이의 시선에서 나라는 존재를 완전히 지워 버렸네."

"그렇다는 이야기는 이 아이에게는 당신은 투명인간과 같은 상태인 거군요."

"아무래도 그렇게 조치할 수밖에 없었네. 다만 저택에 들어가게 되면 이미 다른 외지인들이 기다리고 있을 거네. 결국 안에서 나의 모습을 드러낼 수밖에 없겠지만, 너무 걱정은 하지 말게. 무엇보다도 그 아이와 나하고는 이렇다 할 교차점은 없었으니까. 그리고 저택 안에 있는 외지인들 중에서도 그 아이의 심리를 잘 어루만져 줄 친구가 있으니까."

"무슨 말이죠?"

레이첼이 그의 말에 의아해서 물었다.

"그건 들어가 보면 알게 될 걸세."

디. 빌헬름은 그렇게 말하고 앞장서서 자신의 저택으로 향했다.

두 사람은 불안했지만, 일단 그를 따르기로 했다. 그리고 두 사람은 그의 뒤를 따르며 빈센트 성의 마을을 둘러봤다. 신기하게도 250년이란 시간이 흘렀지만 성벽 안은 거의 변한 게 없었다. 변한 거라곤 사람들뿐이었다. 김민철은 어떻게 무너진 성의 다리가 다시 원래대로 복원되었는지 물었는데, 그는 그것이 이 섬의 규칙이라고 말했다. 섬의 주인의 뜻이 아니라면 어느 것도 변하지 않고 그대로 보존될 뿐이었다. 설사 그것이 사람들의 의해 다시 만들어지더라도 그의 뜻대로 지어질 뿐, 사람의 의지는 어느 것 하나 개입될 수 없는 세계였다. 그 말에 두 사람은 당황스러웠다. 그것은 단지 로봇에 프로그램을 입력하고 작업하게 하는 것과 같은 것이었다. 하지만 사람은 결코 그렇게 움직일 수 없는 존재였다. 그러나 그는 두 사람의 의문에는 무어라 더 설명하려 하지는 않았다. 아무래도 섬의 주인의 섭리 자체를 설명하는 것은 한계가 있기 때문이었다.

그리고 그렇게 네 사람은 예전에 들어갔던 그의 저택에 다시 들어가게 되었다. 여전히 그의 저택은 화려했지만, 이상하게도 시녀는 단 한 명도 보이지 않았다. 김민철은 무언가 이상해서 디. 빌헬름을 쳐다봤는데, 그는 아무 말도 하지 않고 세 사람을 안내했다. 바닐라도 갑자기 낯선 장소로 들어와서 어리둥절한 표정이었다. 레이첼은 그런 그녀를 안아주며 안심시켰다.

저택 안에는 상당히 넓은 의전실이 있었다. 그리고 그곳에는 낯선 얼굴들이 여럿 모여 있었다. 그런데 바닐라는 순간 그들을 보고 또다시 불길

한 표정을 지었다. 하지만 레이첼이 그녀를 안고 있어서인지 헥사. 쿠피
디타스를 마주했을 때처럼 공격적인 자세는 취하지 않았다.

"여기 모인 사람들은 모두 다른 지역에서 건너온 외지인들이네. 아마도
이곳 자체가 처음인 사람도 있을 것이고, 처음 만난 사람들도 있을 것이
야. 다들 편하게 인사부터 나누지."

디. 빌헬름이 의전실에 들어서며 말했다. 의전실에는 김민철 일행을 제
외한 12명의 외지인이 기다리고 있었다.

"이 아이가 그 문제의 아이군요."

금발머리를 곱게 기른 20대 중반으로 보이는 여자가 바닐라에게 다가
와 머리를 쓰다듬으며 말했다. 그녀는 날렵한 몸매가 드러나는 검은 드레
스를 입고 있었다. 레이첼은 갑작스러운 그녀의 행동에 불안한 시선으로
바라봤는데, 어째서인지 바닐라는 그녀에게 아무런 저항도 하지 않았다.

"어떻게 한 거죠?"

레이첼이 별 저항이 없는 바닐라를 보고 의아해서 그녀에게 물었다.

"뭐, 나에게 부여된 권한을 사용했을 뿐이에요. 최면을 걸어 마음을 좀
어루만져주었죠. 심리적으로 불안한 사람한테는 일시적이라도 도움은 줄
수 있는 권한이니 안심해도 괜찮아요. 아, 나의 이름은 슈라고 해요."

"나는 레이첼이에요."

두 사람은 가볍게 인사를 나누었다.

디. 빌헬름은 여기 모인 사람들을 차례대로 소개시켜주었다. 그리고 알
프리드에 대해서 이야기하기 시작했다. 그는 이곳으로 그를 따르던 외지
인들을 함께 데리고 왔다. 아무래도 김민철 일행이 얼음성에 있던 동안

그는 그를 따르는 외지인을 모아 이곳으로 넘어온 것 같았다. 그리고 그는 트로이 성에 있던 어떤 종교의 주교가 되었다. 외지인들의 권한으로 쉽게 그들의 종교를 그들의 것으로 만든 것 같았다. 그리고 그는 그 종교를 이용하여 트로이의 권력까지 움직이려 하였다. 섬의 주인은 그런 그의 행위를 더는 간과할 수 없었다. 그래서 그와 맞설 수 있는 외지인들을 불러 모아 전투하도록 그의 대리인들에게 지시했다.

"결국 상황이 상황이니만큼 이렇게밖에 처신할 수 없었단 말이로군."

풍성한 붉은 머리를 가진 40대 후반의 덩치 큰 사내가 말했다. 그의 이름은 타르메스였다. 그는 상당히 다부진 몸에 큰 도끼를 곁에 두고 있어 강인한 인상을 주었다.

"하지만 우리 쪽에서 먼저 그들을 침공하더라도 문제는 없을 거 같은데요, 디. 빌헬름 씨."

바닐라같이 어려 보이는 쿠르리아스가 말했다. 그는 단정한 은발머리에 왜소한 체구를 지니고 있었다.

"어차피 그들에게 더는 시간을 줄 생각은 없네. 다만 굳이 자네들을 기다린 것은 대리인인 내가 직접 개입할 수는 없기 때문이네. 알다시피 섬의 주인이나 그의 대리인은 외지인에게 어떤 위협도 가할 수 없네. 다만 섬의 주인이 주저를 걸어서 잘못된 방향에서 바로잡아 주려고 할 뿐이지. 그러나 이렇게 세력을 형성했다면 단순히 저주로는 상황을 해결할 수는 없네. 결국 강력한 힘으로 균형을 무너트릴 수밖에 없지."

디. 빌헬름이 그의 말에 대답했다.

"하지만 그런 방식으로는 결코 어떤 해결책도 제시할 수 없어요."

레이첼이 그의 말에 의구심을 품고 말했다.

"지금은 해결책을 제시하려고 이 자리를 만든 게 아니라네. 단지 그들의 어리석음을 스스로 체감하게 할 필요가 있는 거지. 어차피 자네들은 서로 죽일 수도 없네."

"솔직히 힘으로 적을 제압하는 방식은 나도 내키지는 않아요. 하지만 그냥 지켜본다면 그들은 터무니없는 행동을 저지를 거예요."

이야기를 듣고 있던 세로세가가 끼어들었다. 그는 30대 초반으로 보이는 동양인 남자였는데, 작고 날렵한 몸매에 로브를 두르고 검을 착용하고 있었다.

"아마 자네들은 그 성에 들어선 순간 수많은 병력과 마주하게 될 것이네. 종교가 권력을 쥐게 되면 정말 무서운 일이 벌어지지. 섬의 주인이 직접 개입하기 전에 자네들을 사용하려는 건 그들에게 허락된 최후의 자비야. 저들은 섬의 주인과 종교라는 것으로 대립하려고 하고 있어. 그러니 스스로 교주가 되어서 종교 형태로 사람들을 선동하려고 하는 거야. 확실히 사람들을 미혹시키고 자신들의 세력을 확장할 수 있다면 자신들 외의 외지인들도 포섭하기는 쉬울 거야. 애초에 섬의 주인을 믿는 믿음을 깨트려야 그들의 세력을 늘릴 수 있는 거니까. 그리고 그건 미혹만큼 좋은 방법이 없지. 자네들은 서로 죽일 수 없지만, 상대를 미혹시키거나 혼돈 속에 가두어서 믿음 자체를 흔들 수는 있네. 신앙심이 단순한 것 같아도, 인간의 심리나 내면의 가장 깊은 곳에 자리하고 있는 것이네. 그것을 미혹시키거나 파괴할 수 있다면 인간은 죽음보다 더한 고통 속으로 몰고 갈수도 있지."

"만약 그들의 미혹에 빠지게 되었을 때 벗어나려면 어떻게 해야 하죠?"

김민철이 디. 빌헬름의 이야기를 듣고 물었다.

"글쎄, 인간의 정신이 붕괴된다면 돌이킬 수 있는 방법은 없을 거야."

"무슨 뜻이죠?"

"인간은 마음이 무너지면 끝이란 이야기죠."

세로세가가 이야기를 듣고 끼어들었다.

"사실 알프리드가 다른 외지인들보다 무서운 건 그런 식으로 사람의 마음을 완전히 붕괴할 수 있는 권한을 가지고 있기 때문이지. 슈가 사람에게 최면을 걸어서 마음을 부추기거나 안정을 취할 수 있게 하는 것처럼, 그러한 정신적인 권한은 정말 무서운 단계의 것이야. 그리고 그런 권한이 있기에 그가 사람들을 선동해서 교주가 되는 것이 가능했던 거고. 특히 다른 외지인들도 그의 말에 따르는 것도 그 권한 때문이고."

"만약 그가 정말 세력을 갖추게 된다면 앞으로 무서운 일이 벌어지겠군요."

김민철이 디. 빌헬름의 말을 헤아리며 말했다.

"하지만 그것을 극복하는 방법은 있어요. 바로 온전한 믿음이에요."

곁에서 듣고 있던 레이첼이 끼어들었다.

"온전한 믿음?"

"네 온전한 믿음이요. 만약 어떤 혼란스러운 상황에서라도 신에 대한 믿음을 지킬 수 있다면, 어떤 미혹에도 흔들리지 않을 거예요."

"흠, 확실히 틀린 말은 아닌 것 같군요. 마음을 굳게 지키는 건 초월적인 능력이 아니라 변하지 않는 믿음이겠죠. 애초에 미혹시킨다는 것 자체가 그가 믿는 대상을 왜곡시켜서 다른 걸 믿게 만드는 것이니까요. 그러면 섬의 주인에 대한 신뢰가 필요하겠군요."

김민철이 레이첼의 말을 동의하듯 말했다.

"다른 말은 하지 못하겠어요. 다만 나는 여전히 하나님을 믿어요. 그리고 섬의 주인이란 존재가 하나님과 같은 존재라고는 말하고 싶지 않지만, 적어도 비슷한 믿음을 요구하는 것 같아요. 바로 변함없는 신뢰이죠. 아무래도 알프리드가 우리를 공격하는 방식이 미혹이라면 그것을 이겨 내는 건 믿음밖에는 없어요."

"거참, 단순한 이야기를 거창하게 하는군. 아무튼 날이 어두워지면 우린 곧장 그곳을 습격할 거야. 그리고 닥치는 대로 쳐부수면 모든 건 끝이나. 안 그런가?"

타르메스가 레이첼의 말에 귀찮다는 듯 말했다. 레이첼은 그런 그의 말에 더 무어라 말할 수 없었다.

"아무튼 날이 어두워지면 곧장 그곳으로 침입할 거네. 그전까지 다들 충분히 휴식을 취하게."

타르메스가 거칠게 반응하자 그가 더 거칠게 반응하기 전에 디. 빌헬름이 말했다. 레이첼은 여전히 그의 말이 신경에 쓰였지만, 굳이 아군끼리 충돌을 일으킬 필요는 없었기에 내색하지 않았다.

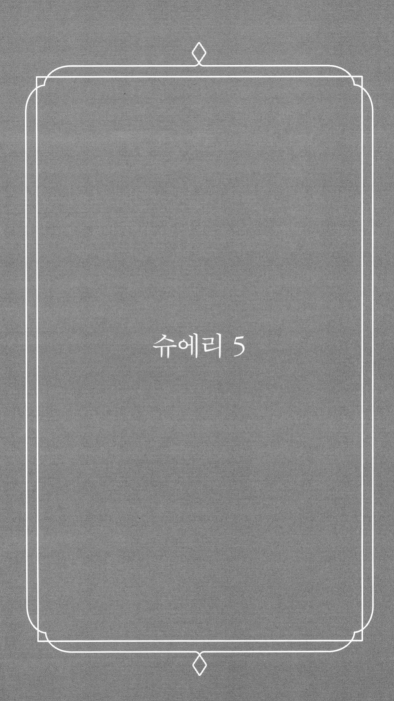

슈에리 5

1

로드 가족이 방문한 곳은 오래된 대저택이었다. 거대한 철창으로 울타리가 쳐져 있었고, 그 안에는 잔디와 화단, 분수대 등이 잘 관리되어 있었다. 그리고 아이들이 장난으로 그려 놓은 것 같은 페인트 그림이 한쪽 벽에 그려져 있었다. 아이들은 잔디밭에서 공을 가지고 놀고 있었는데, 40대 초반으로 보이는 여성이 아이들을 지도하고 있었다.

"외견은 바뀐 것이 없는 것 같은데 분위기는 완전히 변했네요."

엔이 도미니카와 같이 아이들이 공을 차는 모습을 지켜보고 말했다. 도미니카는 안면에 장애가 있었지만, 얼굴은 밝아 보이는 50대 초반의 여성이었다. 그녀는 아이들이나 이웃을 대하는 것에 천성적으로 상냥한 미소를 가지고 있었다.

"아무래도 그럴 거예요. 귀부인께서 소천하시기 전에, 나를 양녀로 삼으시고 이곳 유산을 상속하실 거라곤 생각하지 못했어요. 그래서 처음엔 어떻게 해야 할지 고민하다가, 격식을 허물고 귀부인께서 하셨던 사역을 조금 더 적극적으로 이어가기로 했어요. 그런데 어느새 이곳은 아이들의 놀이터가 되어 버렸네요."

도미니카가 아이들이 노는 모습을 보고 말했다.

"참, 아이들이 밝아 보이네요."

"네, 그럴 거예요. 특히 루니아 양이 적극적으로 아이들을 지도해 주어서 고맙게 생각하고 있어요."

"루니아 양이라면 로버트 씨 따님이군요. 로버트 씨는 아내를 일찍 여의고 따님을 보육원에 맡기셨다는데, 그녀도 이젠 아이들을 돌보는 교사가 되었군요."

"아무래도 같은 상처를 지니고 있으니까, 그래서 가능한 걸지도 모르겠네요. 하긴, 로드 부인도 당신의 아버지 때문에 마음고생이 많으셨죠. 당신도 충분히 그녀의 마음을 공감하고 있을 거예요."

도미니카가 그녀의 과거 이야기를 생각하고 말했다.

"확실히 그렇긴 해요. 아버지께서 선교 사역으로 집을 떠난 뒤로 연락이 없었으니까요. 나중에 아버지가 계신 사역지에서 어머니가 사역에만 집중하라고 연락하지 말라고 했다는 말을 들었지만요."

엔도 과거의 기억을 떠올리며 씁쓸한 미소를 지었다. 지금은 웃으면서 할 수 있는 이야기가 되었지만, 당시에는 너무나도 고통스러웠다. 만약 그때 타미를 만나지 못했다면 지금의 자신은 없었을 것이다.

한편 주방에서는 라미드가 로엘을 도우며 요리를 하고 있었다. 로엘은 40대 후반의 마른 백인 여성이었고, 라미드는 흰머리가 있는 60대 초반의 사내였다. 라미드는 젊었을 때 고급 레스토랑의 요리사로 일해서 음식에는 일가견이 있었다. 그래서 오랜 시간 대저택의 주방 일을 맡아 온 로엘과 손발이 잘 맞았다. 사실 라미드의 아내인 클라라는 로엘의 선배였지만, 그녀는 오랜만에 만난 자신의 딸과 시간을 보내기로 해서 두 사람이 요리를 하게 되었다.

"그때는 두 분이 결혼하리라곤 생각하지도 못했어요."

로엘이 생선을 손질하며 라미드에게 말했다.

"그러게 말이죠. 미셸도 벌써 저렇게 컸으니 시간이 참 걷잡을 수 없이 흘렀네요."

"처음 이곳에 왔을 때는 범선을 타고 오셨잖아요. 그때 귀부인의 친구분들도 함께 오셨던 것 같은데, 이젠 다들 그리운 얼굴들이 되어 버렸네요."

"정말 그런 것 같아요. 그런데 로버트 씨 따님이 이곳에서 함께 생활하고 있을 줄은 몰랐어요. 범선을 타고 항해했을 때 그분이 의사 선생님으로 계셔서 정말 든든했었죠. 물론 그분은 술을 좋아하셔서 골치도 많이 아프게 했지만요. 하지만 모두 지나간 일이 되었죠."

라미드가 지난 일을 그리워하며 말했다.

"그때 이곳에서는 티파니 선배님과 클라라 선배님이 주방 일을 맡았었는데요. 이젠 두 분 다 아이 엄마가 되었네요."

로엘이 클라라에 대한 이야기를 하자 라미드가 행복한 미소를 지어 보였다.

한편 슈에리는 자신이 배정받은 방에 틀어박혀 스마트폰만 만지고 있었다. 그러다 문득 밖에서 아이들과 놀고 있는 엘렌과 타미의 목소리가 들려서 창밖을 내다봤다. 두 사람은 어느새 옷을 갈아입고 보육원 아이들과 축구공을 가지고 놀아주고 있었다. 아이들은 여자, 남자 가리지 않고 함께 공을 찼다. 하지만 슈에리는 그들처럼 보육원 아이들과 어울리고 싶지 않았다. 평생 다른 사람을 위해 살아온 부모님과 언니를 생각하면 이러한 봉사활동이 썩 마음에 들지 않았다. 딱히 그렇다고 그런 삶이 싫은 건 아니었지만, 만약 가족이 그러한 삶을 선택하지 않았다면 조금 더 가족끼리 다정한 시간을 가졌을지도 몰랐다. 물론 그것이 이기적이라고 생각할 때도 있었지만, 그녀의 졸업식마저 찾아오지 않은 언니를 생각하면 쓴 마음이 드는 것이 사실이었다.

내일은 무르시아 해안에서 아이들과 같이 즐거운 시간을 보낸다고 하는데, 그녀는 왠지 그것마저 달갑게 느껴지지 않았다. 단지 엘렌과 데이트를 하는 거라면 조금은 흥미로운 시간을 보낼 것 같았지만, 아이들과 어울리는 것 역시 봉사활동이나 마찬가지니 이도 썩 내키진 않았다.

결국 슈에리는 아프다는 핑계로 저녁까지 거르고 방에서 하루 종일 나오지 않았다. 그런데 평소 그녀의 심리를 잘 알고 있던 엔은 그런 그녀의 상태가 걱정이 되었다. 아무래도 그녀의 부모로부터 들은 이야기도 있었기에 조금이라도 가족처럼 살갑게 대해 주고 싶었다. 하지만 이곳에 온 뒤로 유난히 계속 혼자만 있으려고 하니 그녀가 더 신경이 쓰였다. 곁에서 그런 엔을 지켜보고 있던 클라라가 그녀에게 조심스럽게 말을 걸었다. 클라라도 파란 눈과 하얀 피부, 금발머리를 가진 전형적인 50대 후반의 백인 여성이었다. 겉으로는 그렇게 나이가 들어보이지도 않고 왜소한 체형이었지만, 세월의 흔적으로 눈가에는 주름이 잡혀 있었다.

"무슨 불편한 일이라도 있는 거예요?"

"음, 슈에리가 걱정이 되네요."

클라라가 말을 걸자 엔이 고개를 끄덕이며 말했다.

"그 아이는 아키텐 씨의 둘째 딸이라고 했죠?"

"네. 아키텐 씨가 의료 사역을 하면서 첫째 딸도 그 사역을 이어갈 수 있도록 많이 신경 썼던 것 같아요. 그러다 보니 둘째 딸은 많이 신경 쓰지 못했다고 하더라고요. 그래도 그 아이가 정서적으로 바르게 자라 주길 바랐다는데, 학교생활에 잘 적응하지도 못했던 것 같아요. 아무래도 동양인과 서양인의 혼혈인이다 보니 외모 때문에 스트레스가 심했을 거예요."

"하지만 슈에리는 엄마를 닮아서 상당한 미인인데요."

"나도 그렇게 생각하지만, 우리가 생각하는 거랑 그 나이 때의 아이들이 생각하는 거랑 다를 수도 있으니까요."

"그럼 차라리 당신의 이야기를 해 보지 그랬어요. 당신도 아버지 때문에 비슷한 상처를 지니고 있었잖아요. 그 이야기를 잘 들려주면 생각이 바뀔 수도 있을 것 같은데요."

"흠, 왠지 모르게 어렵더라고요. 그 아이한테 무턱대고 내 개인의 이야기를 들려주기에는 괜히 그 아이 인생에 훈수를 두는 게 아닌가 싶어서요. 그래서 차라리 그 아이가 우리와 함께 살면서 우리의 모습을 지켜본다면, 사람 사는 건 다 비슷하다고 느낄 거라고 생각했어요. 세상 어느 가족도 서로 바쁘면 신경 쓰기 어렵고, 인생이라는 것도 호락호락하지 않다는 것을요."

"호호, 당신이 그렇게 말하는 걸 보면 당신도 상당히 철학적으로 바뀌었군요. 타미 씨의 영향이 큰 것 같네요."

"아무래도 그럴 거예요. 나도 선교사의 아내로서 살아오면서 보고 배운 게 있으니까요."

"확실히 그 말이 맞는 것 같아요. 결코 사람을 가르치는 건 단순한 이론으로 되는 건 아니니까요. 그렇지만 그 아이한테는 교훈이 될 만한 이야기를 들려주는 것도 좋을 것 같네요. 괜찮으면 내가 직접 그 아이에게 당신의 이야기를 들려주고 싶어요."

"흠, 그것이 그 아이한테 도움이 된다면 난 상관없어요. 애초부터 그 아이에게 도움이 되는 방향으로 지도하고 싶었으니까요."

"그럼 맡겨 주세요. 그 아이에게 조금이라도 유익한 시간이 될 테니까요. 후후."

트로이 성 2

1

    검은색 로브를 걸친 사람들이 제단 곁에 모여 있었다. 그리고 키가 큰 한 사내가 제단 앞에 섰다. 그는 단도를 가지고 있었다. 그리고 제단 옆에는 새끼 염소가 다리가 묶인 채 쓰러져 있었다. 그는 그 염소를 바라보며 무어라 중얼거리기 시작했다. 그러자 제단 주변에 모여 있던 사람들이 그를 따라서 무어라 중얼거렸다. 제단은 사람들이 중얼거리는 소리로 울리기 시작했고, 단도를 들고 있는 사내는 흥분해서 염소 곁으로 다가갔다. 그리고 그는 순식간에 염소의 목을 찌르고 숨을 끊었다. 그는 숨이 멎은 염소의 배를 가르고 장기를 대접 위에 꺼내놓았다. 그리고 장기를 꺼낸 염소는 제단 옆에 있는 화로에 넣고 태워 버렸고, 염소의 장기와 피가 담긴 대접은 제단 위에 올려졌다. 사람들은 그 모습을 보며 더욱 흥분해서 크게 무어라 중얼거렸다.

    "저건 정상적인 행동은 아닌 거죠?"

    카인이란 소년이 석상 뒤에서 로브를 입은 자들이 제사를 드리는 모습을 보고 말했다. 그는 하얀 머리를 가진 덩치가 작은 소년이었는데, 제사를 드리는 자들처럼 검은 로브를 입고 있었다.

    "확실히 내 눈에도 그렇게 보여. 하지만 원래 종교라는 건 저런 의식에서 광기에 빠져들기도 해. 그러니 사람들을 쉽게 미혹할 수 있는 거고."

카인의 곁에 있던 제인이 말했다. 그녀는 카인보다 살짝 키가 큰 금발의 소녀였는데, 그녀도 검은 로브를 입고 있었다.

"계속 저 모습을 지켜봐야 하는 건가요? 이미 다들 약속한 위치에 자리 잡고 있는 것 같은데요."

카인이 광기에 사로잡힌 그들의 모습에 인상을 찌푸리고 말했다.

"침착해. 저들 중에 누가 외지인인지 알 수 없으니까. 특히 알프리드의 위치를 알아야 해. 저들은 그를 중심으로 결속되어 있어. 지금 이 제단에 모인 검은 로브를 입은 사람들은 약 100여 명에 불과하지만, 밖에는 수천의 군대가 대기하고 있어. 자칫 어설프게 나섰다간 밖에서 대기하고 있는 병력이 들이닥칠 거야."

제인이 신중하게 주변을 살피며 말했다.

"흠, 그렇긴 하죠. 애초부터 트로이에 똬리를 틀고 있었으니까요. 디. 빌헬름 씨의 말대로라면 트로이는 적어도 수십만의 대군을 보유하고 있을 텐데, 그런 강대국에 자신의 세력을 만들 생각을 하다니 그는 참 영리하네요."

"이런 강대국에서 주교로 자리 잡으려면 오래전부터 치밀하게 준비했을 거야. 외지인들조차 그에게 협력하고 있으니, 이 별난 집단을 공략하는 건 쉬운 일이 아니야."

제인이 답답한 심정을 토로하듯 말했다.

"아무튼 신호를 기다려. 슈가 저들 무리에 숨어들어갔으니까. 그녀가 최면을 걸어서 외지인들을 분별해 낼 거야. 그리고 그 작업이 끝나면 우리는 기습적으로 알프리드를 납치해서 빠져나오면 되는 거야. 여기 있는 인원을 전부 상대할 필요는 없으니까."

"네······."

한편 그들과 같은 로브를 입은 슈는 광기에 사로잡힌 사람들 틈에 있었다. 그녀는 조심스럽게 사람들에게 최면을 걸었다. 백여 명의 사람들 중 외지인이 몇 명이나 포함되어 있을지 알 수 없을뿐더러, 그들이 이 중에 있다고도 확신할 수 없었다. 다만 제단 위에서 염소를 잡은 사람은 외지인처럼 보였는데, 아무나 제단 위로 올라갈 수는 없었기에 적어도 그의 시선에 띄지 않으려고 조심스럽게 행동했다. 그렇게 그녀가 한 사람, 한 사람 최면을 걸어 그들의 의식에서 자신을 지워나갔다. 적어도 최면에 걸린 사람들은 자신만은 인식하지 못할 것이었다. 하지만 그녀가 최면을 걸면서도 무언가 꺼림칙한 기분을 느꼈다. 몇몇 사람에게는 자신을 인식하지 못하게 하였을 뿐만 아니라, 그들의 흥분 상태를 진정시키는 최면도 걸었는데 그들의 행동은 전혀 진정되지 않았다. 오히려 더욱 크게 중얼중얼 거리며 광기에 사로잡혀 갔다. 슈는 그런 사람들의 반응에 무언가 잘못된 것 같은 기분이 들었지만, 적어도 그들은 그녀를 인식하지는 못하는 것 같았다. 그래서 그녀는 최대한 많은 사람에게 최면을 걸어두면서도 눈에 띄지 않게 행동하였다.

그런데 그때 제단 위로 한 사내가 올라갔다. 슈는 그가 알프리드라는 걸 단번에 알아볼 수 있었다. 그를 직접 본 적은 없었지만, 그의 특이한 용모는 디. 빌헬름에게 들어서 쉽사리 알아볼 수 있었다.

알프리드는 로브의 후드를 걷고 무언가 중얼거리기 시작했다. 그리고 주머니에서 이상한 가루를 꺼내더니 제물을 담은 대접 위에 뿌렸다. 그러자 대접에 불이 일어나더니 순간적으로 그 불이 어떤 형상을 갖추기 시작했다. 슈는 바로 앞에서 그 모습을 목도하고 충격에 빠졌다. 그것은 미노타우로스 같은 형상이었는데, 단순히 불길로 만들어진 형상이라기엔 너무나도 괴기한 모습이었다. 알프리드는 그 불을 보고 씩 웃더니 사람들을 향해 손을 뻗었다. 그러자 그 불의 형상이 순식간에 로브를 입은 사람들을 훑고 지나가기 시작했다. 그리고 슈의 몸도 훑고 지나갔는데, 순간 그녀는 의식을 불길에 완전히 빼앗기고 말았다. 그리고 그녀는 다른 로브를 입고 있는 사람들처럼 무언가 알 수 없는 말을 중얼거리기 시작했다.

숨어서 그 모습을 지켜보고 있던 사람들은 방금 일어난 현상에 당황했다. 분명히 그 형상도 알프리드가 부여받은 권한 중 하나였을 것이다. 하지만 자신들이 부여받은 권한은 저런 식으로 다룰 수 있는 것이 아니었다. 그것은 마치 악마의 능력을 재연한 것 같았다.

"무언가 잘못된 것 같지 않아요?"

그 모습을 지켜보고 있던 레이첼이 말했다. 그녀도 검은 로브를 입고 있었다.

"확실히 그가 저런 권한을 가지고 있었다는 이야기는 들은 적이 없어요. 하지만 저 괴상한 형상을 한 불길에 휩쓸린 사람들은 더 흥분해서 날뛰고 있어요. 분명히 저 중에는 슈도 있을 텐데, 괜찮을지 모르겠어요."

김민철도 그들의 모습에 당황스러운 표정을 지었다.

그런데 그 순간 끔찍한 일이 벌어졌다. 바로 로브를 입은 사람들이 허리에 차고 있던 단도를 꺼내기 시작했다. 그리고 너도나도 할 것 없이 서로가 서로를 단도로 찌르기 시작했다. 그 모습을 본 순간 숨어서 대기하고 있던 사람들은 아찔한 기분이 들었다. 여기 있는 모든 사람이 악마에게 바쳐질 제물이었다는 생각이 들었다. 순간 김민철은 헥사. 쿠피디타스의 말을 떠올랐다. 알프리드는 자신의 짐승을 난폭하게 만들기 위해 사람을 사료로 사용한다고 했었다. 그것이 이런 종교적인 행위에서 벌어진 것이라면 바닐라가 그를 과도할 정도로 혐오하는 것도 당연했다.

로브를 입은 모든 사람이 바닥에 쓰러지고 그들의 피가 바닥에 한가득 고였다. 그리고 갑자기 제단 주변으로 짐승들이 나타나더니 사람들의 피가 고여 있는 곳으로 모여들었다. 그리고 짐승들은 그 피를 핥더니 사람들을 닥치는 대로 물어뜯기 시작했다.

순간 그 모습을 보고 대기하고 있던 외지인들이 하나둘 짐승들을 향해 달려들기 시작했다. 방금 쓰러진 사람들 중에는 슈도 있었기에 적어도 그녀만은 구해야 했다. 물론 그녀는 죽지는 않을 것이지만, 이러한 상태에서 더는 가만히 지켜볼 수만은 없었다.

그런데 그들이 제단으로 뛰어들자 기다렸다는 듯이 제단 주변으로 검은 로브를 입은 사람들이 나타났다. 그리고 그들은 짐승들과 함께 침입해 오는 사람들을 공격했다. 서로 같은 옷을 입고 있었기에 아군, 적군을 분별하기 어려웠다. 결국 김민철과 함께 온 이들을 로브를 벗어 던졌다. 그리고 자신들의 권한을 사용하여 치열하게 싸우기 시작했다.

"이거 싸움을 오래 끌어서는 답이 없어. 무조건 슈를 데리고 도망쳐야 해."

타르메스가 큰 도끼를 휘두르며 말했다.

"물론 그래야겠지만, 이 많은 사람 중 누가 슈인 줄 알아보겠어요. 더욱이 지금 우리 앞에 서 있는 자들도 우리와 같은 권한을 부여받은 외지인들이에요."

검은 머리를 한 30대 초반의 사내가 말했다. 그의 이름은 루카 테리우스였는데, 경량 가죽 갑옷을 둘렀고, 불이 붙은 검을 사용했다.

"어떻게든 빠져나가야 해. 이대로라면 밖에서 대기하고 있던 트로이군까지 들어올 거야. 그러면 우린 독 안에 든 쥐가 된다고."

"물론 그렇겠죠. 아니, 벌써 그렇게 된 것 같지만요."

순식간에 밖에서 대기하고 있던 트로이군이 안으로 들이닥쳤다. 수많은 적이 몰려들자 루카 테리우스가 그들에게 검에 붙은 화염을 날렸다. 하지만 원체 적이 많았기에 그들을 모두 제압하기에는 역부족이었다. 그리고 검은 날개를 펼치고 날아온 디스키플리나가 그를 기습적으로 공격했다. 그는 가까스로 그녀의 공격을 피했지만, 상황은 점점 불리해졌다.

그런데 그 순간 슈가 자리에서 일어났다. 치열한 전투 중에서도 슈를 찾고 있던 타르메스가 그녀를 알아보고 도끼를 휘두르며 그녀에게 달려갔다. 그리고 그녀의 팔을 잡고 괜찮으냐고 소리쳤다. 그런데 슈의 눈에는 아무런 생기가 없었다. 순간 그는 슈의 눈을 보고 무언가 잘못되었다는 걸 알 수 있었다. 그는 알프리드에게 역으로 최면이 걸린 것이었다. 그런데 순간 슈의 손에서 이상한 기운이 흘러나왔다. 그리고 그 이상한 기운은 타르메스를 감싸더니 그를 완전히 삼켜 버렸다. 타르메스는 그녀의 최면에 빠져서 더는 어떤 행동도 취할 수 없었다.

"어리석은 자들이여, 어찌하여 내게 도전하려는가."

제단 위에서 상황을 지켜보고 있던 알프리드가 소리쳤다.

"난 애초에 그대들이 이곳에 침입할 거라는 걸 알고 있었어. 신기하지 않나? 그대들이 이곳에 침입했는데 아무도 눈치채지 못했다는 게 말이야. 우리 쪽에도 그대들처럼 권한을 부여받은 이들이 있는데 말이지."

"알프리드!"

루카 테리우스가 그를 노려보며 소리쳤다.

"어차피 그대들은 여기서 도망치지 못해. 물론 죽일 수는 없지만, 적어도 흑암에 빠져들게는 할 수 있지. 이 악마의 힘으로 흑암에 빠진 저 여자처럼 말이야."

알프리드는 그렇게 말하고 다시 한번 대접 위에 가루를 뿌렸다. 그러자 아까보다도 더 거대한 미노타우로스 같은 형상의 불길이 피어났다. 그리고 순식간에 그 불길의 형상이 아군, 적군 가리지 않고 사람들을 휩쓸고 지나갔다.

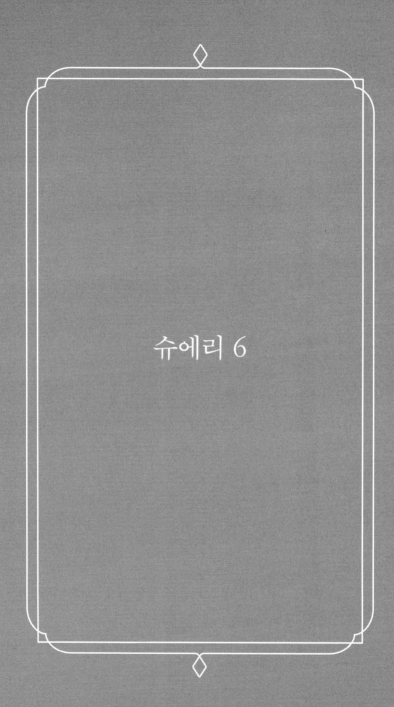

슈에리 6

1

"슈에리, 늦은 시간에 미안하지만, 잠깐 시간을 줄 수 있니?"

클라라가 슈에리의 방문을 두드리고 말했다.

"네? 아, 들어오세요."

슈에리는 침대에서 몸을 일으키고 그녀가 들어오는 걸 바라봤다.

"미셸의 어머니시죠?"

"응, 그래. 어떻게 우리 미셸하고는 잘 지내고 있니? 그 아이가 겉으로는 무뚝뚝해도 가끔 연락을 하면 슈에리 이야기를 하는 편이야."

"아, 그 아이가 내 이야기를 하던 가요? 의외네요. 평소에는 엘렌하고 사이가 좋아서 나한테는 관심이 없을 것 같았는데. 아무래도 엘렌이 그 아이 공부를 도와주고 있으니 나하고는 시간을 보낼 일이 거의 없거든요."

"후후, 평소 친하지 않은 것처럼 보여도 같이 지내다 보면 마음이 갈 수밖에 없지. 하물며 함께 지내온 지도 꽤 되었잖니."

"하긴, 그렇긴 하죠. 주말엔 마트에서 같이 장도 보고, 여가도 가지긴 하네요. 그때는 엘렌도 함께 하지만요."

"후후, 그렇게라도 함께 시간을 보내는 게 좋은 거야. 그래서 내일 함께 무르시아로 나들이를 가기로 했는데, 함께 할 수 있는 거지?"

"음, 혼자서 지내고 싶어요. 굳이 여기 아이들과 어울려서 시간을 보내고 싶지는 않아요."

"어째서?"

"어째서라기보다는 아직은 아이들이 어색하고, 아이들을 보살피는 일
도 부담스럽고요."

"흠, 정말 그것뿐이니?"

"네?"

"단지 아이들이 부담스러워서 어울리지 않으려고 하는 것 같지는 않아
서. 오늘은 너무 방에서만 지내는 것 같고 아직 저녁도 먹지 않았잖니. 이
아줌마는 네 마음을 충분히 이해하고 있단다."

"네? 내 마음을 이해한다고요?"

"응, 나도 너처럼 사춘기 때가 꽤 오래갔거든."

"사춘기? 난 이제 성인인데요."

"물론 성인이지. 하지만 철은 아직 안 들었지."

"도대체 무슨 말을 하고 싶은 거죠?"

"뭐, 인생 선배로서 조금 조언을 할까 해서."

"갑자기요?"

"갑자기라기보다는 네가 너무 혼자서 시간을 보내려고 하니, 과거의 내
모습이 떠올라서 그래."

"흠, 사실 그렇게 말씀하시면 드릴 말씀은 없네요. 그럼 무언가 해 주시
고 싶은 이야기가 있다면 두 분이 결혼한 이야기부터 해 주세요."

"오, 의외로 그런 걸 궁금해하네."

"솔직히 혼자서 계속 방에만 있었더니, 좀 지루했거든요."

"뭐, 솔직하게 이야기하는 게 좋긴 해. 그래, 그것도 네게 도움이 될 수

있겠다."

클라라는 그렇게 말하고 잠시 과거의 생각을 떠올렸다. 그리고 다시 입을 열었다.

"너도 들어서 알겠지만, 나는 오래전에 이곳에서 일했었어. 지금 주방일을 맡고 있는 로엘이랑 이 저택의 소유주인 도미니카 부인은 나의 후배였어."

"정말이요? 그거 놀랍네요."

"솔직히 그때의 모습과 지금의 모습을 같이 떠올리면 나도 놀랍다고 생각해. 정말 많은 게 바뀌었으니까. 그리고 지금은 이곳에 없지만, 내게는 흑인 친구도 한 명 있었어. 그 친구하고 나는 매일같이 싸웠지. 처음엔 서로 의지하면서 사이좋게 지냈는데, 어느 순간부터 후배들이 생기고 서로 자기 잘났다며 다투기 시작했어."

"하하, 전혀 그랬을 것 같지 않은데요."

슈에리가 그녀의 장난스러운 말에 흥미롭다는 듯 말했다.

"지금의 모습이야 애 엄마가 되었으니 좀 성숙해 보이겠지. 아니, 지금도 부족한 점이 많지만. 사실 지금도 남편하고는 사소한 걸로 말다툼할 때가 있어."

"오, 정말요?"

"아마 사역지로 돌아가면 또 이런저런 일로 시끄러울 걸?"

클라라는 장난스럽게 암담하다는 표정을 지으며 말했다.

"그렇지만 행복하시죠?"

"사실 그렇기는 해. 그이를 만나기 전까지 나는 계속 혼자만의 세상에 갇혀 살았으니까. 나도 사실 부모님으로부터 버려진 고아 출신이거든. 이 저택에서 자란 하녀들 모두 비슷한 처지였고. 그런데 그중에서 가장 밝은 표정을 지닌 사람이 도미니카 부인이었어. 그녀는 내가 정신적으로 힘들 때 가장 큰 위안을 주었어. 그리고 그녀 때문에 지금의 남편하고도 연을 맺게 되었고."

"어떻게 결혼하신 거죠?"

"남편을 처음 만났을 때는 몰랐지만, 굉장히 자유분방한 사람이었어. 젊었을 때 유명한 레스토랑 요리사였던 것 같아. 그런데 그런 삶에 무료함을 느끼고 범선을 타고 다니면서 선교 사역을 했나 봐. 그러다가 이곳에 오게 되었어. 그때 이 저택의 주인은 빅토리아 부인이었는데, 범선의 선장님과 친분이 두터운 사이였던 것 같아. 그이는 그때도 이곳에서 요리를 해 주었고, 정말이지 맛있는 음식을 대접받았어. 하지만 그들은 오래 머물지는 않았어. 어쨌든 그들은 잠깐 휴식하기 위해 방문한 것이었으니까. 솔직히 그때 나는 그이를 잠깐 동안 봤지만, 좋은 인상을 받았어. 하지만 그 뒤로 한동안 연락은 없었지. 그러다가 도미니카 부인이 그들에게 합류하는 일이 생겼어. 도미니카 부인도 어렸을 때부터 신학에 관심이 많았거든. 그래서 그때 빅토리아 부인이 그녀를 그들에게 연결시킨 거야. 그리고 도미니카 부인은 그들과 어울리며 많은 일을 했던 것 같고. 그러면서 그녀가 나에게 안부를 전했는데, 그때 남편도 나에게 꽤 호감을 받았던 것 같아."

"남편분께서 편지를 같이 보내셨던 건가요?"

"맞아. 그녀가 중매쟁이가 되어주었고, 우린 결국 함께 하게 되었지. 정말 함께하면서 많은 일이 있었어."

"와, 정말 멋지네요."

"사실 사역이란 게 꼭 힘든 거만은 아니야. 사역을 통해서도 로맨스를 만들 수 있거든."

"하지만 그건 극히 일부예요. 그런데 따지고 보면 우리 아빠 엄마도 그렇게 해서 결혼을 하셨네요."

"정말 멋지다고 생각해. 그리고 그런 로맨스 말고도 사역에는 더 깊은 감동도 있어."

"어떤 거요?"

"지금 엘렌의 가족을 보면 행복해 보이지?"

"적어도 우울해 보이지는 않아요."

"그럴 거야. 하지만 엘렌의 어머니한테도 서러운 시간은 있었어."

"서러운 시간?"

"응. 그녀의 아버지도 선교사였거든. 그는 사역을 위해 가족을 포르트갈 고향에 두고 연락을 하지 않았어. 덕분에 그녀의 졸업식에도 그는 모습을 보이지 않았지. 그리고 그녀의 어머니가 돌아가셨을 때도 그는 마찬가지였고."

"세상에! 정말로요?"

"응……."

"어떻게 그럴 수가 있죠? 아무리 선교사라지만, 가족을 나 몰라라 하는 건 이해할 수 없어요!"

슈에리가 자신의 상황과 비슷했던 그녀의 상황을 생각하고 신경질적으로 반응했다.

"그래 맞아. 그건 정말 무책임한 행동이야. 하지만 그녀의 아버지는 그렇게 행동할 수밖에 없었어."

"어째서요?"

"그것을 그녀의 아버지보다 그녀의 어머니가 더 원했거든."

"예?"

"그녀는 자신의 남편의 신앙이 흔들리지 않기를 원하셨어. 그래서 자신이 위독한 상황에서도 가족보다 사역지의 영혼에 마음을 두기를 원하셨던 것 같아. 그녀의 아버지가 사역했던 현장은 그리 평온한 곳이 아니었거든. 전쟁으로 많은 사람이 죽고 그 뒤에 남은 고아들을 보살펴야 했어. 상황을 들은 그녀는 자신의 남편에게 가족 걱정은 하지 말라면서 끝까지 사역지에서 최선을 다하길 바라셨어."

"어째서 선교사는 그렇게 살아야 하는 거죠?"

이야기를 들은 슈에리가 눈물을 글썽이며 말했다.

"글쎄, 만약 우리가 그리스도를 믿지 않았다면 그런 선택은 하지 않았을 거야. 하지만 그리스도께서 자신을 희생하셔서 우릴 구하셨어. 그래서 우리 또한 그러한 선택을 하는 거라고 생각하고."

"하지만, 하지만 좀 더 행복하게 살아갈 수도 있잖아요."

"물론 그럴 수도 있을 거야. 하지만 누군가의 희생 없이는 아무 일도 일어나지 않아. 사람들은 인생을 감상적으로 생각하는 경향이 있지만, 조금만 인생을 진지하게 살아보면 알게 되는 게 있어. 결국 인생이라는 건 희생의 연속이라는 걸. 부모가 자식을 위해 희생하는 것처럼, 이웃을 돌보기 위해서는 자신의 희생이 필요해."

"음, 전 잘 모르겠어요. 그저 언니가 나를 한 번이라도 대견하다고 머리를 쓰다듬어주었으면 조금은 그러한 삶을 동경했을지는 모르겠어요. 하지만 언니는 언제부터인가 나를 멀리하였고, 결국에는 선교지로 나갔어

요. 그리고 나의 졸업식에는 모습도 보이지 않았고요. 나는 그저 언니한
테 인정을 받고 싶었을 뿐이에요."

슈에리의 말에 클라라가 그녀를 안으며 토닥여주었다. 슈에리는 그녀
의 품에서 한동안 눈물을 흘렸다. 클라라는 그런 그녀에게 무어라 더 말
할 수 없었다. 그저 그녀가 마음이 풀릴 때까지 안아주었다.

그리고 그 일이 있은 후 며칠 뒤 그녀의 부모로부터 연락이 왔다. 레이
첼이 사역 중에 말라리아에 걸려 스페인 마드리드에 있는 병원에 입원하
게 되었다는 것이었다.

트로이 성 3

1

너무나도 더운 여름이었다. 많은 사람이 열사병으로 쓰러졌고, 그들은 겨우 생명만 유지하고 있었다. 레이첼은 환자들의 치료를 위해 설치한 천막에서 환자들을 돌보느라 정신이 없었다. 아프리카 특유의 열대 기후 속에서 환자를 돌보는 건 쉽지 않았다. 의료 물품의 지원은 넉넉하지 않아도 당장의 환자를 돌보기에는 부족하지 않았다. 문제는 환자를 모두 감당하기에는 인원이 턱없이 부족했다. 그리고 외지인의 발이 잘 닿지 않은 지역까지 들어가서 환자들을 돌봐야 했기에 체력적으로 버티기 어려웠다.

그리고 종종 팀원들 중에도 말라리아에 감염 되는 일이 있었는데, 평소 자기 몸을 제대로 돌볼 겨를이 없었기에 신경 쓰지 못하다가 병을 키우는 경우도 있었다. 그리고 그녀 역시 그러한 상황에 놓이게 되었는데, 결국 그녀는 의식을 잃고 쓰러지고 말았다. 그녀의 호흡이 빨라졌고, 자칫하면 그대로 목숨을 잃을 수 있었다. 결국 그녀는 스페인에 있는 병원으로 이송되었는데, 의식이 희미한 가운데서도 가족의 이름을 몇 번이고 되뇌었다.

레이첼은 겨우 정신을 차렸다. 그리고 눈앞에 텅 빈 공간이 펼쳐졌다. 그러다가 눈앞에 수많은 시체들이 널브러져 있는 모습을 보게 되었다. 그리고 그중에는 바닐라의 모습도 보였다. 그녀는 너무나도 당혹스러워서 쓰러진 바닐라에게 달려갔다. 그리고 맥박과 호흡을 확인했는데, 그녀에게선 어떠한 생명의 기운도 느껴지지 않았다. 레이첼은 비명을 지르듯 바닐라를 흔들어 깨웠지만, 그녀는 전혀 의식이 없었다. 그리고 그녀의 곁으로 검은 로브를 입은 한 사내가 다가왔다. 순간 그녀는 그가 누구인지 알아볼 수 있었다.

"알프리드, 당신이 이렇게 한 건가요?"

"글쎄, 나에겐 그럴 만한 힘은 없어. 그건 그대도 알고 있는 거잖아. 우린 서로 죽일 수 없다는 걸."

알프리드는 그녀에게 비아냥거리는 말투로 말했다.

"납득할 수 없어요. 당신은 수많은 사람을 미혹시켰고 학살했어요. 당신은 돌이킬 수 없는 잘못을 한 거예요."

레이첼은 그를 날카롭게 노려보고 말했다.

"뭐, 그건 부정할 수 없는 사실이긴 해. 하지만 내가 사람을 죽인 것보다 그들이 더 많은 사람을 죽인 것도 사실이야. 그건 그대도 잘 알고 있는 거고."

"무슨 말을 하고 싶은 거죠?"

"무슨 말이라니. 만약 섬의 주인이 진정으로 원하는 것이 이 땅의 평화라면 어째서 그토록 많은 사람이 죽어가도록 내버려두었을까? 아니, 그의 뜻을 거역하면 저주를 내려서 그 많은 사람을 학살한 거지. 알다시피 나는 그러한 상황을 수 없이 지켜봤어. 도저히 답이 보이지 않는 상황을 말이야."

그는 그렇게 말하고 손가락을 딱하고 부딪쳤다. 그러자 텅 빈 공간에 아까 자신들을 훑고 지나쳤던 미노타우로스 같은 형상의 불길이 일어났다.

그리고 그 불길 속으로, 예전에 자신이 보았던 풍경이 펼쳐졌다. 그것은 아프리카에서 질병으로 죽어 가는 사람들의 모습이었다. 레이첼은 그 모습을 보고 동공이 흔들렸다. 그것은 이 섬으로 들어오기 전에 자신이 마지막으로 보았던 풍경이었다.

"당신이 어떻게 저 상황을 알고 있는 거죠?"

레이첼은 당황스러워서 그를 쳐다보며 물었다.

"놀랄 것 없어. 나의 권한 중엔 타인의 기억을 엿볼 수 있는 능력도 있으니까. 정말 끔찍한 일을 경험했더군. 수많은 사람이 기근으로 죽어가고 있는데, 그들을 모두 돌보기에는 여러모로 역부족이었지. 그래 나는 그 심정을 잘 이해해. 사람이 아무리 발버둥 치더라도 모든 사람을 구할 수는 없는 거야."

"하지만 그렇다고 해서 그들의 죽음을 모른 체하지는 않았어요."

"물론 그렇겠지. 하지만 그건 위선이자, 그런 자신을 타협하려는 명분만 내세울 뿐이지. 안 그런가? 결국 그대도 말라리아로 목숨을 잃었잖아!"

그는 그렇게 말하고 다시 한번 손가락을 딱 하고 부딪쳤다. 그러자 불길 속의 장면이 바뀌고, 그녀가 의식을 잃은 채 산소 호흡기를 쓰고 병실 침대에 누워 있는 모습이 나타났다.

레이첼은 그 모습을 가만히 서서 바라봤다.

의식을 잃은 그녀의 곁에는 그녀의 가족이 곁을 지키고 있었다. 그리고 그녀의 여동생인 슈에리가 눈물을 흘리며 그녀의 손을 꽉 쥐고 있었다. 그러나 의사는 가망이 없다는 듯 고개를 흔들더니 그런 그녀의 손을 뿌리치게 하였다. 그리고 이내 산호 호흡기를 빼고 천으로 얼굴을 가렸다. 가족들은 그 모습에 오열하며 주저앉았다. 특히 그녀의 여동생인 슈에리는 완전히 삶을 체념한 듯 보였다.

"그, 그럴 리 없어!"

레이첼은 도저히 슈에리의 모습에서 눈을 뗄 수 없었다. 자신의 부모와 여동생이 자신의 죽음으로 저토록 오열하고 있는 모습을 받아들일 수 없었다. 그녀는 이루 참을 수 없는 감정에 오열하다가 그대로 자리에 주저앉았다.

알프리드는 그런 그녀의 모습을 보고 사늘한 미소를 짓더니 다시 한번 손가락을 딱 하고 부딪쳤다. 그러자 불길이 사라지고 주변에 널브러져 있던 시신들이 의식을 차리고 일어나기 시작했다. 그리고 좀비처럼 그녀에게 다가가기 시작했다. 그러나 레이첼은 그것들을 신경 쓸 수 없었다. 도저히 이 상황에서 어떻게 반응해야 할지 알 수 없었다. 그저 고개를 숙이고 자리에 주저앉을 뿐이었다. 그런데 순간 누군가가 그녀의 손을 잡았다. 그녀는 자신도 모르게 자신의 손을 잡은 상대를 바라봤는데, 그것은 좀비 같은 표정을 한 바닐라였다. 레이첼은 바닐라의 얼굴을 본 순간 또다시 비명을 질렀다.

한편 김민철도 그녀처럼 알프리드의 환상에 사로잡혀 있었다. 그건 그가 초등학교 때 왕따를 경험했던 일이었다. 그가 어렸을 때는 아이들과 어울리는 것이 서툴렀다. 사실 서투르기보다는 밖에서 활동하는 것을 좋아하지 않았기에 같은 나이 또래들과 거의 어울리지 않았다. 덕분에 같은 나이 또래와 공감대를 형성하지 못했고 점점 고립되는 상황에 놓이게 되었다. 그러다가 한번은 그가 힘이 센 친구들에게 끌려가서 편의점에서 몰래 술을 빼오는 일을 하게 되었다. 하지만 그는 그런 일에 서툴렀고, 결국 편의점 주인에게 걸려서 모질게 혼이 났다. 그리고 이 일은 학교 선생님과 부모님에게도 알려졌다. 결국 그는 학교생활에 적응하지 못하고 다른 학교로 전학 가게 되었다. 하지만 그는 그 전학 간 학교에서도 제대로 적응할 수 없었다.

알프리드가 보여 주는 환영은 그러한 장면이 빠르게 지나가고 있었다.

김민철은 그 환영이 분명히 자기에게 있었던 일이었기에 어떻게 반응해야 할지 알 수 없었다. 하지만 오래전 일이었기에 이제 와서 이 일을 자신에게 보여 주더라도 마음이 크게 요동되지는 않았다.

김민철은 이런 환영을 보여 준 알프리드를 날카롭게 노려봤다.

"도대체 이런 환영을 내게 보여 주어서 뭘 어떻게 하겠다는 거지? 오래전 상처를 끄집어내어서 나의 정신을 흔들겠다는 거야?"

"글쎄, 난 단지 자네의 지난 기억을 떠올려 줬을 뿐이야. 나는 다른 사람의 기억을 읽어내는 권한도 가지고 있거든. 그리고 이런 권한도 가지고 있지."

그는 그렇게 말하고 손가락 딱하고 부딪쳤다. 그러자 김민철 주변으로 사람들이 나타나기 시작했다. 그것은 알프리드가 환영으로 보여 주었던 그를 괴롭혔던 친구들이었다. 김민철은 그들을 보고 자신도 모르게 심리적으로 주눅이 들었다. 그리고 어느새 자신의 모습이 어렸을 때의 모습으로 돌아가 있었다. 자신은 한없이 작았고, 자기를 괴롭혔던 친구들은 한없이 거대해 보였다. 그들은 그를 잡더니 편의점에서 술을 가져오라고 협박했다. 김민철은 도저히 그들에게 저항할 수 없었다. 결국 그들의 협박에 못 이겨 그는 편의점에서 술을 훔쳤는데, 그런데 하필이면 그 모습을 학교 선생님한테 들키고 말았다. 그리고 갑자기 그 당시 교장선생님도 나타나더니, 그의 목덜미를 세게 치고 심한 욕설을 하며 어디론가 끌고 갔다. 그리고 끌려간 곳에는 경찰이 있었고, 회사 동료들도 있었다. 그들은 그에게 심한 욕설을 뱉으며 정신없이 질타했다.

김민철은 도저히 맨정신으로 이 상황을 받아들일 수 없었다. 그리고 또 한 여성이 그에게 다가왔다. 그는 그녀가 누구인지 한눈에 알아볼 수 있었다. 바로 레이첼이었다. 그녀는 그를 본 순간 날카롭게 노려보고 있었다. 마치 벌레 취급을 하는 것 같았다. 김민철은 그런 그녀를 보고 무어라 변명하고 싶었지만, 도저히 어떤 말도 할 수 없었다.

"어떻게 그런 짓을 할 수 있어요? 당신에게 정말 실망했어요."

레이첼은 그를 쏘아보며 계속 비하했다.

김민철은 그런 그녀의 비하에 아무 말도 할 수 없었다. 억울한 감정이 드는 것도 사실이었지만, 자신이 신뢰했던 사람에게서 이런 이야기를 듣게 되니 너무나도 비참했다. 그런데 문득 그녀가 자신에게 이런 말을 하는 게 이해가 되지 않았다. 평소 그가 기억하고 있는 그녀는 이런 식으로 사람을 대하지 않았다. 오히려 그녀는 신앙인으로서 사람을 헤아리려고 했었다. 그는 순간 자신이 알프리드의 덫에 걸렸다는 걸 눈치챌 수 있었다. 그리고 그는 이것이 거짓이라는 확신이 들었고, 순간적으로 고개를 들었다. 그러자 그의 주변에는 예전에 보았던 친구들과 교장선생님 등이 여전히 그를 쏘아보며 질타했다. 그리고 그의 부모도 나타나서 그를 마구 책망했다. 그러나 김민철은 그런 것들에게 더는 반응하지 않았다. 이건 알프리드가 만든 거짓 환상이었다. 그는 호흡을 크게 가다듬었다. 그리고 레이첼에게 당당하게 다가가더니 있는 힘껏 귀싸대기를 갈겼다. 순간 레이첼은 당황해서 쓰러졌다. 그리고 그는 방금 환영을 보여 주었던 불길 속으로 뛰어들었다. 그러자 알프리드가 만들어 놓은 공간에 균열이 생기더니 모든 것이 산산이 부서져 버렸다. 그리고 그 앞에 현실이 나타났다.

2

김민철이 의식을 차리라 알프리드는 당황스러운 표정을 지었다. 그는 도저히 있을 수 없는 일이라는 듯 그에게서 시선을 떼지 못했다. 김민철은 그런 그의 반응에 신경 쓰지 않고 주변을 살폈다. 아군, 적군 가리지 않고 모든 사람이 쓰러져 있었다. 아무래도 알프리드가 건 주술 같은 권한에서 깨어나지 못하는 것 같았다. 그러다 김민철은 방금 자신이 본 환영을 떠올리며 알프리드를 노려봤다. 어떻게 그가 사람의 심리를 일그러트리는지 이해할 수 있었다. 확실히 그것은 너무나도 무서운 것이었다. 자칫 사람의 의지를 완전히 꺾어 놓을 수도 있었고, 이상한 생각으로 미혹시킬 수도 있었고, 정신 분열을 일으켜 폐인을 만들 수도 있었다. 그것이 단순히 과거의 기억만을 들추어내는 것이었다면, 그저 수치감을 느끼거나 그에게 더 분노하였을 것이다. 하지만 그것은 마음을 완전히 병들게 하여 자라는 늪에서 빠져나오질 못하게 하는 것이었다. 어쩌면 이 늪에 빠져서 지금까지 나오지 못한 이들도 있을 것이다.

그는 주변을 살피다가 레이첼을 발견하고 가까이 다가갔다. 레이첼은 두 눈을 뜨고 있었지만, 눈에는 생기가 느껴지지 않았다. 그는 레이첼을 강제로 깨우려고 했지만, 그녀는 전혀 미동도 하지 않았다. 그러다가 느닷없이 그녀가 그의 손을 꼭 움켜잡았다. 김민철은 갑작스러운 그녀의 행동에 당황해서 어떻게 해야 할지 알 수 없었다. 그런데 그녀처럼 의식을 잃은 사람들이 좀비처럼 자리에서 일어나더니, 주변에 떨어진 무기를 잡고 그에게 다가오기 시작했다. 김민철은 이대로 당할 수만은 없었기에 그녀에게 미안하다고 말하고 있는 힘껏 그녀를 다른 사람에게 집어던졌다. 그녀가 그를 잡고 있는 힘은 일반적인 사내보다 강했지만, 김민철의 권한 자체가 근력적인 것이었기에 그녀의 힘은 가볍게 뿌리칠 수 있었다. 그리고 그는 이전에 옵티무스에게 건네받은 손수건을 꺼내서 있는 힘껏 휘둘렀다. 그러자 손수건은 긴 봉의 형태로 바뀌었다.

그는 그 봉을 고쳐 잡고 자기에게 다가오는 이들을 쳐냈다. 확실히 최면 상태에서 좀비처럼 다가오는 그들을 제압하는 건 어려운 일은 아니었다. 하지만 그에게 다가오는 건 최면에 걸린 사람들만이 아니었다. 알프리드에게는 사나운 짐승들이 있었다. 거대한 붉은 곰과 늑대들이 사납게 울부짖으며 그에게 달려들었다. 하지만 김민철은 마음을 가다듬고 자기에게 달려드는 짐승들을 봉으로 쳐서 제압했다. 확실히 심연에서 훈련받은 성과가 헛되지는 않은 것 같았다. 직접 눈으로 보지 않더라도 육체의 감각만으로 짐승들을 상대할 수 있었다. 알프리드는 그런 그의 움직임에 더 당황스러웠다.

아무리 사람이 훈련을 통해 강해질 수 있다지만, 그렇다고 해서 짐승의 감각을 넘어설 정도로 단련할 수는 없었다. 물론 섬의 주인의 권한이 부여되었다면 그런 상식은 의미가 없었다. 이미 그가 가진 근력만으로도 짐승들을 월등하게 초월해 있었다.

"그간 많은 일이 있었나 보군. 처음 봤을 때보다 훨씬 강해졌어."

알프리드가 허세를 부리듯 그에게 말을 걸었다.

"아무래도 그쪽하고 싸우려면 어지간한 훈련으로는 불가능할 테니까."

김민철도 여유를 부리듯 말했다.

"아무래도 여러 권한을 부여받은 것 같군."

"글쎄, 당신처럼 사이비적인 권한은 부여받지 않은 것 같지만, 그럴지도 모르겠군."

김민철은 그렇게 말하면서 자기에게 다가오는 짐승과 사람들을 쳐냈다.

"정말 놀라워. 그 힘으로 나를 쓰러트릴 수도 있겠어."

"반드시 그렇게 할 거야. 당신을 쓰러트리지 않으면 여기 있는 사람들은 의식을 차리지 못할 테니까."

"후후, 미안하지만 저들은 나를 쓰러트린다고 해서 의식을 차릴 수 없어. 자네처럼 스스로의 의지로 빠져나오지 못한다면 말이야."

"그렇다면 더더욱 당신을 쓰러트려야겠군. 적어도 이 이상의 사람들이 말려들지 않도록 말이야."

그는 그렇게 말하고 봉을 고쳐 잡았다. 그리고 알프리드를 향해 달려들었다. 그러자 알프리드는 다시금 제단 위에 있는 대접에 가루를 뿌려 넣었다. 그러자 다시금 미노타우로스 같은 불길이 일어나더니 김민철에게 달려들었다. 김민철은 그 불길에 닿으면 또다시 의식을 빼앗길 것이기에, 최대한 날렵하게 불길을 피했다. 하지만 불길은 거칠게 그를 위협했고, 그는 뒤로 물러설 수밖에 없었다. 이대로는 그에게 접근하는 것도 어려웠다. 김민철은 잽싸게 몸을 움직이며 그를 어떻게 제압해야 할지 생각했다. 그러다가 그가 사용하고 있는 가루가 담긴 주머니를 보게 되었다. 확실히 그가 사용하는 능력의 근원은 그 가루인 것 같았다. 그래서 그는 그

가루가 담긴 자루를 빼앗기 위해 그에게 다가갈 방법을 생각했다. 그러다가 레이첼에게도 옵티무스에게 건네받은 손수건이 있다는 사실을 떠올렸다. 그래서 그는 일단 자기에게 다가오는 짐승들을 방패삼아 알프리드의 불길을 피했다. 그리고 레이첼에게 달려들어서 그녀의 허리에 있는 손수건을 가로챘다.

알프리드는 그의 날렵한 움직임에 점점 짜증을 냈다. 그리고 조바심을 느끼며 주머니에서 가루를 훨씬 많이 꺼냈다.

"고작 너 같은 애송을 제압하기 위해 이토록 많은 가루를 사용해야 하다니, 뭐 어쩔 수 없지. 사람들의 시체는 얼마든지 구할 수 있으니까."

그는 그렇게 말하고 그 가루를 대접 위에 부었다. 그러자 아까하고는 비교도 할 수 없는 거대한 불길이 일어났다. 김민철은 그 불길의 화력에 당황스러워서 뒤로 몇 걸음 물러섰다. 하지만 더는 뒤가 없었기에 그는 다시 앞으로 달려들었다. 알프리드는 망설이지 않고 그 불길을 김민철을 향해 휘둘렀다. 그러자 그 거대한 불길은 방 전체를 뒤덮었다. 그때 김민철은 그 순간에 맞추어 손수건을 휘둘렀다. 그러자 손수건은 소방관이 사용하는 소방복 재질의 보자기가 되어서 그의 몸을 완전히 감쌌다.

알프리드는 자신의 불길이 그를 완전히 감싼 걸 보고 그걸로 끝이라고 생각했지만, 김민철은 전혀 이상이 없었다. 그는 믿을 수 없다는 듯 몇 번이고 불길을 그에게 휘둘렀지만, 여전히 김민철에겐 어떤 영향도 줄 수 없었다.

"혹시나 하는 마음으로 사용해 봤는데, 의외로 이 세상은 단순할수록 유리한 것 같은데."

"도대체 그건 뭐지. 어째서 나의 불길이 전혀 통하지 않는 거야?"

"단순히 그것이 불길에 불과하다면, 결코 소방관이 입는 소방복은 그슬릴 수 없지. 물론 그 불길은 단순한 불길은 아닌 것 같지만. 하지만 당신의 주술에는 이미 내성이 생겼거든. 그것을 간단하게 깨트리는 방법을 알고 있지. 바로 믿음이야."

"무슨?"

"어차피 당신이 공격하는 건 인간의 마음이잖아. 물리적인 불길은 특수 효과에 지나지 않아. 굳이 소방복 같은 재질의 보자기도 필요하진 않지만, 그것이 당신에겐 혼란을 줄 거라 생각했지. 그리고 이렇게 그 자루만 빼앗으면 승리는 나의 것이야."

김민철은 그렇게 말하고 잽싸게 그에게 다가갔다. 그리고 그의 허리에 차고 있던 주머니를 뺏고 제단 위에 있는 대접을 쳐 버렸다.

알프리드는 갑작스러운 그의 움직임에 당황해서 뒤로 물러났다. 하지만 그는 곧 평정심을 되찾았다.

"뭐, 좋아. 네 녀석의 귀재는 인정하지. 하지만 그 정도로 나를 이길 수 없어."

알프리드는 그렇게 말하고 그에게 달려들었다. 확실히 알프리드는 근력으로도 김민철을 압도했다. 하지만 김민철은 심연에서 익힌 감각으로 그의 공격을 피했다. 그리고 자신의 감각을 최대한 의지하며 그의 공격을 받아쳤다. 하지만 시간이 지날수록 그에게는 불리했다. 붉은 곰과 늑대가 동시에 달려들었고, 알프리드 역시 위협적으로 그를 공격했다. 하지만 김민철이 가장 불리하다고 생각한 건 그에게 익숙한 얼굴이 자신을 공격하는 것이었다. 특히 의식이 없는 레이첼이 다가와서 그를 공격하는 건 받아칠 수도 없었다. 결국 김민철은 이대로는 아무것도 할 수 없다는 절망감에 사로잡혔다. 애초에 알프리드가 강하다고는 생각했지만, 그가 이런 식으로 사람들의 의식을 장악할 거라곤 생각하지 못했다. 김민철은 그렇게 안절부절 하지 못하고 있었다. 그런데 그는 문득 자신의 봉을 다른 형태로도 바꿀 수 있지 않을까 하는 생각이 들었다. 그래서 시험 삼아 무기를 목도 형태로 바꾸어 보았다. 그러자 무기는 그의 생각대로 목도 형태로 바뀌었다. 그는 그것으로 조금 더 날렵하게 적을 쳐냈다. 하지만 그는 날이 있는 무기는 차마 사용할 수 없었다. 아무래도 의식이 없는 사람들마저 벨 수는 없었기 때문이었다. 하지만 이런 식으로는 알프리드에게 어떤 타격도 줄 수 없었다. 김민철은 다시 생각에 잠겼다. 그리고 문득 예전에 디. 빌헬름에게 받았던 열쇠를 떠올렸다.

그에게서 받은 열쇠는 자신의 몸을 성주의 모습으로 바꾸는 권한이 있었다. 그리고 다시 성주에게 그 권한을 인계하였다. 반면 얼음성에서는 단지 차원을 이동하는 수단으로 사용되기도 하였다. 그렇다면 지금 가지고 있는 무기를 열쇠 형태로 바꾸어서 그러한 능력을 사용할 수 있지 않을까 하는 생각이 들었다. 어차피 이대로는 사지로 몰릴 뿐이었기에 그는 한 번 시도해 보았다. 다른 건 모르겠지만, 적어도 알프리드와 자신의 권한을 바꿀 수 있다면 의식을 빼앗긴 사람들을 깨울 수도 있을 것이다. 비록 그가 스스로 일어나지 않으면 불가능한 일이라고 했지만, 현재로서는 방법이 없었다.

김민철은 무기를 다시 한번 휘둘러 형태를 바꾸었다. 그것은 그가 생각한 형태의 열쇠가 되었다. 하지만 이 열쇠가 자신이 생각한 대로 작동될지는 미지수였다. 그저 지금은 알프리드에게 몸을 던지는 것 외에는 다른 생각은 할 수 없었다. 그래서 그는 짐승들과 사람들의 공격을 피해 알 프리드에게 달려들었다. 그리고 알프리드의 공격을 미끄러지듯 피하면서 그의 가슴에 열쇠를 가져다댔다. 하지만 그가 생각한 일을 일어나지 않았 다. 그는 난처하다는 듯 인상을 찌푸렸다.

"도대체 무엇을 하려고 했는지 모르겠군. 갑자기 나에게 그런 열쇠를 가져다대다니, 웃기지도 않는군."

김민철은 그의 말에 기세가 눌렸다. 확실히 그의 말대로 현재의 상황을 뒤집을 방법은 생각나지 않았다. 하지만 이대로 포기할 수도 없었다. 그 러다가 문득 레이첼이 말했던 믿음을 다시금 떠올렸다. 만약 실제로 섬 의 주인이 존재하고, 그의 뜻대로 이곳까지 온 것이라면 이제 남은 건 그 를 믿는 것뿐이었다. 확실히 현실적으로 자신의 힘으로 그를 쓰러트리는 건 불가능했다. 하지만 다른 사람들을 이대로 두고 물러설 수도 없었다. 특히 짧은 만남이었지만 레이첼을 외면하고 싶지 않았다. 이것이 사랑이 란 감정은 아닐지라도 적어도 소중한 시간이었던 건 분명했다. 그는 다시 금 호흡을 가다듬었다. 그리고 다시 그에게 달려들었다. 짐승들의 공격을 감각적으로 피하고 열쇠를 움켜쥔 손으로 알프리드를 가격했다. 하지만 알프리드는 그의 공격을 기다렸다는 듯 몸을 낮추어서 피하더니 다른 주 머니에 담아두었던 가루를 그에게 뿌렸다. 김민철은 순간 그의 가루를 뒤 집어쓰게 되었고, 온몸에서 불길이 일어나기 시작했다. 김민철은 갑자기 자기 몸에서 불길이 일어나자 고통스러운 비명을 질렀다. 도저히 참을 수 없는 고통이었다.

"그 가루는 최면이나 환각을 위한 것이 아니야. 단순히 육체를 발화시키기 위한 가루이지. 물론 너는 외지인이니까, 몸은 곧 회복될 거야. 하지만 그 고통은 육체적으로도 정신적으로도 감당하기 힘들 거야. 엄청 고통스러울 테니까. 하하하하……."

김민철은 비명을 질렀다. 하지만 다시 이를 악물었다. 마치 마지막 발악이라도 하듯 불이 붙은 자신의 몸을 그에게 던져 버렸다. 알프리드는 그가 끈질기게 자기에게 달라붙으려고 하자, 날렵하게 발로 그를 차버렸다. 하지만 김민철은 그의 발에 맞고도 이를 악물고 그에게 몸을 날렸다. 결국 필사적으로 그의 몸을 붙잡았다. 알프리드는 그에게 붙은 불이 자기에게도 옮겨붙자 고통스러운 표정을 지었다. 그리고 어떻게든 그를 자신의 몸에서 떼어놓으려고 했다. 어차피 몸은 회복될 것이기에, 물고 늘어지는 그만 떼어 놓으면 그만이었다. 그래서 짐승들에게도 그를 공격하도록 지시했다. 짐승들은 김민철에게 달려들어 그의 팔과 다리를 물어뜯었다. 하지만 김민철은 그를 놓지 않았다. 그리고 마지막이라는 생각으로 열쇠를 그의 가슴팍에 있는 힘껏 박았다. 그러자 그 순간 열쇠에서 찬란한 빛이 일어나더니 알프리드와 김민철을 감싸기 시작했다. 알프리드는 그 빛에 당혹감을 감추질 못했다. 여태껏 한 번도 경험하지 못한 빛의 기운에 자신의 형태가 사라지고 있었다. 그리고 그것은 김민철도 마찬가지였다. 그리고 그 주변에 있는 사람들도 사라지기 시작했다. 그 빛이 무엇을 상징하는 것인지는 알 수 없었지만, 분명한 것은 알프리드가 사용했던 불길하고는 전혀 다른 것이었다.

의식을 차리며

1

레이첼은 침대에 누워 있었다. 분명히 방금 전까지 아찔한 상황에 놓여 있던 것 같았는데, 지금은 몸이 가볍고 편안했다. 그런데 누군가 그녀의 손을 잡고 있었다. 그녀는 그 손이 누구의 것인지 확인하기 위해 고개를 들었다. 그러자 낯익은 여자가 자신의 손을 잡고 있었다.

"바닐라?"

레이첼이 무의식적으로 말했다.

"언, 언니! 의식이 돌아온 거야!"

슈에리는 의식이 돌아온 레이첼을 보고 눈물을 흘렸다. 그리고 곁에서 자고 있던 아키텐과 리즈도 두 사람 곁으로 다가왔다.

"레이첼, 이제 깨어난 거니? 정말 다행이야!"

리즈가 흐느껴 울고 두 딸을 안아 주며 말했다. 그리고 아키텐도 흐느껴 울며 같이 안았다.

"도대체 어떻게 된 거죠?"

"말라리아에 감염되어서 의식을 잃고 한 달 가까이 이러고 있었어. 정말 걱정 많이 했다고!"

아키텐이 눈물을 닦으며 말했다.

레이첼은 그녀의 아버지의 말에 복잡한 기분이 들었다. 무언가 오랜 시간을 여행한 것 같았는데, 의식이 돌아오고 나니 아무것도 생각나지 않았다. 다만 그 여행의 마지막에는 악몽을 헤매는 것 같다가, 이루 표현할 수 없는 따듯한 기운이 그녀를 감싸는 기분이었다. 그런데 의식을 차리고 보니 한 달 동안 이러고 있었다는 게 좀 당황스러웠다. 하지만 당장은 아무것도 떠오르지 않아 그저 가만히 있었다.

"그런데 왜 정신이 들자마자 바닐라를 찾은 거야?"

슈에리가 언니가 정신이 들자마자 바닐라라고 말해서 물었다.

"음, 모르겠어."

레이첼은 아무것도 생각나지 않았지만, 자신도 모르게 눈에서 눈물이 났다.

"하지만 왠지 모르게 그리운 기분이 들어. 마치 오래전부터 함께한 사람의 이름인 것 같아."

"흠, 아무래도 언니가 사역지에 오래 있었으니, 그곳에 있던 여자아이 중 누군가의 이름이겠지."

슈에리는 그렇게 말하고 갑자기 고개를 돌렸다. 그녀는 그녀의 언니가 자신보다 다른 사람의 이름을 먼저 불러서 왠지 모르게 짜증이 났다. 그녀는 언니의 소식을 듣고 처음엔 여러 감정이 교차했었다. 갑작스럽게 언니가 위독하다고 하니 아찔한 기분이 들면서도, 오랜 시간을 제대로 이야기도 하지 못하고 지낸 것에 분통이 터지기도 했다. 하지만 막상 괴로워하는 아빠 엄마를 보니 언니가 이대로 죽을 것 같아 심정이 미어졌다. 짧은 시간 동안 언니 한 사람 때문에 오만가지 감정이 교차하자, 결국 의식이 없는 언니의 손을 잡고 기도하며 계속 곁을 지키게 되었다. 사실 그녀의 언니와 이런 식으로 마주하지 않았다면, 이렇게까지 자신의 언니를 생각하지 않았을 것이다.

"난 언니가 정말 싫지만, 이렇게 아파서 만나게 되는 건 더 싫어."

슈에리는 무언가 자신의 감정을 표현하고 싶어서 이렇게 말했다. 레이첼은 그런 자신의 여동생을 안아주었다.

"미안해. 언니가 그간 너무 무심했어. 사실 선교지로 나가기 전에 너하고 시간을 가지고 싶었는데, 전혀 그렇게 하질 못했네."

"그럼 이제라도 함께 시간을 보내면 되잖아."

슈에리가 고개를 돌리며 뽀로통한 어조로 말했다.

"가능하면 그렇게 하고 싶은데……."

레이첼은 선교지 생각이 떠올라서 말을 분명하게 할 수 없었다.

"정말이지, 언니의 그런 태도가 나는 싫어. 그리고 아빠 엄마도 마찬가지야. 항상 나보다 환자가 우선이지."

슈에리는 자리에서 일어나며 말했다.

"슈에리……."

레이첼은 그런 동생을 보고 안타까운 표정을 지었다. 그리고 아키텐과 리즈도 그런 슈에리의 반응에 미안해서 아무 말도 할 수 없었다.

"하지만 어쩔 수 없지. 어쩔 수 없다는 거 잘 알아. 사실 어쩔 수 없다는 거 모르고 싶었는데. 언니가 아프고 나니까 어쩔 수 없다는 걸 알게 되었어."

슈에리는 그렇게 말하고 다시 레이첼에게 안겼다. 그리고 서럽게 울기 시작했다. 레이첼은 그런 여동생을 보며 무어라 위로해 주어야 할지 알 수 없었다. 다만 지금은 그저 안아 주어야 했다.

한편 다른 세상에서 김민철도 의식을 차렸다. 그는 한국 병원에 입원해 있었다. 그가 콜로세움 원형 경기장에서 사고를 당하고 친구들이 다시 한 국으로 데려온 것이었다. 그는 그곳에서 한 달 가까이 입원해 있었다. 의식은 흐릿했지만 분명히 꿈속에서는 요란한 사건 속에 휩쓸려 있었던 것 같았다. 하지만 어째서인지 꿈속에서 있었던 일은 잘 생각나지 않았다. 다만 단 한 가지 단어는 머릿속에 분명하게 떠올랐다.

'레이첼'

그는 몸이 회복될 때까지 병원에 머물기로 했다. 그리고 하루는 바깥바람을 쐬기 위해 병실에서 나와 있었는데, 우연히 비명을 지르며 병실에서 도망치는 사내를 보게 되었다. 그는 항암 치료로 머리카락이 하나도 없었고 몸은 창백하게 메말라 있었다. 그리고 언뜻 보니 그는 한국인 같지 않았다.

"알프리드 씨, 아무리 고통스러워도 끝까지 견디셔야 해요. 항암 치료 중에 그렇게 도망치시면 어떻게 해요!"
뒤에서 도망치는 그를 잡기 위해 달려오는 남자 간호사가 그의 이름을 부르며 소리쳤다.
"알프리드?"
김민철은 남자 간호사가 부른 그의 이름을 무의식적으로 따라 말했다. 어디선가 들었던 이름 같은데, 막상 어디서 들었는지 떠올리려고 하니 전혀 생각나지 않았다.

나중에 다른 사람을 통해서 알게 된 건데, 그는 영국 사람이었고 한국에서 사이비 종교 교주로 활동했던 것 같았다. 그러다가 최근에 간암 말기로 시한부 인생이 결정되었다. 의사 말로는 3개월도 살기 어렵다고 하였다. 하지만 그를 따르던 추종자들은 그는 죽지 않을 거라며 항암 치료를 하게 되었다. 그런데 어제까지는 진통제로 고통을 좀 덜어줬다는데, 이젠 그 진통제로도 견디기 어려운 모양이었다.

　김민철은 안타까운 마음으로 그의 뒷모습을 바라봤다. 그리고 자신의 병실로 돌아가려 하다가 우연히 테이블에 펼쳐 있는 영어 성경을 보게 되었다. 거의 첫 부분이었는데, 그는 어째서인지 주인 없이 테이블에 덩그러니 놓여 있는 그 성경에 시선이 갔다. 영어를 잘하는 건 아니었지만, 유럽의 종교를 공부하면서 성경의 내용도 조금은 알고 있었기에 그는 어려움 없이 성경을 읽을 수 있었다. 그러다가 그의 시선에 레이첼이라는 단어가 들어왔다. 제이곱의 아내 레이첼, 그는 그때 처음 알았다. 레이첼이 한국 이름으로 라헬이었고, 야곱이 가장 사랑했던 아내였다. 그는 '레이첼'이라는 이름에서 한동안 시선을 떼지 못했다. 그런데 어느 틈에 그의 곁으로 성경 주인이 다가왔다. 그는 화장실에 간 사이 누군가가 자신의 성경을 집중해서 읽고 있어서 한동안 가만히 바라봤다. 그러다가 김민철이 성경 주인을 인식하고 당황해서 뒤로 물러났다.

　"아, 미안합니다. 나도 모르게 정신없이 남의 책을 읽었네요."
　"하하, 아닙니다. 뭐 그럴 수도 있죠."
　성경책의 주인으로 보이는 남자는 김민철보다 나이가 조금 더 많아 보였다. 키나 덩치는 별로 차이가 없었지만, 오랜 시간 더운 나라에서 살았는지 피부는 검게 그을려 있었다. 그 외에는 머리카락을 단정하게 깎은 평범한 한국 사람이었다.

"그런데 교회를 다니시나 보네요?"

"아, 아니요. 종교를 믿지는 않아서요."

"하지만 상당히 집중해서 영어 성경을 보시던데요."

"그게, 사실 대학생 때 교양 과목으로 유럽 종교를 공부한 적이 있었는데, 영어 성경을 처음 보게 되니 순간 관심이 생겼어요."

"아, 그러시군요. 그래도 궁금한 게 있으시면 물어봐도 괜찮아요. 제 이름은 이한수라고 해요. 이래 보여도 아프리카 선교사입니다. 지금은 아내가 위장병에 걸려서 잠깐 한국에서 치료를 받고 있어요. 아내를 간병하다가 잠깐 쉴 겸 성경을 폈는데, 속이 불편해서 화장실을 다녀오니 이렇게 인연이 닿는군요."

이한수는 그렇게 말하고 손을 내밀어 악수를 청했다.

"아, 그러시군요. 내 이름은 김민철이라고 해요. 보시는 것처럼 이 병원에 입원 중이에요."

김민철은 그의 손을 잡았다. 하지만 그는 괜히 종교적으로 더 엮이고 싶지는 않아 자리를 피하려고 했다. 그런데 문득 '레이첼'이라는 단어가 떠올랐다. 그래서 그는 슬쩍 그가 아는 성경 이야기를 꺼냈다.

"뭐, 성경 이야기 중에 야곱 이야기 정도는 알고 있어요. 그가 한 여자를 죽도록 사랑했다는 것도요. 참 흥미롭네요. 난 아직 결혼할 여자는 없지만, 괜히 그런 사랑에는 흥미가 생기네요."

"하하, 확실히 그건 나도 대단하다고 생각합니다. 사실 나도 지금의 아내를 만나기 전까지 시간이 필요했거든요."

"아, 그러신가요? 혹시 야곱처럼 수년이 필요했던 건가요?"

"네. 물론 야곱보다는 빨리 결혼했지만, 지금의 아내에게는 좀 상처를 주긴 했죠."

"흠, 아내에게 상처를 주었는데도 결혼을 한 걸 보니 서로 상당히 사랑했나 보네요."

"네, 맞습니다. 좀 부끄러운 이야기지만, 그녀와 결혼하기 전에 필리핀으로 혼자 선교를 떠난 적이 있었습니다. 그런데 거기서 다른 여자에게 마음을 빼앗기고 말았죠."

"하하, 바람을 피운 건가요? 그거 참 대단한데요."

김민철은 무심결에 그만 그에게 비아냥거리듯 말했다.

"뭐, 어떻게 생각하셔도 할 말은 없습니다. 그 뒤로 혼자만의 시간을 가졌고, 그녀 역시 다른 남자가 생기게 되었죠."

"호, 그러면 끝난 사이 아닌가요?"

"만약 하나님을 믿지 않았다면 우린 이렇게 이어지지 않았을 것입니다. 사실 나는 혼자만의 시간을 가지면서 자신이 얼마나 어리석은 사람인지 알게 되었죠. 그건 단지 그녀를 배신했다는 생각에서 나온 것이 아니었습니다. 오히려 그녀가 다른 남자와의 관계에서 아이를 가지게 되었고, 유산을 하게 되면서 깊은 생각을 하게 되었죠."

"……."

김민철은 그의 이야기가 좀 당황스러웠다. 남들 앞에서 쉽게 말할 수 있는 이야기가 아니었다. 하지만 어째서인지 그의 말에 좀 더 청중하고 싶은 생각이 들었다.

"사람은 한순간의 선택으로 돌이킬 수 없는 절망적인 상황으로 몰릴 수 있습니다. 사실 자기 관리를 잘하는 사람이 인생을 멋지게 살아가는 것 같지만, 사람은 누구나 욕망이라는 걸 가지고 있기에 실수를 저지를 수 있죠. 다만 그것을 어떻게 극복하느냐가 중요한 것입니다. 나는 그녀를 다시 찾아갔습니다. 그리고 그녀에게 고백했습니다. 물론 그녀에게 다시 고백하기까지 우리 둘은 누군가의 도움이 필요했습니다. 그리고 그 도움을 주신 분은 하나님을 믿는 신실한 분이셨죠."

"흠, 어떻게 서로를 받아들일 수 있었는지 궁금하네요."

"이렇게 말하면 어떻게 생각할지 모르겠지만, 굉장히 단순했습니다. 서로 자신이 상대방보다 악하고 연약하다고 생각하게 되었습니다. 그리고 자신의 부족함을 서로에게 솔직하게 고백하고 용서하게 되었습니다. 그리고 우린 결혼했고 선교지로 함께 나아갔습니다."

"으음, 그것뿐인가요?"

"어떻게 더 설명해야 할지 모르겠지만, 우리가 다시 함께 걷기로 한 건 그것이면 충분했습니다. 물론 그 뒤로도 우린 많이 부닥쳤습니다. 아무래도 서로를 이해하는 것도 서툴고 해외에서 사역을 하는 것도 쉽지 않았으니까요. 하지만 그러면서 하나님께서 우릴 얼마나 사랑하셨는지 더 깨닫게 되었죠. 이렇게 부족한 두 사람을 만나게 하셨고 사랑하게 하셨으니 말이죠. 그리스도의 사랑은 결코 보이는 것으로 이해할 수 없습니다. 오히려 형편없는 자신의 모습을 인정할수록, 그런 자신을 구원하기 위해 생명을 내어주신 그리스도를 알아갈 때야 비로소 그 깊이를 깨달을 수 있죠. 우리는 지금도 부족하지만 그리스도 안에서 사랑하고 있습니다."

"흠, 만약 내게도 그런 사랑이 가능하다면 행복할 것 같군요."

김민철은 그의 말을 완전히 이해할 수는 없었지만, 서로의 부족한 점을 품을 수 있는 사랑은 행복할 것이라는 생각이 들었다.

"혹시 모르니 이 성경책을 가져가서 읽어 보시겠어요. 분명히 성경책을 읽다 보면 당신도 이런 교훈을 배울 수 있을 겁니다. 그리고 언제가 당신도 사랑하는 사람을 만나게 되면 그러한 사랑을 하게 될 것입니다."

"네."

김민철은 그가 건네준 성경책을 받았다. 어째서인지 그러한 사랑을 이미 경험한 것 같은 기분이 들었지만, 만약 정말로 사랑하는 사람을 만나게 된다면 그러한 사랑을 이루고 싶다는 기분이 들었다.